VIENS, LE BONHEUR
C'EST PAR LÀ

Du même auteur

Le Soleil de Monédière, De Borée, 1994 ; Terre de Poche, 2011 – Prix du roman d'Auvergne
La Dernière Estive, Antonin Malroux, 1997
La Noisetière, Albin Michel, 1998 ; De Borée, Terre de Poche, 2024 – Prix Lucien-Gachon 2000, Prix du terroir 2002 du salon de Cosne-sur-Loire
Le Moulin des rêves, Albin Michel, 2000 – Prix du terroir Rosine-Perrier 2002 du salon de Hermillon
L'Enfance inachevée, Albin Michel, 2001
La Vallée d'émeraude, Albin Michel, 2003
Un fils pour mes terres, Albin Michel, 2004
Les Trois Marches, Albin Michel, 2005
La Fille des eaux vives, Archipel, 2007 ; Archipoche, 2014
Les Chemins de la communale, Albin Michel, 2007
Le Jardin de Louise, Albin Michel, 2008
Une poignée de blé, Albin Michel, 2009 ; De Borée, Terre de Poche, 2019
La Grange au foin, Albin Michel, 2010 ; De Borée, Terre de Poche, 2018 – Prix Arverne 2011
Le soleil de Monédière, De Borée, 2011
La Promesse des lilas, Calmann-Lévy, 2011 ; De Borée, Terre de Poche, 2018
La Cascade des loups, Calmann-Lévy, 2012 ; De Borée, Terre de Poche, 2024
La Pierre marquée, Calmann-Lévy, 2013 ; De Borée, Terre de Poche, 2021
Ode au Cantal, Éditions de la Flandonnière, 2013
L'Homme aux ciseaux d'argent, Calmann-Lévy, 2014
Les Prés refleuriront, Calmann-Lévy, 2015
Fenêtre sur village, Calmann-Lévy, 2015
Marie des Adrets, Calmann-Lévy, 2016 ; De Borée, Terre de Poche, 2025
L'Espoir de belles aurores, Calmann-Lévy, 2017
Le Pain de paille, Calmann-Lévy, 2018 ; De Borée, Terre de Poche, 2024
La Dernière estive, De Borée, 2019
Le Cœur de mon père, Calmann-Lévy, 2019
La fille des eaux-vives, De Borée, 2019
Le Charpentier du paradis, Calmann-Lévy, 2020
Le Rêve de Marie-Hélise, De Borée, 2020 ; Terre de Poche, 2021
La Source aux Trois Fontaines, De Borée, 2021 ; Terre de Poche, 2023
Un soleil pour chaque jour, Calmann-Lévy, 2022
L'Académicien de juillet, Calmann-Lévy, 2023
Juste en dessous du ciel, Calmann-Lévy, 2024

Depuis 2016, l'école communale de Boisset,
village natal de l'auteur, est devenue l'école Antonin-Malroux.

Antonin MALROUX

VIENS, LE BONHEUR C'EST PAR LÀ

CALMANN LEVY
territoires

Couverture
Maquette : Le Petit Atelier
Photographie : © Austrian Images/Deepol by Plainpicture

ISBN 978-2-7021-9439-3

PRÉAMBULE DE L'AUTEUR

On ne guérit pas de son enfance, de son pays natal. Les reliefs demeurent ce qu'ils ont toujours été, seul le soleil en déplace les ombres…

Les souvenirs ressemblent à du papier que l'on aurait froissé et que l'on essaie de déchiffonner un jour du plat de ses mains tremblantes, sur une table.

Les chemins, dont certains s'effacent à force de ne plus les emprunter, laissent toutefois leurs empreintes sinueuses, torturées, afin de nous rappeler des images du passé, des moments heureux et d'autres moins, enfouis pour toujours mais réapparaissant parfois au moment où on s'y attend le moins.

L'identité des personnages de ce roman est imaginaire, et toute ressemblance avec des hommes et des femmes ne serait que pure coïncidence.

Cependant, nul n'est à l'abri de se laisser convaincre par l'histoire et de se retrouver quelque part en ma compagnie dans cette Auvergne chère à mon cœur.

Viens, le bonheur c'est par là

« Le bonheur, c'est par-là... », le soleil s'en souvient, et chaque jour, il vient vérifier si cette histoire a laissé des traces quelque part !

Je vous invite, chers lecteurs, à procéder comme lui !

Antonin Malroux

Chapitre 1

L'homme marchait doucement sur ce vieux chemin, évitant les obstacles qui autrefois auraient été chassés d'un leste coup de pied. Son chien Fluteau tantôt le précédait, tantôt le suivait, se laissant surprendre par un simple courant d'air, un frisson dans l'herbe, un lézard ou une abeille cherchant son miel sur une fleur sauvage.

Auguste Vensac, après avoir perdu sa femme Gabrielle, avait procédé à un arrangement de famille comme il se doit et avait cédé sa ferme à son fils Jean. Ce dernier était marié depuis des années à Louisette qui lui avait donné un garçon : Maurice âgé de dix-sept ans.

— Comment aurais-je pu faire autrement à mon âge et dans mon état physique ? se répétait-il encore après une année de passation en exagérant sur sa santé.

Bien que ce fût de son plein gré, cette décision lui avait coûté bien de nombreuses nuits blanches. La ferme lui venait de ses parents, et la passation de la terre chez les paysans est un moment difficile à assumer. La perte de son épouse avait accéléré sa démarche. Auguste était convaincu qu'on était arrivé à la fin d'une époque et qu'il était temps de passer officiellement la main à la génération suivante. Son fils Jean lui avait promis de continuer à labourer les champs, à entretenir les prairies, de cultiver les jardins et peut-être aussi d'investir en augmentant les surfaces avec Maurice. Le petit-fils d'Auguste aidait déjà beaucoup aux nombreux travaux, aussi bien avec les animaux qu'à la grange ou dans les hangars. Le domaine comptait une grande étable pouvant accueillir près de douze vaches et leurs veaux, avec, au-dessus, la grange à foin impressionnante par sa voilure. La maison d'habitation principale ne manquait pas de prestance non plus, ce qui avait permis jusqu'à maintenant d'y vivre tous ensemble. Il y avait même un deuxième bâtiment, mais personne n'y logeait plus depuis la mort des parents d'Auguste qui étaient maintenant décédés depuis de nombreuses années.

C'était le hameau de Perce-Neige, dépendant de la commune de Saint-Anthonin. Pourquoi ce nom de Perce-Neige ? Tout simplement parce qu'il se situait sur un versant protégé où la neige fondait plus tôt qu'en d'autres lieux plus élevés.

*

Depuis qu'il « avait levé le pied » comme il aimait à le dire, Auguste Vensac avait pris l'habitude de partir seul avec son chien, préférant s'éloigner des siens afin de réfléchir librement, de s'arrêter ou de continuer sa marche, à son gré.

C'est ce qu'il venait de faire, s'asseyant à la même place que la veille et l'avant-veille, sur le rebord naturel de ce chemin descendant lentement sur lequel il aimait tant déambuler. Devant lui, pour son grand plaisir, se montraient de grandes collines peuplées d'arbres de plusieurs variétés commençant déjà à se vêtir de couleurs chatoyantes, mis à part quelques sapins ou autres résineux conservant leur verdure habituelle. Son chien Fluteau avait choisi de se blottir un moment près de lui.

— Tu n'es pas en grande forme aujourd'hui, que se passe-t-il mon chien ?

Celui-ci lui lécha un peu la main pour toute réponse. Ils n'avaient pas besoin de longs discours. L'homme le caressa et lui parla comme à son habitude sachant que la bête le comprenait tout naturellement.

— Nous allons vivre une fin d'année difficile, je le crains. Il me tarde que les blés montrent leurs premiers cheveux, mais j'en demande trop pour l'instant, c'est l'hiver qui les fera germer. Il faut laisser le temps au temps et surtout à la nature.

Il continua de caresser son chien.

— Tu vois comme le pays est grand ? Et toutes ces forêts qui vont perdre leurs feuilles et virer au gris ?

J'aime venir par ici, loin des attroupements, observer les futurs automnes, précédant l'hiver...

Le silence s'installa. Les yeux rivés vers cet amoncellement de collines diverses, Auguste Vensac laissait aller ses pensées, parfois aussi grises que le ciel des jours tristes, parfois aussi lumineuses qu'un soleil d'été. Fluteau semblait partager les réflexions de son maître.

— Je n'ai plus grand-chose à moi, vois-tu mon chien, mais il va falloir vivre avec ce petit rien... C'est inhabituel, mais pour ainsi dire, je me sens aussi plus léger.

Soudain, il entendit des pas qui se rapprochaient de lui.

— Tu nous as fait peur, Grand-père, tu aurais dû nous dire que tu...

— C'est vrai, j'aurais dû vous prévenir, mais parfois, les heures passent sans que je m'en rende compte...

— Allez, rentrons à la maison. Il commence à faire froid, et mes parents se font du souci !

— Je ne suis pas seul, j'ai avec moi Fluteau... Tu crois vraiment que la maison s'inquiète de mon absence ? Ils ont tant à faire... J'aime à profiter des derniers rayons tièdes du soleil. Les vieux se nourrissent de ses bienfaits lorsque l'hiver se prépare, ajouta Auguste en souriant à son petit-fils adoré.

— Tu sais, cher grand-père, voilà pourquoi on t'adore tous... Quoique l'on te dise, tu nous réponds toujours en souriant et tu vois toujours les choses du bon côté.

— On voit bien que tu ne m'as jamais vu en colère !

— Ça, c'est bien vrai !

Auguste et Maurice reprirent le chemin vers la maison, le jeune prenant bien soin de s'adapter à la cadence tranquille de son grand-père.

— Mais dis-moi, mon cher petit-fils, cela fait longtemps que tu ne m'as pas parlé de tes amours. Aurais-tu rencontré une amie par hasard ? Ce serait bien normal, bien que ton père ne voie pas cela d'un très bon œil, craignant que cela t'éloigne trop de la ferme. Mais les parents ont toujours été ainsi... Le travail d'abord, n'est-ce pas ?

— Tu as raison, Grand-père, mais je ne sais pas comment m'y prendre, vois-tu, ce n'est pas si facile, j'hésite entre deux, je sais que c'est idiot, mais c'est ainsi !

Le vieil homme éclata de rire en le regardant affectueusement.

— Tu n'es pas le premier à être confronté à ce genre de situation, mais je te rassure, tu arriveras sans peine à résoudre ce problème qui se présente à tous les jeunes à un moment ou à un autre.

— Tu es passé par là, toi aussi ? osa Maurice.

— Bien entendu et lorsque j'y repense parfois, je me trouve ridicule mais aujourd'hui, les jeunes, vous êtes plus dégourdis...

— Qu'est-ce que tu veux dire par là ?

— Tout le monde le sait, voyons, vous êtes plus émancipés que nous autres et de notre temps, comment te dire...

— À chaque génération sa manière de vivre et de faire ?

— Je dirais plutôt à chaque génération son lot de contraintes et d'attentes.

— Tu me diras un jour comment tu as rencontré grand-mère Gabrielle ?

— Voilà une bien longue histoire...

— Si tu ne veux pas, Grand-père, tu n'es bien sûr pas obligé de m'en parler.

— Pas aujourd'hui effectivement, mais je sais que tu y reviendras, n'est-ce pas ?

Ils rirent tous les deux.

— Pourquoi prends-tu si souvent ce chemin, il y en a bien d'autres non loin ?

— Chaque sentier a son histoire, ses secrets, ses silences aussi, et moi, j'en ai besoin. Parfois, il me semble que je parle avec quelqu'un. Alors il m'arrive d'en sourire tout seul. Personne ne peut imaginer ce qui se passe dans mon crâne de vieil homme.

Le grand-père fit un clin d'œil à son petit-fils puis, sans se presser, hocha la tête. On aurait dit qu'il venait de livrer un secret. Maurice n'insista pas, et tous les deux tournèrent leur regard vers le merveilleux paysage s'offrant à eux.

— Tu connais ce pays par cœur, Grand-père…

— Voilà bien ce qui me reste de toute une vie où j'ai vadrouillé par monts et par vaux. J'ai l'impression que chaque mouvement des terres, des collines me raconte une histoire à croire que j'en suis heureux et même, dois-je te dire, que j'en suis fier quelque part.

— Mais comment as-tu fait ?

— De mon temps, on se déplaçait tous à pied, jeunes et vieux, à chacun son rythme, voilà pourquoi je connais bien le pays. Il fallait de bonnes jambes, mais nous les avions ! Ce n'est plus mon cas aujourd'hui, mais ma tête est encore en bon état si l'on peut dire.

— Je peux te l'assurer, Grand-père ! Si tu es d'accord, cependant, je vais t'aménager de quoi t'asseoir confortablement, enfin mieux que sur ce talus. Tu pourras ainsi profiter tranquillement de ce paysage qui te tient tant à cœur.

— Et que vas-tu faire ?

— Il y a assez de planches qui ne servent à rien dans la grange, laisse-moi me débrouiller, tu ne regretteras pas !

— Tu ne vas pas y ajouter des coussins par hasard ?

Et tous deux pouffèrent de rire.

*

Les froidures de saison privèrent bientôt Auguste de sorties, et il attendait maintenant les premières douceurs du printemps tandis que Maurice construisait un banc simple mais solide. Auguste l'avait essayé dans la grange et avait félicité le fabricant.

— Cette fin d'année est bien longue à venir, lança Auguste.

— Tu es si pressé que ça arrive ? Il faut d'abord passer Noël.

Auguste hocha la tête comme pour dire : j'en ai vu tant d'autres...

Le froid puissant de cet hiver-là s'installa, dura et finit par diminuer, faisant place à une douceur agréable qui s'installa. Comme il l'avait annoncé l'année précédente, Maurice allait enfin pouvoir installer au bord du chemin le fameux banc de bois pour son grand-père, sous les remarques parfois moqueuses de ses parents.

— Et tu crois qu'il va s'en servir ? lui demandait son père. Il va regretter son petit coin recouvert de mousse !

— Moi, je préfère qu'il ait les fesses au sec plutôt que sur la terre gagnée souvent par les fourmis.

— Tu l'aimes bien ton grand-père, n'est-ce pas ?

— Ma foi, je n'ai que celui-là...

Aux premiers rayons de soleil, Maurice partit, pelle et pioche en main vers le fameux chemin. Oh, ce n'était pas un grand chantier, il voulait juste bien le préparer, c'est tout. Les collines d'en face semblaient l'attendre.

Deux jours plus tard, il se rendait à nouveau sur le sentier préféré de son grand-père, le chargement ficelé sur son dos. Comme tout avait été parfaitement arrangé, il n'eut qu'à installer le banc, bien solidement ancré contre le talus.

— Grand-père devrait être bien confortablement assis sur ce siège prévu pour deux personnes, se dit-il. D'autres promeneurs l'occuperont certainement, certes, mais ça n'a pas d'importance. Peut-être un jour, y ajouterais-je un toit au cas où grand-père serait surpris par la pluie…

Alors que Maurice revenait tranquillement vers la ferme, fier du travail accompli, son père l'interpella :

— Mais que fabriques-tu, Maurice ? Il y a du travail ici à l'étable, à la grange et un peu partout.

— J'ai non seulement monté le banc, mais j'ai aussi arrangé le bord du chemin où grand-père aime s'arrêter, il était en mauvais état, et le ruissellement des eaux d'orage aurait bien fini par l'emporter un jour…

Apparemment satisfait de cette explication, son père oublia l'affaire et passa à autre chose, mais pas Maurice.

— Je t'ai arrangé un bout de chemin, lança-t-il joyeusement à son grand-père quand il le croisa un peu plus tard dans la matinée. Tu verras, tu y seras bien au printemps…

Auguste Vensac sourit, sachant que son petit-fils était capable de bien des choses pour lui.

*

Lorsque les champs de blé livrèrent enfin leur première et tendre verdure, Auguste s'échappa de la ferme et prit seul le chemin dont il appréciait ce quelque chose de particulier lié à un secret qu'il n'avait jamais trahi – et qu'il pensait pouvoir conserver toute sa vie au fond de lui.

Il n'avait pas allongé son pas et, tout tranquillement, avec Fluteau qui ne le quittait pas d'une semelle, arrivait au dernier virage.

Rien n'avait été modifié jusque-là, ni sur les abords, ni au milieu du chemin seulement, comme tous les ans, un peu plus griffé par les eaux de l'hiver.

Soudain ses yeux découvrirent ce que Maurice avait imaginé et construit avec des planches récupérées dans la grange, attendant une utilisation quelconque.

— Ah le bougre ! s'exclama-t-il en souriant. C'est un brave petit, quelle bonne idée il a eue de penser à moi. Je ne suis pas près d'arrêter mes sorties par ici ! Et je suis certain que d'autres flâneurs ou chasseurs, qui sait, l'utiliseront aussi !

En se rapprochant, il admirait la fabrication de ce banc, bien scellé au talus.

— Faudrait pas qu'on nous le vole, pardi, ce serait bien dommage. Mais Maurice a pensé à tout – le banc est solidement ancré. Seul Hercule ou un cheval de trait pourrait le déloger.

Il s'assit, trouvant son aise, et Fluteau, d'un bond, s'installa à côté de son maître.

— T'as déjà trouvé ta place ? lui demanda Auguste.

Puis le promeneur garda le silence, parcourant d'un regard apaisé le paysage. À quoi pensait-il ce vieil homme ? Il semblait apprécier le repos sur ce banc fabriqué par son petit-fils mais en même temps se poser d'innombrables questions. Fluteau était redescendu et s'amusait à présent à renifler de-ci, de-là, cherchait-il lui aussi une explication ?

Auguste Vensac prenait tout son temps, ses jambes au repos, l'esprit ailleurs vers peut-être une histoire du passé ?

— Tu vois, Fluteau, je ne me suis jamais trouvé aussi bien qu'assis ici, au point que je ne suis pas si pressé d'en partir, même si la température de l'air n'est pas tout à fait encore celle du printemps…

Le chien le regardait, avec dans ses yeux une douceur surprenante.

— Si tu as soif, tu sais où aller, vers la petite fontaine de l'ancien oratoire.

Au bout du chemin se trouvait une petite chapelle, bâtie en pierres de lave. Autrefois, une vierge y trônait. Entre-temps, malheureusement, elle avait été dérobée par quelque malotru en quête d'objet à négocier dans certains marchés. La porte en fer forgée avait aussi disparu ne laissant que le socle de la vierge attendant désespérément qu'on lui rendit sa locataire, en vain.

Seule la source proche laissait couler son petit filet d'eau que l'on pouvait entendre en se penchant tout près. Plus loin encore, le sentier se perdait dans les bois. On n'en apercevait plus que de faibles traces que l'on pouvait cependant deviner avec beaucoup de volonté et d'imagination. Un chemin sans passage ni entretien mourrait lui aussi. La vie des campagnes se modernisait lentement, oubliant parfois ces sentiers sinuant sur les pentes des collines où la forêt a repris ses droits. Le progrès les efface irrémédiablement, parfois brutalement, et les animaux sauvages en profitent, renards, sangliers, écureuils.

Auguste semblait ne plus contrôler ses pensées par moments, heureux cependant de se trouver là, confortablement installé, sur ces planches méticuleusement assemblées pour lui.

Parfois, avec son bâton, il dessinait sur le sol des formes qui semblaient n'avoir aucun sens. Certainement qu'au plus profond de lui-même, il n'était pas aussi perdu qu'on aurait pu le croire. Ses pensées lui appartenaient, et même si une image ou deux venaient se projeter, là, au bout de son bâton, il n'en laissait rien paraître. Un coffre-fort fermé à double tour dont il ouvrait le cadenas à son gré.

Son chien, fatigué de traîner, s'était blotti à nouveau tout près de lui.

— Tu as assez couru, Fluteau, tu es crevé maintenant alors qu'il va encore falloir faire le chemin en sens inverse pour rentrer, hein ?

*

Était-ce à cause du confortable banc que lui avait installé son petit-fils et où il avait laissé vagabonder ses pensées. Ou était-ce à cause de leur dernière conversation ? Soudain, Auguste se remémora son histoire avec Gabrielle. Ils s'étaient aimés d'une passion qu'ils avaient choisie, consciemment ou inconsciemment, de vivre pleinement.

Avec son autre amoureuse, Solange, ils en étaient restés à l'échange de baisers bien qu'Auguste en fût à l'époque follement amoureux, davantage même que de Gabrielle.

L'homme vivait-là deux amours, l'un débridé, l'autre chaste. Ce qui devait arriver arriva. Gabrielle tomba enceinte, et le père d'Auguste imposa le mariage sans autres explications devenues d'ailleurs inutiles. Le couple était venu vivre ensemble à Perce-Neige.

Et maintenant, ça lui revenait ! Solange, qu'il avait dû abandonner, lui avait, à l'époque, écrit une lettre qu'il n'avait pas détruite mais dissimulée dans un endroit inviolable. Il n'avait jamais, oh ! grand jamais, pu la détruire. Il ne s'en accordait pas le droit !

Les années s'écoulèrent à Perce-Neige. Son fils grandit. Son dos se courba. Et maintenant que son épouse l'avait quitté, Auguste avait non seulement décidé de lever le pied mais aussi de faire, en quelque sorte, le ménage dans ses souvenirs qui lui revenaient maintenant par vagues qu'il ne pouvait contrôler.

Les deux compères rebroussèrent chemin, sans se presser. Nul n'aurait pu déchiffrer le regard qu'Auguste Vensac posait sur les derniers arbres bordant le sentier, s'attardant parfois sur les formes curieuses de leurs branches.

Il les observa une dernière fois et sourit.

— Il ne faut plus traîner, mon chien, l'air se rafraîchit.

Chapitre 2

Auguste se lissa la moustache. Un geste qu'il faisait souvent quand il avait fini un travail ou mené à bout une réflexion. C'était comme un point final.

Mais cette fois-ci, quelque chose continuait de le préoccuper. Une idée qu'il n'aurait su clairement formuler, mais qui lui taraudait l'esprit. Parfois, on peut dire, sans pourtant trouver les mots justes, que l'on est visité par un souvenir surgissant à point nommé.

« Ce banc que m'a fabriqué mon petit-fils me convient tout à fait ; j'y reviendrai plus souvent, si le temps, ou plutôt si le soleil me le permet. À mon âge, je n'en demande pas davantage. Il me semble aujourd'hui que je ne suis pas pressé de mourir… »

La longue et confortable pause avait vraiment fait renaître de vieux souvenirs et ravivé sa mémoire davantage que les fois précédentes. En effet, ces lieux avaient été le théâtre de ses premiers émois. Il l'avait laissé entendre à Maurice qui, selon ses propres révélations, se trouvait pris, comme lui jadis, entre deux amours…

Le vieux chemin, n'allant pas plus loin que le vieil oratoire aujourd'hui, conduisait alors, à travers forêts et champs, jusqu'au hameau de Crosac où habitaient la famille Dartou et leur fille Solange, splendide brune aux yeux verts, différente mais aussi attirante que Gabrielle qu'il avait dû épouser. C'était une question d'honneur pour les parents d'Auguste qui exigeaient beaucoup de leur fils et n'acceptèrent aucune discussion. Il en allait de la réputation de la famille qui vivait dans ces contrées lointaines et encastrées depuis des générations pour ne pas dire des siècles.

Sans que l'on ne sache exactement pourquoi, au fil des décennies, le chemin de l'oratoire vers Crosac ne fut plus emprunté, ni par les uns, ni par les autres. Des éboulements de terrain obstruèrent le passage, et des graines sauvages en profitèrent pour germer dans les flaques d'eau.

Ainsi meurent parfois des chemins devenus inutiles, interdits par les uns, abandonnés par les autres.

Auguste rentrait donc ce jour-là, l'âme agacée d'avoir laissé des souvenirs s'installer dans sa tête comme les toiles d'araignée envahissent caves et greniers ! Il aurait voulu avoir l'esprit libre et le cœur léger pour les jours et années à venir. Il lui restait moins de temps à vivre qu'il n'avait déjà vécu. Et il voulait enfin profiter de ses journées oisives pour la première fois de sa vie.

— Ne me retarde pas, Fluteau, à gratter dans chaque trou des rebords du chemin, j'ai besoin de rentrer, nous avons assez perdu de temps comme ça...

Le chien n'était pas la cause du retard mais dut s'exécuter, ne comprenant pas pourquoi son maître le rudoyait subitement de la sorte. Dans les yeux d'Auguste Vensac, on aurait pu déceler quelques éclats étranges.

Saint-Anthonin apparut. À la fontaine du village, il s'abreuva d'une louche d'eau fraîche bien méritée sans oublier de partager avec son chien.

Une fois de retour à la maison, Auguste et son petit-fils discutèrent un long moment de ce fameux banc.

— Je te félicite et te remercie, je n'ai jamais reçu un tel cadeau dont je vais faire profiter mes vieux jours. Confortablement installé et laissant mon chien aller où bon lui semble. Sans le vouloir, bien des souvenirs me sont revenus doucement, ces choses anciennes que l'on croie totalement effacées de notre mémoire et qui pourtant vivent encore dans un recoin de notre cerveau.

— Tu parles beaucoup sans me révéler grand-chose, Grand-père...

— Ce n'est pas toujours facile, mon gars, de se raconter, mais tu m'as laissé entendre il n'y a pas si longtemps, que tu avais porté ton dévolu sur deux jeunes filles en même temps et que tu ne trouvais pas la solution pour résoudre ton affaire, dis-moi si je me trompe, mon garçon ?

— C'est à peu près ça, et je n'ai aucune solution…

— Crois-en mon grand âge, il y a sûrement une solution à ton problème du moment.

— Pourquoi dis-tu « problème du moment », Grand-père ?

— Car au cours de ma longue vie, j'ai compris que le temps n'est constitué que d'accumulation de moments, et tous réunis forment un temps, ou le temps.

— Je ne te suis pas !

— On dit un temps pour chaque chose, mais parfois, la vie ne se tient pas à ce dicton. Les événements semblent arriver tous en même temps. Le plus difficile est de les dissocier. C'est ce qui t'arrive en ce moment, n'est-ce pas ?

— Oui, Grand-père…

— Souviens-toi toujours que tu es le seul maître à bord et que tu peux influencer le fleuve de ta vie même si elle ressemble parfois plus à un tourbillon qui te fait tourner la tête ! Et je te rassure, personne ne meurt de ces moments-là, ce qui n'empêche pas d'en souffrir.

Toute la famille se retrouva pour le souper, et on passa en revue les événements de la journée en s'arrêtant sur des détails qui avaient pu échapper aux autres assis à table.

— Tu es content de ton fauteuil ? demanda Jean à son père.

— J'en suis très satisfait et très surpris que Maurice ait su construire une chose pareille.

— C'est bien vrai qu'il est très adroit, dit la mère du jeune homme en lui lançant un sourire affectueux rempli de fierté.

— Avant d'y aller, je ne savais pas que le chemin s'arrêtait après l'oratoire. Un chemin qui s'arrête abruptement comme ça, ça me fait quelque chose, c'est triste en réalité, dit Maurice.

— C'est comme la vie, elle finit un jour pour tout le monde…

— Oh, les hommes ! Vous n'êtes pas jovials ce soir, intervint Louisette.

— Il y a des jours comme ça, et puis, ça passera bien. Demain, il fera soleil, et le travail ne manquera pas.

— Je préfère entendre des mots comme ça et toi, Maurice, tout va bien avec la jeunesse ?

Il avait bien compris de quoi voulait parler sa mère mais ne releva pas. À son âge, on n'aimait pas trop se confier à ses parents. Son grand-père, avec qui il avait une relation toute particulière depuis sa plus jeune enfance, faisait là exception. Il croisa son regard, et ce fut tout.

Avant de rejoindre leurs chambres respectives, les hommes de la famille Vensac sortirent dans la nuit noire pour se soulager, comme on le fait souvent dans les campagnes. Fluteau alla se coucher dans son abri bien garni de paille.

— Bonne nuit, mon cher Maurice.

— Bonne nuit à toi aussi, Grand-père.

Auguste Vensac était à présent couché entre ses draps douillets, mais un tracas labourait toujours son esprit, ses pensées l'empêchaient de s'endormir sereinement. L'après-midi lui laissait une sensation étrange, et sa discussion avec Maurice faisait remonter des souvenirs qu'il croyait pourtant avoir bien rangés. Il essaya de se concentrer sur autre chose, de calmer son esprit, de dompter ses pensées, mais il ne put empêcher l'image du beau visage de Solange d'apparaître dans la nuit. Oui, précisément celui de Solange Dartou de Crosac, la jolie brune aux yeux verts. Mon Dieu qu'elle était belle, oui, comme tombée du ciel !

Il se revoyait jeune homme, dont le cœur balançait entre deux jeunes femmes. Puis tout était devenu dramatique pour lui, incapable de s'éloigner de l'une ou de l'autre… Le diable sans doute s'en était mêlé et l'avait jeté dans les bras de l'irrésistible Gabrielle Labernat. Il avait beau dire à présent à son petit-fils que la vie était seulement faite de moments qui finissaient par passer, à l'époque, il avait bien cru être enfermé dans un tourbillon interminable de doutes et de questions auxquelles il se sentait bien incapable d'apporter des réponses. Et voilà que les sensations d'alors lui revenaient. Il avait à nouveau l'impression de tourner en boucle.

Solange avait sa manière bien à elle de lui parler. Dans le fond de ses yeux, il avait imaginé que son cœur était une fontaine de tendresse, et les mots et les phrases qui sortaient de sa bouche un océan d'amour. De petits papiers écrits de ses si belles mains la sublimaient tout en le bouleversant. Oui, maintenant, ça lui revenait, il avait conservé une lettre, mais où ?

Agacé comme jamais, il s'entendit jurer dans la nuit :

— Milladiou de Milladiou !

Puis quand il renonça à tenter de se souvenir, le sommeil enfin le gagna. Ce fut une nuit sans rêves.

*

À son réveil, rien de nouveau. Et les jours se succédèrent sans qu'il puisse se remémorer l'endroit où il avait caché la lettre. Il était cependant sûr de ne pas s'en être débarrassé. Peut-être aurait-ce été mieux et lui aurait évité de nombreux tracas.

Un matin cependant, l'envie le prit de se rendre dans son grenier sans savoir ce qu'il y cherchait comme le font souvent les vieux à qui les anciennes choses rappellent les jours passés.

Il n'y avait que des vieilleries, quelques vêtements que l'on gardait toujours selon la formule : « Ça peut toujours servir. » À vrai dire, on n'y touchait jamais, et seule la disparition du propriétaire autorisait que l'on s'en débarrassât et ce pour toujours.

Un œil-de-bœuf laissait entrer quelques rayons de lumière permettant d'éviter de s'égarer ou de se cogner dans ce fourbi.

— Ça devient le grenier de tous ici ! ronchonna Auguste.

Soudain, son pied heurta une masse robuste.

— Mais c'est ma malle, je m'en souviens maintenant, bon Dieu de bon Dieu ! Savoir ce qu'elle contient…

Au prix de maints efforts et à grand bruit, il la déplaça jusque dans sa chambre, comme s'il avait découvert un trésor. Alerté par le vacarme, Maurice rejoignit son grand-père, craignant que ce dernier soit tombé et se soit blessé :

— Mais que fais-tu là, Grand-père ? Pourquoi as-tu descendu cette vieillerie ?

— Cette vieillerie, comme tu dis, me ressemble, c'est un peu de ma jeunesse qu'il y a dans cette malle – et aussi un peu de celle de Gabrielle, ta grand-mère. Ne t'inquiète pas, j'ai juste envie de fouiller là-dedans sans trop savoir ce que j'y cherche !

— Ça me rassure, je te laisse à tes recherches, il y a peut-être un trésor oublié quelque part !

— S'il y en a un, je le trouverai et te l'offrirai !

Maurice lui sourit et alla se préparer pour une nouvelle journée de labeur qui s'annonçait longue et éreintante. Son père voulait profiter d'une météo favorable pour réparer les enclos qui accueilleraient les bêtes une fois les beaux jours revenus.

Chaussé de ses vieilles savates informes, Auguste ouvrit la malle qui n'était pas cadenassée et s'assit sur le bord de son lit pour regarder ces affaires dont personne ne se souciait plus depuis longtemps.

Il vida entièrement le coffre sur le sol, une caisse bien travaillée dont le fond et les rebords avaient été habillés d'un papier de tapisserie assez épais pour protéger le contenu.

— Je ne me souvenais pas que la caisse était si belle, dit-il tout haut sans se rendre compte qu'il se parlait à lui-même. J'en suis très étonné ! Il est vrai qu'autrefois, on ne fabriquait que de belles choses, même les malles destinées à vieillir dans l'obscurité des greniers.

Soudain, sa main, qui tâtonnait à la recherche des derniers objets, devina une épaisseur inhabituelle dans un recoin, là, sous le papier.

— Milladiou de Milladiou. Est-ce possible ? Oui ! Ça me revient maintenant, je sais ce qu'il y a sous ce papier, enfin, je l'espère.

C'était bien la lettre, oui, la dernière lettre de la belle Solange aux yeux verts ! À l'époque, il l'avait dissimulée entre la paroi et le papier qu'il avait recollé aussi méticuleusement que possible. À première vue, personne ne semblait y avoir touché.

Presque tremblant, il remit tous les chiffons dans le même désordre où il les avait trouvés. Il n'avait ni le temps ni l'envie de tout ranger. Il était bien trop impatient et secoué par cette découverte.

Il soupira profondément, se sentant à la fois rassuré et ébranlé au plus profond de son être. Auguste crut avoir enfin retrouvé ce fil si fragile, suspendu à sa pauvre mémoire. Il ne voulait pas encore le rompre et ne chercha pas tout de suite à extraire la lettre de sa cachette… Il avait trop peur de voir ressurgir le souvenir de moments heureux sacrifiés et de tourments qui ne semblaient plus vouloir finir.

Lorsqu'un peu plus tard, il rejoignit sa famille, il prit bien garde de dissimuler les émotions contradictoires qui le traversaient. Il ne pouvait rien laisser paraître, car il n'était pas prêt à en parler à qui que ce soit, pas même à son petit-fils dont il se sentait si proche et qui, en quelque sorte, avait déclenché cette vague de souvenirs inattendus.

— Quelque chose te tracasse ? lui demanda pourtant Jean plus tard dans la journée. Louisette m'en a fait la remarque, elle te sent préoccupé, chiffonné depuis ce matin. Veux-tu que l'on prévienne le médecin ? Il n'y aurait rien de mal à ça, il te connaît bien et pourrait peut-être te donner un remontant, s'il le juge utile. Même Maurice pense que tu as un souci.

— Je vais très bien, rassurez-vous, il y a des jours comme ça chez les vieux. Un jour tout va bien, et un autre, sans savoir pourquoi, on est… Mais, plaisanta-t-il, je ferai un bon centenaire ! Ne te fais pas de soucis !

— J'en suis convaincu ! Mais tu n'aurais pas pris froid au moins dans le chemin, ce n'est pas encore le printemps…

— Ce chemin est sur l'adret de la colline et pas sur l'ubac côté nord. Je parcours ce chemin depuis si longtemps que j'en connais chaque virage, chaque ombre et chaque coin ensoleillé. Maurice a eu la gentillesse et la bonne idée d'installer le banc au meilleur endroit qui voit la lumière presque toute la journée !

La nuit venue, Auguste, une fois couché entre ses draps de coton, ne trouva de nouveau pas le sommeil. Le fil de ses souvenirs qu'il avait commencé à tirer le taraudait, et maintenant, il ne pouvait plus chasser cette malle de ses pensées. Mais pourquoi était-il allé chercher ce coffre débordant de vieilleries ? Il voulait pourtant dormir, il voulait finalement oublier. Il s'interdit de se relever pour aller décoller le papier qui cachait son plus beau mais aussi plus triste souvenir. Quand il sombra enfin dans les bras de Morphée, il ne put cependant s'empêcher d'essayer de se remémorer le contenu approximatif de la lettre.

*

Le lendemain, son fils et son petit-fils s'étaient déjà occupés des bêtes lorsque Louisette leur servit à tous un petit-déjeuner solide. Le travail des fermes demande dès le matin du consistant dans l'estomac.

— As-tu bien dormi, Grand-père ? demanda Maurice alors qu'ils étaient assis au coin du cantou qui prenait tout un pan de mur.

— Oui, il est grand temps d'en profiter vu mon âge…

— Depuis que tu nous le répètes, je suis bien content que tu le fasses enfin !

— La pluie n'est pas loin, je vais me cantonner au coin du feu aujourd'hui et penser à ce que je vais faire demain qui sera un autre jour ! Ce n'est guère original mais depuis le temps que ça dure ainsi…

— Et tu en as bien de la chance. Pour ma part, il va bien falloir que je sorte tout de même. Mon père n'apprécierait pas que je prenne quelques gouttes d'eau comme excuse pour ne pas travailler !

*

Après s'être assuré que tout le monde avait bien quitté la maison, Auguste remonta dans sa chambre.

Il fallait qu'il vérifie ce qui était caché derrière le papier qui tapissait la malle. Peut-être qu'il s'était trompé et c'était tout autre chose que la lettre de Solange. À son âge, les idées s'embrouillaient facilement, mais même s'il appréhendait ce moment, il n'y tenait plus. À plus de soixante-quinze ans, il était grand temps de se confronter une fois pour toutes au passé...

Il s'arma d'une lame de son rasoir afin de découper délicatement le papier adroitement collé. Il vida à nouveau le contenu de la malle et s'attela à la tâche. Il découpa les bords le long de l'épaisseur et là, sous ses yeux ébahis, apparut une enveloppe qui le remplit d'émotions.

Il déposa précautionneusement la lettre sur son lit. Puis, comme pour gagner du temps, remit cette fois-ci un à un les objets et tissus qui depuis des décennies attendaient leur heure dans la caisse. Ensuite, non comme un voleur mais tel un enfant qui craint d'être pris en flagrant délit, il remonta la malle au grenier.

Une fois la porte de sa chambre bien verrouillée, il essuya les verres de ses lunettes, s'assit sur le bord du lit et ouvrit délicatement l'enveloppe. La page qu'il en tira était quelque peu jaunie.

Il ne put retenir son juron préféré :

— Milladiou de Milladiou !

Avant même qu'il commence à lire, les mots tracés sur le papier, il y avait des années et des années de cela, par la main tremblante de Solange Dartou se réécrivaient dans sa tête. Tout lui revenait.

Il déchaussa ses lunettes d'une main tremblante et de l'autre, plaça la lettre sur le bord du lit. Comme s'il n'était finalement pas pressé de lire. Son regard se posa au loin sur le paysage que l'on apercevait par la fenêtre de sa chambre, et il murmura tout bas :

— Ma pauvre et chère Solange !

Des larmes coulèrent de ses yeux... Oui, même à son âge, on avait le droit de pleurer. On pourrait même dire : enfin...

Chapitre 3

Auguste se rendait maintenant compte qu'il n'avait jamais vraiment oublié les mots si beaux qu'elle lui avait laissés. Ils étaient juste restés cachés au fond de sa mémoire des années durant, comme le lieu où il les avait conservés. Un endroit loin de ses propres yeux et de ceux d'indiscrets, dans l'espoir d'un jour ne plus y penser, car il avait été bien incapable de les détruire.

Rassemblant toutes ses forces, et comme pour faire revivre un passé lointain, il décida de lire à voix haute la promesse de Solange, l'une des deux femmes qu'il avait aimées. L'une d'un amour fougueux et charnel sitôt consommé. L'autre d'un amour tendre où les mots et les gestes doux dominaient. Il se demanda si Maurice était confronté à la même configuration des sentiments.

« J'ose espérer qu'il fasse le bon choix, mais en existe-t-il un ? À quoi bon réfléchir puisque le passé est le passé, et rien ne peut le modifier… »

Il déplia la feuille devenue un peu fragile et, avec précaution, commença à la lire, tout d'abord à voix basse puis de plus en plus forte.

> *Mon très cher Auguste,*
>
> *J'ai appris par des commérages que je n'étais plus seule dans ton cœur où avait pris place une nommée Gabrielle dont j'avais entendu parler, sans y prêter la moindre attention.*
>
> *Je croyais que tu m'aimais comme je t'aime. Que s'est-il donc passé ? J'ai même appris autre chose mais je ne t'en parlerai pas, ce n'est plus nécessaire et même trop cruel.*
>
> *Quant à moi, je vais tenir ma promesse, quoi qu'il arrive, mais si discrètement que tu ne seras pas ennuyé. Je t'aimerai toujours, mon cher amour, et jusqu'à ce que les racines des arbres poussent sur les branches de ceux-ci. Ne viens plus à Crosac, ne dépasse plus l'oratoire où je ne viendrai plus jamais. Que Dieu, s'il existe, te protège…*
>
> *Solange Dartou*

Auguste se remit à pleurer, et ses larmes lui faisaient si mal qu'il s'imagina qu'elles étaient de sang.

Jamais il n'aurait dû relire ces mots qui éveillaient tant de souvenirs, qui soulevaient tant de questions auxquelles il était bien vain de vouloir répondre après tant d'années passées à oublier. Ce n'est pas pour rien qu'il les avait enfermés dans cette malle abandonnée seule dans un grenier que personne ne visitait jamais, destinée à être jetée tôt ou tard.

Maintenant qu'il avait ouvert les vannes cependant, les questions et les souvenirs se précipitaient à la surface. Qu'était devenue Solange Dartou plus jeune de quelques années ?

Une chose était certaine : l'oratoire qu'ils fréquentaient jadis était toujours là, à la limite entre la commune de Crosac et celle de Saint-Anthonin, perdue maintenant au fond des bois. Son chemin favori y menait, mais il n'y allait jamais, rebroussant chemin avant d'être confronté à un passé qu'il s'était convaincu d'avoir oublié. Après que son père l'avait contraint à épouser Gabrielle, il s'était même interdit d'aller à Crosac. Par honte, par crainte ou simplement par couardise, il n'aurait su le dire, mais il se souvenait à présent qu'il avait tout fait pour éviter d'entrer en contact avec quiconque en lien avec Solange. Il s'était enfermé à Perce-Neige. Les rumeurs avaient couru, les langues avaient colporté des histoires, mais les saisons et le temps passant, les commères avaient trouvé d'autre sujet de discussion. Et on avait oublié.

Auguste Vensac ne se sentait pas bien du tout.

— Si au moins, je m'en étais débarrassé au bon moment…, se tança-t-il à voix haute tandis qu'il regardait par la fenêtre de sa chambre.

Mais il était bien forcé de s'avouer que les « si » ne servaient jamais à rien, car on les employait toujours quand il était déjà trop tard. Ah, si j'avais su. Ah, si j'avais pu freiner à temps !

Auguste, sa tête bourdonnant des mots qu'il avait redécouverts, se mit à repenser à ce passé et à cette histoire de racines poussant sur les branches des arbres.

Mais où les femmes allaient-elles chercher d'aussi invraisemblables choses, se demanda-t-il.

Il n'y avait que Solange pour parler ainsi. Elle aimait observer les arbres et les formes diverses qu'ils prenaient, qu'ils soient groupés en forêt ou seuls sur les collines. Leur aspect, leurs couleurs changeaient suivant les saisons, les orages ou le ciel bleu et la ravissaient.

Tout à ses pensées, il se remémora Gabrielle et Solange lorsque tous trois étaient jeunes et éperdument amoureux. Corps et âme, Gabrielle s'était donnée à lui tandis que Solange se comportait comme un ange innocent prenant chaque jour le chemin qui menait à l'oratoire où ils se retrouvaient en secret.

Mais qu'était devenue Solange de Crosac ?

*

Le vieil Auguste avait bien avant l'heure transmis la ferme à son fils pour que celui-ci puisse en vivre et prendre la relève le plus tôt possible. Jean travaillait la terre qu'il aimait tant avec son fils Maurice. En échange, Auguste n'avait demandé qu'à être logé et nourri. C'était un arrangement un peu inhabituel mais qui satisfaisait tout le monde. Maurice adorait son grand-père, et ce dernier n'était pas du genre à la dépense. Ses besoins avaient toujours été très frugaux.

Ainsi, Auguste, à qui l'on ne demandait plus de travailler, se retrouvait – en quelque sorte – libre d'aller et de venir à son gré aussi bien sur les chemins de terre que sur ceux des souvenirs. Il avait beaucoup de temps pour lui.

Si les guerres l'avaient épargné, contrairement à d'autres de la région, et s'il avait vécu plus qu'il n'était raisonnable de le faire, peut-être était-ce pour lui donner une chance de replonger dans le passé pour mieux le comprendre et pour enfin partir heureux quand son heure aurait enfin sonné.

Seul Maurice deviendrait son confident, car des décennies plus tard, il était confronté à un dilemme similaire. Auguste aimait beaucoup son petit-fils dont il se sentait très proche. Il était aussi le plus à même de le comprendre contrairement à son fils Jean qui avait hérité de sa mère un caractère emporté et peu enclin à la rêverie et aux grands sentiments.

C'est ainsi que chaque jour de beau temps, Auguste prit encore plus qu'avant la direction de ce vieux chemin que Gabrielle n'avait que rarement fréquenté. Et Maurice se demandait d'où venait cette nouvelle habitude apparue peu après la mort subite de sa grand-mère. Il était cependant heureux de voir son grand-père s'en aller ainsi pour profiter de ce chemin qu'il aimait tant et pour être bien en face de ces collines qu'on voyait au loin et qui abritaient pour le vieil homme des secrets dont son père et lui ignoraient tout.

Auguste, lui qui n'avait jamais été oisif de sa vie, restait maintenant assis pendant des heures sur le banc que son petit-fils avait construit pour lui, son chien Fluteau entre ses jambes. Il repensait à sa jeunesse bien lointaine aujourd'hui. Et tout ça, se disait-il, parce qu'il avait retrouvé cette lettre et aussi parce que Gabrielle l'avait quitté subitement, emportée par une méchante et terrible grippe, après de nombreuses années de mariage. Avait-il raison de repenser à Solange ? En avait-il même le droit ?

Seul dans la forêt avec pour seule compagnie ses souvenirs et son chien Fluteau, il s'adressa à ce dernier qui s'allongeait de plus en plus souvent à ses pieds, fatigué lui aussi de courir après des ombres dans les sous-bois.

— Crois-tu que je sois fou de repenser à Solange ? Si elle est encore en vie, elle m'a sûrement oublié. Ce qui n'aurait rien d'extraordinaire, comme moi je l'ai fait pour elle pendant longtemps. Est-elle mariée ? A-t-elle une famille ? Est-elle seulement encore en vie ? Elle n'avait à l'époque que quelques années de moins que moi. Et Dieu sait que j'ai, pour ma part, déjà vécu bien trop longtemps.

Tout en parlant, il dessinait avec la pointe de son bâton des formes aléatoires, une façon comme une autre d'occuper ses mains habituées au dur labeur du matin au soir.

Avant la décision fatidique de son père, il n'avait mis qu'une fois les pieds à Crosac, village ressemblant beaucoup à Saint-Anthonin. Il y avait une vieille église et un marché qu'on disait plus important que le leur. Auguste s'étonnait encore de ne jamais y être retourné depuis des décennies… Peut-être son inconscient avait-il toujours su ce qui l'attendait là-bas alors que lui avait dû depuis longtemps tourner la page.

— Fluteau, je vais me rendre à Crosac ! lança Auguste en se levant d'un bond aussi preste que son vieux corps le lui permettait.

Cette idée folle semblait lui donner des ailes et n'était pas près de s'envoler pour autant.

L'animal manifesta son consentement en remuant frénétiquement de la queue comme si lui aussi était emballé par ce voyage.

— Je vais m'y rendre au plus vite, mais il nous faut imaginer un prétexte pour mon fils et sa famille, expliqua-t-il à son compagnon.

Il prendrait l'autocar, direction Aurillac comme il le faisait de temps à autre pour se rendre au marché et boire un coup avec d'anciens paysans comme lui. Sa destination précise ce jour-là cependant ne serait pas Aurillac mais Crosac. Le chemin à travers la forêt aurait été plus direct, car le car faisait un détour. Il ne voulait cependant pas attirer l'attention en disparaissant dans la campagne pendant des heures. De plus, il ne savait pas dans quel état était le sentier après l'oratoire et sa petite fontaine. Et il n'avait pas envie d'arriver tout crotté à Crosac.

— Alors tu veux aller à Aurillac ? lui demanda Maurice lorsqu'Auguste lui fit part de son plan le lendemain. Ne voudrais-tu pas que je t'accompagne ?

— Non, Maurice, tu veilleras sur mon chien Fluteau. Je ne pense pas qu'il apprécierait le voyage. Il n'a jamais trop quitté la ferme, et la seule chose qu'il connaisse, ce sont les forêts aux alentours. La foule lui ferait peur.

— Je te conduirai au départ du car alors.

*

Pour cette escapade, Auguste s'habilla avec soin. Il choisit sa plus belle chemise et son gilet de velours marron, dans lequel il glissa sa montre gousset.

— Vous êtes beau comme un astre, lui dit sa belle-fille au moment du départ.

Il sourit mais ne répondit pas.

À quelques kilomètres de Saint-Anthonin, l'autobus s'arrêta à Crosac. Il en descendit, rejoignit la rue principale et repéra une petite auberge où il commanda un café.

— Voudriez-vous un croissant, monsieur ?

— Pardi, pourquoi pas.

Accoudés au bar, deux consommateurs en étaient déjà au blanc, une cigarette au coin des lèvres.

— On n'a pas l'habitude de vous voir ici, vous êtes nouveau dans le coin ? demanda l'homme derrière le comptoir qui devait être le propriétaire.

— Je n'habite pas très loin, à Saint-Anthonin.

— Ah, un beau village en effet, aussi grand que le nôtre.

Auguste demeura un instant silencieux, ne sachant pas comment entamer la conversation au sujet de Solange. Puis soudain, n'y tenant plus, il demanda de but en blanc :

— La famille Dartou habite toujours ici ?

— Oui, leur exploitation est une petite ferme qui aurait bien besoin d'être modernisée, si vous me demandez mon avis, mais chacun voit midi à sa porte.

— Vous les connaissez ?

— Les parents sont décédés depuis longtemps. La fille n'a jamais trouvé de mari, certains la disent un peu folle. Le fils vit avec sa femme et sa fille de l'autre côté de la propriété.

Elle était donc encore en vie, c'est tout ce qu'il voulait savoir aujourd'hui, enfin presque tout. Il s'étonna cependant de ne pas se souvenir d'un frère. Et que dire du fait que Solange ne s'était jamais mariée? S'en était-elle vraiment tenue à la promesse qu'elle avait faite dans sa lettre? Une vague de mauvaise conscience le submergea.

Il recommanda un café, prenant tout son temps. La cuillère faisait des ronds inutiles dans sa tasse. À nouveau perdu dans ses pensées, il n'était plus là, parmi les consommateurs matinaux qui parlaient déjà fort, levant leur verre et tirant sur leur cigarette.

Soudain, le patron s'approcha de lui et lui demanda si tout allait comme il le souhaitait.

— Oui, tout va bien, votre café était délicieux, merci beaucoup, je vais libérer la place.

— Mais vous ne me dérangez aucunement, bien au contraire.

Il n'était venu qu'une fois dans sa vie à Crosac, pour prêter main-forte lors de battages, mais il y avait de cela si longtemps qu'il avait bien du mal à s'orienter dans les rues, même si elles se comptaient plus ou moins sur les doigts d'une main.

Un petit village avec comme tous les autres, une église très ancienne, une petite place autour où l'on devinait qu'elle servait à des parties de boules comme souvent par ici, dans les bourgs.

Mais comment allait-il s'y prendre pour trouver la ferme de Solange?

Il marchait doucement tel un promeneur, un curieux qu'il était en somme, tentant de passer inaperçu. Il n'osait pas demander son chemin à une des rares personnes présentes à cette heure matinale. Son regard tomba finalement sur une vieille femme qui, appuyée sur sa canne, semblait surveiller son chien.

Il hésitait encore à l'approcher lorsqu'elle l'aperçut et lui lança en se dirigeant lentement vers lui :

— Cherchez-vous quelqu'un ?

— Excusez-moi de vous déranger, oui, je voudrais savoir où se situe la ferme des Dartou.

— On voit bien que vous n'êtes pas d'ici, car elle est toujours à la même place depuis une éternité !

Elle le regarda d'un air un peu suspicieux, mais il dut lui paraître inoffensif, car elle lui dit enfin :

— Prenez ce bout de chemin à droite de l'église, et vous ne pouvez pas vous tromper, la Solangeoune vous y accueillera, enfin la vieille Solange.

— Merci, madame.

La Solangeoune ? Y aurait-il une histoire autour d'elle pour qu'elle ait droit à un sobriquet ? Dans les campagnes, les surnoms bizarres étaient souvent donnés à des personnes au comportement parfois si étrange que les enfants, sur les recommandations des parents, s'éloignaient d'elles.

Après avoir remercié la dame qui rejoignit son chien, il suivit le cœur lourd la direction qu'elle lui avait indiquée. Se pouvait-il que Solange soit devenue l'une de ces personnes étranges ? Par sa faute ?

— La Solangeoune, répéta-t-il doucement tout en avançant.

Était-il bien raisonnable de se rendre à sa ferme ?

En ralentissant le pas, il pensa à nouveau à la lettre, la seule qu'il eut conservée et aussi la seule d'ailleurs qu'il eut jamais reçue. Ressemblait-elle toujours à Solange, son amoureuse trop raisonnable qu'il avait lâchement abandonnée ? Pourquoi avait-elle ce surnom aujourd'hui ? S'occupait-elle toute seule de la ferme ? Ou son frère l'aidait-il ? Et ses yeux, étaient-ils toujours aussi beaux ? Les questions se télescopaient dans sa tête.

À mesure qu'il avançait à pas lents et mesurés, il apercevait les contours de la petite ferme de plus en plus clairement. Tout paraissait en bon état et régulièrement entretenu. Des gens travaillaient sans nul doute ici, mais aucun chien ne se manifesta. Il s'arrêta et, retenant son souffle, attendit en observant les bâtiments.

Aucune fumée ne sortait de la cheminée. Peut-être n'habitait-elle plus là finalement, ou avait tout simplement laissé le feu s'éteindre. Nul bruit ne s'échappait de la maison, aucune conversation ne lui parvenait. On aurait dit une ferme fantôme.

Soudain, une silhouette se rapprocha, la silhouette d'une femme avec un panier au bras. Était-ce possible que ce fût Solange ?

Lorsqu'elle fut à portée de voix, elle lui lança :

— Je n'ai besoin de rien, ni de personne, allez-vous-en !

Auguste fut comme paralysé par ces mots. Il n'était certes ni un marchand ambulant ni un employé de ferme en quête de travail, mais bouleversé, il ne savait même plus ce qu'il était venu chercher en ces lieux.

Après un court silence, le temps de retrouver ses esprits, il lui fit un signe d'apaisement de la main.

— Je ne vends rien, Solange, je ne vends rien !

— Comment m'avez-vous appelée ?

— Solange, car vous êtes bien Solange Dartou, n'est-ce pas ?

Chapitre 4

La femme s'immobilisa. Auguste s'approcha doucement, tout doucement. Ils s'observèrent longuement. Ce fut Solange qui le reconnut la première.

— Alors tu n'es pas mort depuis tout ce temps ?

Abordé de cette manière, Auguste encaissa le choc et tenta de dire quelque chose mais en vain.

— Que cherches-tu, mon pauvre Auguste ? Je ne suis plus Solange mais la Solangeoune comme on me surnomme par ici, et ça n'a jamais été bien glorieux, tu peux m'en croire…

Auguste fit quelques pas vers elle et retrouva enfin la parole.

— Je ne te veux aucun mal, Solange, bien au contraire…

— Il fait trop froid dehors pour nos vieux os, viens, rentrons.

— Merci de ne pas me chasser.

— Tu le mériterais sans nul doute, mais tout est si loin aujourd'hui.

— Donne-moi ton panier, Solange, s'il te plaît.

— Toujours aussi aimable à ce que je vois, mais je préfère me débrouiller seule. J'en ai pris l'habitude après tout ce temps.

L'un à côté de l'autre, ils avancèrent à pas lents vers la modeste demeure. La grange et l'étable se trouvaient un peu plus loin, en contrebas.

— J'habite ici dans la petite ferme de mes parents dont j'ai hérité. Un ouvrier agricole vient m'aider parfois. Avant, je n'avais besoin de personne pour mener la barque, comme on dit, mais je suis bien trop vieille pour tout faire toute seule.

Elle poussa la porte et l'invita à entrer. Auguste cependant resta comme cloué sur place, muet. On aurait dit qu'il n'arrivait pas à en croire ses yeux : après tant d'années, il allait entrer chez Solange Dartou…

Quand il sortit enfin de sa léthargie, il passa le pas de la porte que Solange tenait toujours en lui lançant un regard interrogateur. Sous le coup de l'émotion, la gorge nouée, il avala bruyamment sa salive.

— Voudrais-tu un café, puisque tu es venu enfin prendre de mes nouvelles ? Mais je me demande bien pourquoi après tant d'années ? Je ne savais même pas si tu étais toujours vivant…

— Moi non plus, murmura-t-il comme s'il n'osait pas parler trop fort de peur de se réveiller d'un rêve. Le temps a écrit son histoire, et les événements ont pris le dessus…

— Et pourquoi aujourd'hui, as-tu enfin cherché à me revoir, après toutes ces années ?

— Parce que j'ai retrouvé ta dernière lettre que j'avais toujours conservée mais tellement dissimilée que seule une illumination m'a permis de la retrouver. Je suis tellement désolé Solange..., bafouilla-t-il.

Il ne trouvait toujours pas ses mots. Il ne s'était pas attendu à découvrir une Solange bien différente de la jeune fille de son souvenir. Loin était la jouvencelle timide. Face à lui se tenait une femme au caractère bien trempé. Il ne savait pas vraiment à quoi il s'était attendu, mais la Solange qu'il retrouvait semblait avoir vécu bien des malheurs.

Un lourd silence s'était maintenant installé, comme si le ciel s'était tout d'un coup abattu sur eux et ne laissait que le minimum pour respirer.

— Te rappelles-tu notre bout de chemin où nous nous retrouvions ?

Elle détourna la tête comme blessée.

— Cette époque est bien loin, et tu ne sais rien de ce que j'ai dû endurer. Lors d'un battage, des hommes m'ont « attrapée », comme ils disaient. Et tu sais comment c'était à l'époque, et encore aujourd'hui, d'ailleurs. On m'a ensuite traînée dans la boue et surnommée la Solangeoune, c'est-à-dire fille de mauvaise vie ! Plus personne ne voulait avoir affaire à moi. Et je sais bien qu'on m'appelle encore comme ça. La vindicte ne se dissout pas dans les campagnes, que non !

— Oh, ma pauvre Solange, je suis tellement désolé. Tout est ma faute, si je ne t'avais pas abandonnée..., souffla-t-il des larmes aux yeux. Je n'en savais rien. Quand mon père a appris que Gabrielle était enceinte, j'ai dû l'épouser. Pour éviter la vindicte justement... J'ai été lâche. La vie est injuste, car tu m'aimais autrement, plus dignement, oui, plus dignement, plus honorablement.

— Ça n'a pas servi à grand-chose...

— Je n'ai jamais oublié ta formule : « les racines poussant sur les branches... »

— Je ne m'en souviens pas..., dit-elle.

— Excuse-moi, Solange. Je ne voulais pas remuer le couteau dans la plaie. Je sais que je me suis mal comporté.

— Crois-tu que, même après toutes ces années, j'ai oublié notre histoire ? Si tu le crois c'est que tu ne m'as pas aimée comme moi je t'aimais, mais aujourd'hui, il ne faut plus parler de ça. J'ai eu ma part de malheur et plus encore. Et quand je te vois là, face à moi, sans trop savoir ce que tu es venu chercher, je me demande bien ce que la vie réserve encore à une vieille femme comme moi ! Que veux-tu ?

— Je suis veuf maintenant et après avoir donné la ferme à mon fils, j'ai eu tout le temps de repenser au passé qui petit à petit est remonté. C'est comme ça que j'ai retrouvé ta lettre, et je me suis enfin rendu compte de tout le mal que je t'avais fait. J'ai eu cette envie de savoir comment tu allais, si tu étais toujours là, à Crosac. Je voulais te demander pardon, mais je n'aurais jamais dû venir ici. Pardonne-moi cette intrusion dans ta vie, pardon…

— Arrête de t'excuser, cela ne sert à rien. Ce qui est fait et fait, et c'est du passé plus que lointain. C'est la vie. Bois ton café, il va refroidir ! lui dit-elle d'un ton brusque pour masquer son émotion.

Un lourd silence s'installa à nouveau jusqu'à ce que Solange le brise d'une voix un peu tremblante.

— Faut pas parler de vie mais plutôt de petite mort. Chacun son lot à la loterie de la vie ! Le mien n'était pas très bon.

— Je vais souvent sur le chemin que nous adorions. Je ne vais cependant jamais jusqu'à l'oratoire… Mon petit-fils Maurice m'a installé un banc de bois. Chaque fois que le temps le permet, je vais m'y asseoir et je t'entends me parler des collines, des arbres, de leurs couleurs et des formes biscornues qu'ils prennent parfois.

Ils se regardèrent, deux visages marqués par le temps, affouillés, mais avec les mêmes yeux.

— Et si un jour, vers le chemin…

— Mais de quel jour parles-tu, Auguste ?

Il détourna le regard, ne sachant que dire, submergé par l'émotion et conscient du fait que Solange avait eu une vie bien plus rude que la sienne. Il avait honte.

— Je te dis ça parce que tant de fois, j'ai pensé à notre histoire, enfin celle que tu as rendue éphémère, mais n'y revenons pas, ajoute-t-elle, tristement. La vie en a décidé autrement.

Auguste fixa longuement la cheminée éteinte et leva enfin les yeux vers cette femme que, jadis, il avait connue et aimée. Et si Gabrielle n'était pas tombée enceinte, et si son père ne l'avait pas contraint à l'épouser, et s'il était resté avec Solange. Et si, et si, et si… Mais il le savait bien : les « si » ne servaient jamais à rien, car on les employait toujours quand il était déjà trop tard. Ainsi se contenta-t-il de la vérité, de ce sentiment qu'il éprouvait en ce moment même :

— Je suis très heureux de t'avoir revue et retrouvée. Ta lettre si enflammée a accompli sa mission, celle de nous réunir un jour !

Elle soupira discrètement. Bien qu'elle ne veuille pas trop le montrer, dans le fond de son cœur, quelque chose avait sensiblement bougé, vibré. Auguste avait été le seul homme dans sa vie, oui, le seul qu'elle avait aimé et à qui elle s'était livrée de toute son âme avant que d'autres lui arrachent son corps et sa vie.

— On s'aimait bien tous les deux, n'est-ce pas ? murmura-t-elle à son tour.

— Oui, répondit-il simplement, presque timidement, attendant qu'elle en dise plus. Mais les mots qu'elle prononça alors le clouèrent sur place.

— Alors retournons sur le chemin que nous prenions jadis.

La prunelle de ses yeux brillait tout à coup d'une lueur qui rappela à Auguste la jeune femme d'antan.

— Tu ferais ça ? En es-tu certaine ? souffla-t-il, n'en croyant pas ses oreilles.

— Oui, parole de Solange !

Que se passa-t-il dans la tête d'Auguste à ce moment précis ? Nul ne saurait le dire, mais il s'approcha de son visage. Doucement, elle se laissa faire, il l'attira à lui et déposa un baiser furtif sur son front.

Pendant un long moment, ni l'un ni l'autre ne sut que dire, comme suspendus dans le temps, n'osant pas briser cet instant aussi inattendu que délicieux.

— Pardon Solange, je n'ai pas pu résister…

— Et comme tu as bien fait, Auguste ! Je croyais que ça ne m'arriverait plus jamais de ma vie. À nos âges, ç'aurait été de la folie que de l'imaginer. Et à nos âges, ce serait de la folie de s'en priver.

— Alors retournons sur le chemin que nous arpentions jadis, dit Auguste en reprenant les mots que Solange avait prononcés et qui avaient tout changé. Chaque jour où le soleil se montrera, je me rendrai sur le chemin, tu m'y trouveras sur le banc en compagnie de mon chien.

Elle ne répondit rien, mais juste avant qu'il parte pour reprendre le bus dans le sens inverse, elle l'embrassa à son tour.

L'employé de ferme qui aidait Solange fut bien surpris quand il vit sortir un vieil homme de chez sa patronne, un grand sourire aux lèvres.

Auguste s'en retourna avec cette promesse extraordinaire. Solange viendrait lui rendre visite sur le chemin enchanteur, celui de l'espoir sans doute, mais dans quelle perspective ? Seraient-ils devenus fous tous les deux ? Avait-on déjà vu des amoureux de leur âge dans le pays ?

— Eh bien, il est maintenant possible qu'on en voie, dit-il à voix haute.

*

Assis à la fenêtre dans le bus, les yeux verts de Solange le bouleversaient encore. Dans sa tête, un sursaut de jeunesse, une envie soudaine de ne plus vieillir trop vite. La vie avait été rude avec eux, surtout avec Solange. Ne méritaient-ils pas, ne méritait-elle pas de profiter d'un coin de ciel bleu tant que le soleil le voudrait bien ? À quoi bon l'angoisse du lendemain ? C'était l'avantage de leur grand âge : ils ne savaient pas combien il y en aurait encore. Même s'il y en aurait ne serait-ce qu'un.

En rentrant de sa sortie secrète, Auguste ne pensait donc désormais qu'à Solange Dartou. Mais comment allait-il se comporter auprès de sa famille ? Que pouvait-il bien dire aux siens qui l'attendaient à Perce-Neige ?

— Alors, as-tu rencontré du monde, des connaissances ? lui demanda Jean une fois que son père fut rentré à la ferme.

— Rien de bien nouveau. Chacun mène sa vie, quelques vieux meurent aussi, et d'autres survivent comme ils peuvent, d'autres sont dans des hospices…

— Toi, tu as de la chance de vivre avec nous, n'est-ce pas ? lui dit alors Maurice.

Auguste regarda Maurice tout en pensant qu'il devrait se confier à lui, lui raconter ce qu'il venait de vivre. Il le comprendrait. Non seulement parce qu'il vivait une situation similaire à la sienne autrefois, mais surtout parce que c'était un bon et gentil garçon ouvert d'esprit.

— Tu as l'air fatigué, le père, lui dit alors Jean qui avait pris l'habitude de l'appeler ainsi, de manière affectueuse certes mais toujours un peu abrupte cependant.

— Je ne sors pas si souvent et lorsque je rentre, j'en ai déjà oublié certaines conversations, mais ça fait du bien aussi de changer d'air…

— Tu as rencontré quelqu'un que je connais ?

— Non, pas en particulier. Beaucoup m'ont salué de la main, mais en semaine, les gens ont peu de temps pour causer. J'ai juste appris qu'un ou deux couples de vieux étaient maintenant en maison de retraite, car ils ne s'entendaient plus avec les leurs chez eux.

— Ce sont des situations qui arrivent parfois, mais toi, tu es bien ici ?

Il ne répondit pas et rejoignit sa chambre sous le prétexte de vouloir se changer. Il avait besoin d'être seul pour réfléchir.

Après avoir bien refermé la porte derrière lui, Auguste s'assit sur son lit et reprit la lettre de Solange. Il la relut une fois de plus.

— Milladiou de Milladiou, ne put-il s'empêcher de dire à voix basse. J'ai perdu une partie de ma vie, mais en ce temps-là, je ne m'en rendais pas compte ! Lorsque Gabrielle est morte, j'aurais dû partir d'ici mais au lieu de ça, j'ai procédé à l'arrangement de famille et suis resté. Si j'avais su que Solange… Est-ce que le temps perdu pouvait se rattraper ? L'âge empêchait-il d'aimer ?

Pendant le souper, le sujet des personnes parties en maison de retraite revint sur le tapis au point que son fils Jean lui dit d'un ton soucieux qui laissait transparaître son malaise avec le sujet :

— Si c'est une option que tu envisages, nous le comprendrions, même si ce n'est pas ce que nous souhaitons…

Maurice regardait son grand-père attentivement, essayant de deviner ce qui lui trottait dans la tête. Le vieil homme n'avait, jusque-là, jamais parlé de maisons de retraite. Il semblait satisfait de l'accord passé avec son fils et heureux de vivre près de lui, son petit-fils. Voulait-il faire comme d'autres ? Avait-il besoin d'échanger avec des gens de son âge plus à même de parler du passé et de comprendre ses préoccupations ? Il préféra attendre qu'ils soient en tête à tête pour parler entre quatre yeux de cette nouvelle lubie inattendue.

Le lendemain, Auguste demanda à Maurice de le suivre sur son chemin préféré. Fluteau les accompagnait et courait partout comme à son habitude. Soudain, Maurice se tourna vers Auguste :

— Tu voulais me parler, Grand-père ?

— Oui, je considère que le temps est venu pour que tu sois au fait de choses qui se sont passées pour moi dans ma vie.

— Graves, Grand-père ?

— Ne t'inquiète pas, Maurice, mais d'abord, parlons de toi. Comment vont tes deux amours ?

— C'est pour ça que tu m'as demandé de t'accompagner ici ?

— Ce dont je voudrais te parler a en quelque sorte un lien avec ta situation actuelle. Mais je compte sur toi et ta discrétion pour que cela reste entre nous…

— Il s'est passé quelque chose de particulier pour que tu insistes à m'en parler maintenant ? s'inquiéta Maurice qui n'avait pas oublié la discussion de la veille au sujet des maisons de retraite.

— Tu sais l'autre jour quand je suis allé dans le grenier, j'y ai retrouvé une malle remplie de vieilleries. En la voyant, tout m'est revenu, et je me suis souvenu que j'y avais caché une lettre écrite par une femme que j'ai aimée.

— Tu veux parler de grand-mère ? demanda Maurice qui ne comprenait pas où son grand-père voulait en venir.

— Non, c'est une femme que j'ai rencontrée en même temps que Gabrielle, mais que je n'ai pas choisie. J'ai épousé ta grand-mère.

Maurice était sidéré d'apprendre que son grand-père avait aimé une autre femme. D'après ses dires, il semblait même s'être trouvé dans la même situation que lui – le cœur entre deux femmes.

— Cette lettre écrite il y a longtemps, je l'avais tellement dissimulée que je la croyais perdue.

— Asseyons-nous, Grand-père, tu me sembles bien chamboulé.

— Elle s'appelle Solange, et je suis allé la voir hier à Crosac…, poursuivit Auguste après s'être assis sur le banc de bois.

— Et que s'est-il passé ? Maurice n'en croyait pas ses oreilles. À son âge, son grand-père faisait des cachotteries et partait à l'aventure.

— Je l'ai revue, et c'est comme si l'on s'était quittés hier. Nous sommes maintenant courbés et blanchis par le temps, mais nous étions autant l'un que l'autre tout émus de ces retrouvailles.

— Mais pourquoi avais-tu alors choisi grand-mère ?

— Elle était enceinte, et pour éviter son déshonneur et le mien, mon père a fait en sorte de nous marier au plus vite. C'est après que j'ai reçu la lettre de Solange qui me promettait un éternel amour. Je n'y ai cependant jamais répondu, craignant les foudres de mon père, sachant que je ne pouvais plus faire marche arrière. Je me suis pour ainsi dire soumis à mon destin et forcé à oublier.

— C'est pour ça que tu me demandes tout le temps comment vont mes deux amours ? Tu as peur qu'il m'arrive la même chose ?

— Non, mon garçon, aujourd'hui ce n'est plus la même époque. Tout est moins strict et la vindicte moins destructrice. Je me suis juste dit que si quelqu'un me comprenait, ce serait toi, car l'histoire n'est pas finie…

— Tu m'inquiètes, Grand-père, c'est donc si grave ?

— Non, c'est juste une page qui se tourne, une histoire que l'on croyait fini qui continue à s'écrire toute seule. Solange a dit qu'elle viendrait me rejoindre sur ce chemin.

— Mais pourquoi à cet endroit en particulier, Grand-père ?

— Parce que c'est là que nous nous retrouvions autrefois ou plus exactement au vieil oratoire.

— Je comprends que cela te chamboule après toutes ces années. Mais puisque nous en sommes aux secrets, il y a quelque chose qui me préoccupe maintenant : as-tu été heureux avec grand-mère ?

— Comme tu le sais, elle pouvait être quelque peu autoritaire parfois. On peut dire qu'elle est vite devenue comme la vie : rigoureuse…

— Hier, tu as plusieurs fois parlé de maisons de retraite. Pourquoi ?

— C'est venu comme ça dans la conversation, voilà souvent comment finissent les vieux.

— Mais tu n'es pas un vieillard que je sache ! Et nous sommes là ! N'es-tu pas heureux avec nous ?

— Tu es trop gentil, Maurice, mais on ne sait en fait jamais ce que la vie nous réserve.

— Tu parles en énigmes, Grand-père ! Qu'envisages-tu ?

Chapitre 5

Malgré son jeune âge, Maurice arrivait à comprendre son grand-père. Après des années de mariage et de labeur, le vieil homme, qui avait légué sa ferme à la génération suivante, n'avait plus grand-chose à faire de ses journées et se perdait dans ses souvenirs. Pas étonnant que l'un des plus beaux mais aussi des plus tristes l'ai rattrapé. Et Maurice ne trouvait pas surprenant non plus que son grand-père veuille profiter du temps qui lui restait pour justement rattraper celui perdu.

Ses parents, Jean et Louisette, en revanche s'inquiétaient de voir Auguste de plus en plus silencieux quand ils étaient dans les parages alors que le vieil homme passait des heures à lui parler.

N'y tenant plus de ces cachotteries, Jean, d'un caractère d'ordinaire plutôt taiseux mais aussi colérique, prit son courage à deux mains et confronta son père un soir au souper.

— Louisette et moi ne te sentons pas comme avant depuis quelque temps, que se passe-t-il, le père ?

— Peut-être qu'en vieillissant, on ne se sent plus libre, car on ne sert plus à grand-chose en famille… C'est l'âge qui veut ça…

— Nous sommes pourtant toujours aimables avec vous, osa dire Louisette. Vous n'êtes pas malheureux, ou alors il faut nous dire ce qui ne vous va pas !

— Maman ! lança Maurice d'un ton de reproche, choqué par la froideur inhabituelle de sa mère, d'ordinaire si prévenante avec son beau-père.

— Toi, tu es un peu jeune pour me faire des réflexions comme ça ! Nous avons passé un arrangement, et si cela ne vous convient pas, Auguste, il faut le dire plutôt que de faire des cachotteries ! Vous voulez partir ?

La conversation prenait mauvaise tournure, l'atmosphère pour la première fois dans cette maison tournait au vinaigre, et le plus malheureux était certainement Maurice, n'ayant que peu d'arguments pour défendre son grand-père.

Puis Auguste se leva.

— Ne comptez pas sur moi pour souper, je vais me coucher, j'en ai assez entendu pour ce soir !

— Voilà que tu nous fais une crise, le père ?

Auguste ne répondit pas, et un silence total envahit la grande pièce. Le vieil homme monta dans sa chambre, et ce fut tout. Plus personne ne parlait.

— Mais qu'est-ce qu'il a ? demanda Louisette en se tournant vers son fils.

— Ces derniers temps, j'ai passé beaucoup de temps avec lui, comme vous le savez, et je me rends compte que mon grand-père n'a pas été si heureux que ça, il y a des signes qui ne trompent pas...

— Oses-tu nous dire qu'il s'est plaint de nous ?

— Ce n'est pas ce que j'ai dit, mais il y a des choses qui se devinent entre les mots quand il me parle de sa vie sentimentale et émotionnelle.

— Je crois que tu fais allusion à la relation entre tes grands-parents, mais où veux-tu en venir ? Ta grand-mère Gabrielle n'est plus là, et tu ne sais rien du tout !

— Ils se sont mariés parce qu'elle était enceinte, lança de but en blanc Maurice qui n'en pouvait plus de garder le secret voyant bien que cela envenimait l'ambiance à la maison et poussait ses parents à s'imaginer toutes sortes d'histoires plus folles les unes que les autres.

— Comment oses-tu dire cela ? hurla Jean, son père.

— Parce que c'est la vérité, ce n'est pas de ta faute, et ce n'est pas un crime, c'est arrivé à d'autres.

— Mon père aurait-il pu te raconter de telles choses ?

— Quand il était jeune, il aimait deux jeunes filles en même temps et puis, l'une d'elles, grand-mère, s'est trouvée enceinte. Grand-père a dû assumer sa paternité et abandonner l'autre !

— Mais, nom de Dieu, je n'en ai jamais rien su, mais en y réfléchissant, il n'y a rien eu de grave puisqu'il l'a épousée…

— L'honneur était sauf, n'est-ce pas ? Et grand-mère Gabrielle s'est retrouvée la femme du propriétaire de Perce-Neige…

— Et c'est elle qui portait la culotte, lâcha Louisette avec un petit sourire en coin. Mais Auguste ne s'en est jamais plaint.

Un lourd silence s'installa dans la pièce.

Jean ne savait plus où poser les yeux et ne voulant croiser le regard ni de sa femme ni de son fils, il fixait maintenant le vieux carrelage de la cuisine qui avait vu passer tant de générations. Les révélations de son fils quant à sa propre conception l'avaient secoué au plus profond de son être, même si ses parents avaient toujours été aimants avec lui et ne lui avaient jamais donné l'impression d'être un fardeau.

Jean Vensac, émergeant de sa léthargie, s'adressa à son fils :

— Tu as crevé l'abcès, dirait-on.

— Je ne voudrais pas que vous pensiez que ce soir je vous ai manqué de respect, pour moi, cette histoire ne fait aucune différence. Je ne voulais seulement plus être seul à connaître ce secret, car je vois bien que notre famille en souffre.

— Parfois, dans nos petits villages comme Perce-Neige, au cœur des campagnes, se déroulent des histoires dont les habitants n'osent pas parler. Ils préfèrent trouver des arrangements discrets entre les parties concernées, parfois même à la limite de la légalité, et ce depuis longtemps. Tu en apprendras d'autres au fil de ta vie et de bien plus terribles.

— Crois-tu qu'en ville ce soit si différent, papa ?

— Je ne le pense pas, mais les citadins peuvent plus facilement changer de localité, la France est grande ! Tandis qu'ici, accrochés bien souvent à des lopins de terre hérités de génération en génération, et avec peu d'argent dans les poches, la vie, telle un rouleau compresseur, les oblige à demeurer où ils sont nés, à quelques exceptions près. Je voyais bien que mes parents ne s'entendaient pas toujours et que mon père préférait fuir pour éviter les conflits. J'ai aussi entendu des rumeurs, mais je n'y ai pas prêté attention. On raconte tellement de choses quand la journée est longue. Et nous autres paysans ne sommes pas enclins à la sentimentalité. Sauf peut-être le père justement…

— Tu ne m'as jamais parlé ainsi, papa, murmura doucement Maurice.

Jean tenta de sourire à son fils.

— L'occasion ne s'était jamais présentée, et l'on remet toujours au lendemain les explications difficiles surtout avec les anciens, ton grand-père, par exemple.

— Nous nous entendons si bien tous les deux, et je lui ai confié mes petits secrets. Je crois que nous nous ressemblons.

— Pour ça, oui, je m'en suis bien aperçue, dit Louisette.

— Voilà pourquoi tu lui as fabriqué un confortable banc pour ses promenades sur ce fameux chemin qui conduit à l'ancien oratoire ?

— Oui, cet endroit n'est pas anodin pour lui, il s'y réfugie, c'est le mot qu'il utilise toujours pour en parler, et je le comprends, car on a tous besoin d'un endroit pour réfléchir en paix.

— Toi aussi, tu as besoin d'un endroit pour être tranquille ? Il est vrai qu'on m'a dit que tu avais une petite amie, ce qui à ton âge est bien normal. Mais est-ce que cela te préoccupe ?

— Tu es mal renseigné, papa, j'en ai deux !

— Décidément, quelle famille !

— Laisse-le tranquille, Jean, dit Louisette en servant la soupe. Il est bien assez grand et réfléchi pour se débrouiller tout seul.

Jean voulut rétorquer quelque chose, mais il se sentait lui-même mal à l'aise avec le sujet et n'avait pas encore digéré la nouvelle concernant ses parents. Il préféra se taire et se concentra en silence sur son bol.

Bien content que la conversation fut close, Maurice prépara une assiettée et la porta à son grand-père avec un morceau de pain et de fromage.

Auguste était assis dans son très vieux fauteuil près de la fenêtre, les mains croisées sur son ventre.

Il sourit à son petit-fils. Une douce lueur passa dans ses yeux.

— Toi, au moins, tu ne m'oublies pas…

— Bien sûr que non, Grand-père !

— Ça discute encore en bas ?

— Ils finiront bien par se calmer, mais ça les reprendra un autre jour, mange donc la soupe tant qu'elle est encore chaude !

— Merci, mais tu peux rester là, tu ne me gênes jamais…

— Je vais tout de même avaler mon bouillon déjà servi et je reviens.

— Il ne dormait pas ? lui demanda son père une fois que Maurice fut à nouveau assis à la table.

— Non, il était pensif, comme dérangé. Mais il ne me dit pas tout non plus.

— Surtout depuis qu'il est allé à Aurillac et ces colportages sur les maisons de retraite l'ont tracassé. Je me demande ce qui va se passer, mais je crains qu'il ne prenne une décision hâtive qui nous portera préjudice à tous.

*

Les jours défilaient, et Auguste s'asseyait chaque jour sur son banc au bout du chemin, toujours accompagné de son chien.

— Ton père semble plein de vigueur retrouvée. Je me demande d'où cela vient, dit Louisette à son homme.

— Effectivement, tant qu'il sort, c'est qu'il va bien !

— Il a toujours eu une bonne constitution, il aurait pu travailler encore…

— Sans doute, mais c'était son choix. Il a voulu passer la main et se retirer du travail de la ferme.

— Il doit s'ennuyer, je le sens dans son comportement, ajouta Louisette.

— Crois-tu qu'il pourrait vivre dans un hospice ?

— Je ne le crois pas, mais je ne comprends pas ce qu'il veut faire. Je pense qu'il nous cache quelque chose et qu'il n'ose pas nous le dire.

— Tu penses qu'il est malade ? demanda Jean inquiet.

— Non, le médecin nous l'aurait dit. Comme nous l'a raconté Maurice, il a beaucoup de temps pour réfléchir et peut-être qu'il broie du noir… Même s'ils ne s'entendaient pas toujours, la mort de Gabrielle lui a donné un coup. Il se dit qu'il est sûrement le suivant…

Fluteau et son maître se dirigeaient vers leur lieu de prédilection, vers le banc ensoleillé et silencieux. Mais à leur grande surprise ce jour-là, une silhouette s'y était installée.

— Ce n'est pas possible, dit Auguste, mais comment…

Il crut d'abord à un mirage, mais c'était bien vrai, cette Fata Morgana, tout de sombre vêtue, n'était autre que Solange.

Fluteau lui fit la fête. Ce qui était surprenant, car il ne l'avait jamais croisée. Mais les animaux savent mieux que les hommes reconnaître les bonnes personnes. Ils se fient à leur instinct.

Auguste pressa le pas, son cœur battant toujours plus fort.

Quand il s'arrêta devant elle, celle-ci se leva et lui tendit les bras.

— Alors comme ça, lui dit-il maladroitement, tu es venue !

— Oui, je voulais enfin revoir cet endroit et surtout toi, mon cher Auguste. Asseyons-nous, puisque nous sommes venus tous les deux guidés certainement par les mêmes espoirs.

L'un à côté de l'autre, ils offraient une image belle et tendre où les sentiments comme les couleurs rayonnaient sans filtre ni brouillard.

Fluteau s'était assis non loin d'eux, comme pour assister à une scène de théâtre.

— Comment vas-tu, ma très chère Solange ?

— J'ai facilement retrouvé le chemin même s'il est à présent envahi par les ronces, les fougères et les herbes hautes…

— Laisse-moi te serrer encore et dis-moi que l'on ne rêve pas tous les deux, pas plus que chez toi, il y a quelques jours de cela ?

— J'en perds la tête moi aussi. J'ose à peine y croire et me pince régulièrement pour être sûre que ce n'est pas un rêve justement.

— S'il doit se passer quelque chose entre nous, c'est maintenant. Pourtant, même si je ne me suis jamais senti plus fringant, il ne nous reste que peu de temps...

— Le temps, oui, passe vite. D'un autre côté, le temps parfois pourtant, c'est long, très long jusqu'à la mort lorsqu'on est seul.

— Mais nous ne le sommes plus et nous allons en profiter si tu es d'accord...

Ils se serrèrent davantage. Un long silence s'installa pendant lequel les deux amoureux restèrent perdus dans leurs pensées, puis Auguste lança :

— Solange, mon amour, me voudrais-tu chez toi ?

— Que veux-tu dire par là ?

— Je viens soudain d'avoir une idée, oui, une sacrée idée !

— Je ne comprends pas ce que tu veux dire, mon cher Auguste.

— As-tu besoin de quelqu'un pour continuer à exploiter ta ferme ?

— Oui, j'ai besoin d'un aide chez moi ! Pour aider aux travaux car mon employé n'est pas là à plein temps... Mais je ne te suis toujours pas.

— Je suis ton homme !

— Mais que va dire ta famille ? Tu es complètement fou !

Il est vrai qu'il allait s'en dire des choses au pays.

— Je vais leur annoncer mon départ prochain, tout en leur disant que c'est pour donner un coup de main à quelqu'un dans l'embarras.

— Mais où trouves-tu de telles idées ? Je le répète : Tu es complètement fou !

— J'ai un petit-fils, Maurice, qui saura comprendre lui, il m'aidera s'il le faut. Et je ne peux ni ne veux lui mentir. Je vais lui montrer la lettre et lui expliquerai notre fol espoir, un espoir fou, mais qui comme pour tous les amoureux du monde n'a pas besoin de justification si ce n'est l'envie de vivre ensemble, même à nos âges comme nous l'avions imaginé un jour.

Dans les bras l'un de l'autre, au-delà de toute certitude, une possibilité venait de voir le jour. Fluteau veillait sur eux, sans comprendre ce qui se passait.

Alors qu'il raccompagnait Solange jusqu'à l'oratoire au bout du chemin, Auguste se préparait à dire à Maurice, sous le plus grand secret, que le banc avait eu une visite surprise…

Chapitre 6

Le soir venu, après le dîner, Auguste demanda à son petit-fils de le rejoindre dans sa chambre. Son fils Jean et sa bru Louisette étaient déjà partis se coucher après une longue journée de labeur.

— Tire donc la porte derrière toi, dit Auguste à Maurice à peine ce dernier était-il entré.

— As-tu un trésor caché ? demanda Maurice intrigué.

— Mieux que ça !

— Grand-père, arrête, s'il te plaît, de tourner autour du pot !

— Ah l'impatience de la jeunesse ! Mais n'aie crainte, tu vas bientôt tout savoir. Pour cela, il faut que tu lises cette lettre, dit Auguste en lui tendant la feuille de papier jaunie par le temps.

— C'est ça que tu cherchais dans la vieille malle ?

— Oui et non... En fait, j'avais oublié où elle était, ce n'est que par hasard que je l'ai retrouvée cachée dans la malle. Cela fait des décennies qu'elle attend là. Tu vas la lire, et après seulement, je t'en dirai plus. Assieds-toi sur le lit.

Maurice déplia la feuille avec précaution et lut lentement, sans lever une seule fois le regard vers son grand-père qui, patiemment, attendait.

Le cœur de Maurice se serra au fil de la lecture puis, bouche bée, il regarda enfin Auguste droit dans les yeux. Tout d'abord, trop ému, il était incapable de prononcer un mot. Après un instant, il se ressaisit :

— Je n'avais jamais lu une aussi belle lettre d'amour ! Et ce serment ! Et cette trouvaille des « racines poussant sur les branches » est une vraie merveille, fallait-il qu'elle t'aime !!!

Auguste le regardait avec une tendresse non dissimulée.

La nouvelle la plus importante était cependant encore à venir, et Auguste Vensac craignait un peu la réaction de son petit-fils adoré qui était encore si jeune et n'avait pas encore connu les affres et les déboires de l'amour. Est-ce qu'il le comprendrait ?

Enfin, il se décida :

— Mon cher Maurice, je dois te dire le plus important aujourd'hui. Peut-être me jugeras-tu, peut-être pas, mais je ne veux pas te mentir.

Maurice tenait toujours délicatement entre ses doigts la lettre rédigée il y a plusieurs décennies de cela. Il n'avait jamais lu pareille lettre d'amour et en regardant son grand-père bien aimé qui était là devant lui, tout aussi ému que nerveux, il se dit qu'Auguste avait eu bien de la chance qu'on eût pu un jour lui écrire de tels mots.

— J'ose espérer qu'un jour, quelqu'un m'aimera autant, Grand-père !

Le vieil homme lui sourit :

— Je n'en doute pas une seconde ! Mais maintenant, je dois te livrer un secret, mon cher petit-fils, tu vas être étonné mais ne me juge pas, s'il te plaît.

Maurice attendait, son visage exprimait alors une crainte, un doute sans pouvoir le déterminer.

— J'ai retrouvé Solange Dartou. Voilà quelques semaines encore, je ne la cherchais pas. C'est le fait d'avoir repensé à cette lettre et de l'avoir dénichée de sa cachette qui a tout changé. Depuis que ta grand-mère est partie, j'ai beaucoup réfléchi à notre vie, à ce que nous avions en commun mais aussi à ce qui nous séparait. Gabrielle était une femme passionnée. Elle laissait cependant peu de place aux autres, et elle n'était pas du genre à mettre des mots sur les sentiments. Quand m'est revenu le souvenir de cette lettre et que je l'ai relue, j'ai eu envie de savoir ce qu'était devenue celle qui me l'avait écrite.

— Si tu n'avais pas récupéré cette lettre, ce qui aurait pu arriver, je ne serais pas là à t'écouter et c'eût été fort dommage. Mais comment l'as-tu retrouvée, cette Solange ?

— Je ne savais qu'une chose, qu'à l'époque, elle habitait à Crosac, à quelques kilomètres d'ici, sur la route d'Aurillac, plus au nord, mais je ne savais rien d'autre ni même ce qu'elle était devenue ou si elle était toujours en vie. Puis, à un certain moment, ça bouillonnait tellement dans ma tête qu'il fallait absolument que j'en aie le cœur net. Es-tu déjà allé à Crosac ? C'est un petit village, avec son église, son école et son marché. Les habitants de Saint-Anthonin s'y rendent rarement en fait, car il faut soit faire un long détour par la route soit couper à travers champs et forêts pour rejoindre l'autre côté de la vallée. Les sentiers qui y mènent ne sont plus entretenus depuis longtemps.

Maurice, tout ouïe, n'en perdait pas une miette.

— Ainsi, sous prétexte d'aller boire un café avec les anciens, j'ai pris le car pour Aurillac et suis descendu au hameau de Crosac. Une femme avec son chien m'a indiqué le chemin de la ferme Dartou. Lorsque je m'en suis rapproché, j'ai été éconduit par une femme qui, me prenant pour un démarcheur ou un ouvrier agricole en quête de travail, m'a simplement lancé : « Je n'ai besoin de rien, ni de personne, allez-vous-en ! »

Maurice regardait son grand-père bouche bée, fasciné par cette histoire sortie directement d'un roman d'amour.

— Elle ne m'avait pas reconnu, mais après tant d'années, comment le lui reprocher. Elle aussi a bien changé, mais ses yeux sont toujours les mêmes ! Puis, tout doucement, le passé s'est remis en place, nous nous sommes parlé et même embrassés, te rends-tu compte ?

Maurice restait coi face à la franchise de son grand-père, il ne savait qu'ajouter, ne savait ni ne pouvait.

Auguste lui dit alors :

— Je dois te paraître ridicule, là, à te raconter tout ça comme un jouvenceau enamouré. Je l'ai fait pour libérer ma conscience vis-à-vis de toi, car je ne supporterais pas de te mentir. Je ne veux pas que tu penses du mal de moi cependant. Tes parents n'en savent rien, seul toi es dans le secret à partir d'aujourd'hui.

— Je te remercie pour ta confiance, mon cher grand-père ! Mais que vas-tu faire maintenant ? Est-ce que tu vas la revoir ?

— Je l'ai déjà revue une fois même ! Imagine : Nous étions même assis sur le banc que tu as si gentiment construit pour moi. Nous nous sommes retrouvés là où nous avions l'habitude de nous retrouver en secret autrefois. C'était un moment hors du temps ! Le plus important cependant, je t'en ferai part demain...

— C'est grave, Grand-père ?

— Non, ce n'est pas grave, mais d'une importance surprenante, oui, à mon âge, je me surprends moi-même, mais si la vie doit continuer pour moi encore quelques années...

— Tu veux te rendre dans une maison de retraite ?

— Non, ne t'en fais pas. Je t'en dirai plus demain, il faut que je réfléchisse encore un peu aux tenants et aboutissants. Mais il est déjà tard à présent, allons dormir. Demain, tu dois te lever tôt pour travailler. On ne voudrait pas que ton père, mon fils, te fasse des misères parce que tu n'as pas les yeux en face des trous. Ne te fais aucun souci pour moi. Et motus et bouche cousue en attendant !

Pour Maurice, il était très frustrant de devoir attendre la suite de cette aventure jusqu'au lendemain, mais il savait aussi que son grand-père Auguste n'était pas homme à se laisser dicter quoi que ce soit et qu'il n'en faisait souvent qu'à sa tête. Surtout depuis que grand-mère Gabrielle était partie et qu'il ne devait plus se plier à ses volontés. Alors qu'on disait que les anciens avaient du mal à changer leurs habitudes, son grand-père semblait vouloir prouver le contraire. Il faut dire qu'Auguste Vensac n'était pas un homme comme les autres. Et c'était une des nombreuses raisons pour lesquelles il l'adorait.

Lorsqu'Auguste éteignit enfin la lumière, le sommeil se fit à nouveau attendre tant il réfléchissait à ses futurs projets. Étaient-ils raisonnables ? Réalisables ? Solange l'attendait-elle vraiment ? Le doute parfois faisait fondre les images d'un avenir plein de promesses comme les fleurs de givre sur les carreaux d'une fenêtre à l'approche du printemps.

La fatigue du jour l'emporta finalement, le marchand de sable ne tarda plus, pourrait-on dire. Demain serait un autre jour !

*

Le lendemain, alors qu'il était attablé devant un café et du pain qu'il avait lui-même beurré comme à son habitude, sa bru demanda à Auguste si tout allait bien. Plongé dans ses pensées, il mit un peu de temps à répondre sous le regard insistant de Louisette qui continuait à se faire du souci pour son beau-père qui semblait changé ces dernières semaines.

— Tout va bien, merci. Les hommes sont à l'étable ?

— Oui, c'est l'heure de la traite.

— Depuis que je ne dois plus me lever chaque matin à l'aube pour travailler, j'ai un peu perdu la notion du temps. Je finirai bien par tout oublier.

— À votre âge, c'est tout à fait normal…, dit-elle doucement, espérant tout de même que le vieil homme n'était pas en train de perdre la tête.

Tandis que Louisette vaquait à ses occupations dans la maison, Auguste réfléchissait à l'annonce qu'il devait faire et qui, à coup sûr, allait provoquer des remous.

Puis, dans sa tête ce fut comme un coup de tonnerre. La décision fut prise. Quoi qu'il arrive, il s'expliquerait aujourd'hui, il ne servait à rien de remettre au lendemain ce que l'on pouvait faire aujourd'hui.

Dans tous les cas, son fils et sa belle-fille tomberaient des nues.

L'heure du déjeuner venu, il attendit la fin du repas et au moment du café, il annonça :

— Je dois vous informer d'une décision que j'ai prise après mûre réflexion.

Sous les yeux ébahis de Jean, Louisette et Maurice, il se leva alors et se mit à faire les cent pas devant le cantou éteint à cette heure de la journée. Sa famille le regardait, s'inquiétait, et même Maurice s'interrogeait.

— Je m'ennuie quelque peu ici, même si vous vous occupez le mieux possible de moi. D'autant plus que vous n'avez plus besoin de moi. C'est pour cela que j'ai décidé d'aller donner un coup de main à quelqu'un qui en a fortement besoin. Une ancienne connaissance que j'ai revue dernièrement quand j'ai pris le bus pour Aurillac.

Jean, effaré, se tourna vers son fils. Louisette le fixa également.

— Tu étais au courant toi, Maurice ?

Ce dernier fit non de la tête, mais ses parents ne le crurent pas un instant.

— Mais que vont dire les gens d'ici ? Que l'on t'a chassé ? continua Jean.

— Vous n'arrêterez pas les gens de cancaner. Je vais juste rendre service à quelqu'un qui en a besoin…

— Et pendant combien de temps, ce service ? Et c'est qui cette connaissance ?

— Le temps qu'il faudra ! Et ça donnera un sens à ma vie bien monotone depuis longtemps, répondit son père en éludant la deuxième question.

— Tu vas dans une maison de retraite, cria presque son fils, et tu ne veux pas nous le dire ? De quoi aurons-nous l'air, nous autres, que diront les voisins ?

Auguste ne répondit pas. Il connaissait le caractère emporté de son fils qu'il avait hérité de sa mère. Il savait aussi qu'il valait mieux attendre qu'il se calme avant d'essayer de lui expliquer quoi que ce soit.

— J'espère que toi, Maurice, tu sauras le fin mot de l'histoire et nous informeras, dit Jean courroucé en se tournant vers son fils comme si c'était lui le fautif.

— Après tout, dit enfin Louisette, ça ne nous regarde pas, il a l'âge de décider de sa vie...

— Voilà qui est bien dit, reprit Auguste. Dans deux ou trois jours, je partirai.

— Et si tu étais malade un jour ? demanda son fils qui se faisait vraiment du souci pour son père mais qui craignait encore plus les ragots.

— Mon employeur y pourvoira, ne vous en faites pas ! répondit Auguste avant de quitter la pièce en compagnie de son chien.

Jean et Louisette étaient tellement ébahis qu'ils ne savaient que rétorquer. Ils restèrent assis là, sans comprendre, se demandant si le vieil homme avait perdu la raison ou s'il avait vraiment l'intention d'aller aider quelqu'un. Qui était d'ailleurs « cette ancienne connaissance » dont Auguste parlait ? Pourquoi ne voulait-il pas donner son nom ? Ils espéraient bien avoir le fin mot de l'histoire, mais comme Maurice, ils savaient bien qu'il ne servait à rien de presser le vieil homme.

La journée se déroula étrangement, chacun pensait à ce qui allait se passer et ce, peut-être, du jour au lendemain.

Alors qu'ils étaient seuls dans la cuisine, Auguste dit à son petit-fils :

— Maurice, je te laisse Fluteau, comme ça, tu ne seras pas seul et puis tu pourras venir me voir de temps à autre…

— Tu peux compter sur moi, Grand-père, il ne sera pas malheureux, lui !

Après le dîner, Jean n'y tenant plus, s'adressa à nouveau à son père. Si l'ancien avait annoncé son départ, aussi surprenant que cela fut, il n'avait toujours pas donné sa destination. Et cela le taraudait.

— Mais dis-nous où tu vas, le père ! Quel est donc ce caprice ? Que vont dire et penser les gens ? répéta-t-il avec insistance.

Il craignait vraiment que les gens des alentours le jugent mal, car il n'avait pas gardé son père chez lui. Personne ne voudrait croire que c'était la décision d'Auguste. Tout le monde penserait que c'était lui, Jean, le fils indigne et ingrat.

— Ce qu'ils voudront, nous sommes en République que je sache…

— Mais pourquoi ne veux-tu pas nous dire où tu vas ? C'est un comble quand même ! On dirait que tu fuis.

— Je n'aide plus à grand-chose ici, autant profiter du peu de temps qui me reste ailleurs. C'est arrivé à d'autres dans certaines familles, c'est pour ça qu'on a inventé des maisons de retraite !

— Ainsi, vous allez bien dans une maison de retraite, mais pourquoi tant de mystères ? Pourquoi cette histoire de connaissance qui aurait besoin d'aide ? Et pourquoi cette décision subite ? Nous pourrions en parler d'abord, tenta Luisette pour calmer le jeu, car elle voyait bien que son mari était blessé.

— Je ne vais pas en maison de retraite, je vais aider une connaissance. Dans quelques jours, vous serez tranquilles, plus de soucis pour le vieux !

Las de ne rien comprendre et à bout d'arguments, Jean lâcha tristement :

— On ne parle plus de cette histoire, le père. T'as pris ta décision, alors bonne chance !

Une fois ses parents couchés, Maurice avait à nouveau rejoint Auguste dans sa chambre.

— Grand-père, as-tu décidé de vivre avec…

— Oui, avec Solange, je vais l'aider pour sa petite ferme comme je pourrai.

— Je m'en doutais un peu mais n'osais pas te demander. Mais pourquoi ne dis-tu rien à mes parents ? Ils ne comprennent pas ta décision, et mon père, chose rare, est vraiment affecté.

— Chez qui d'autre voudrais-tu que je parte ? Le destin me permet de profiter un peu de ma fin de vie et de peut-être corriger mes erreurs passées. Quant à tes parents, quant à mon fils, ils ne comprendraient pas de toute façon. Pour eux, ce serait comme le disait Jean « un caprice ». Il tient beaucoup de sa mère, très terre à terre et pas le moins du monde romantique. À un moment ou à un autre, ils apprendront bien la vérité, mais ce moment n'est pas encore venu. Ils craignent le qu'en-dira-t-on, mais ce seront des ragots bien différents qui vont leur parvenir aux oreilles, conclut-il.

— Et tout ça parce que tu avais deux amoureuses dans ta jeunesse, comme moi en ce moment… Ah, ton histoire me donne le vertige, Grand-père, oui, le vertige !

Plongé dans des réflexions embarrassantes et déroutantes, Maurice observait son grand-père en se demandant à son tour si ses parents n'avaient pas raison : son grand-père serait-il en train de perdre la tête ?

— Je vais partir dans deux jours, après avoir réuni quelques affaires pour la première fois de ma vie. Tu pourras venir me voir quand tu voudras tout en gardant le secret qui sera cependant, j'en suis sûr, vite dévoilé dans le pays.

— Je n'avais jamais imaginé qu'un jour tu t'en ailles, qu'une telle situation se présenterait, je ne sais plus quoi penser à présent, non, je ne sais plus que penser…

— Tes parents ont besoin de toi, et je ne m'enfuis pas au bout du monde, mon cher Maurice, c'est aussi l'apprentissage de la vie dans ses rouages surprenants, imprévisibles. Quant à moi, je dois reconnaître que je me sens heureux mais aussi un peu égoïste de retrouver celle qui m'aimait tant et que j'avais dû écarter autrefois.

— Pourquoi égoïste ? demanda Maurice.

— Car je t'abandonne et que mon départ aura peut-être des conséquences sur Perce-Neige. Mais là, tout de suite, il n'y a pour moi qu'une seule chose qui compte : retrouver Solange et partager le temps qu'il nous reste avec elle.

— Là est tout le mystère concernant le déroulement de ta vie et de celle de Solange, si différent l'un de l'autre. Ce n'étaient pas deux lignes parallèles, car celles-ci ne se rejoignent jamais, mais, comment le dire, elles forment plutôt une sorte de huit et se croisent à deux endroits dans le temps…

— En voilà une belle image ! Tu es bien sage pour ton jeune âge. Quant à moi, je ne cherche pas à me compliquer le cerveau aujourd'hui, je suis amoureux de Solange, presque comme à vingt ans et…

— J'en suis heureux pour toi et, moi aussi, je t'aime!

Auguste, touché en plein cœur par les mots de son petit-fils le prit dans ses bras.

— Voilà qu'en peu de temps deux personnes m'ont exprimé leurs sentiments avec des mots vrais, ceux que l'on souhaite toujours sans presque jamais les entendre.

— Ça veut simplement dire que tu es une bonne personne qui le mérite, ne cherche pas plus loin! Depuis que tu m'as dit que tu avais retrouvé Solange, je ne peux m'empêcher de penser à mes deux amies. Imagine, Grand-père, que je me trouve dans la même situation, en précisant que je n'ai encore couché ni avec l'une ni avec l'autre. Que me conseillerais-tu?

— Laisse faire le temps, tu es si jeune, écoute ton cœur, c'est tout ce que j'ai à te recommander. Les vieux comme moi n'ont rien à dire sur les amourettes des jeunes, fussent-ils leurs petits-enfants. Toi seul es le maître à bord, même si tu n'es pas sur un bateau…

Ils éclatèrent de rire à cette image.

— Je m'occuperai bien de Fluteau, et tu nous verras bientôt à Crosac.

— Il faut déjà que je m'y installe mais maintenant que je t'ai tout raconté, je me sens plus à l'aise et j'ose te dire qu'il me tarde d'y aller.

— Je veux que tu sois heureux, Grand-père.

— Tu es un brave petit-fils, je me réjouis d'avance de te revoir. Tu me raconteras si l'on ne t'ennuie pas trop…

— Je ne pense pas, mes parents ont besoin de moi et pour l'avenir aussi.

— Quant à moi, je me demande encore si je ne rêve pas, Solange espère aussi que tout ira bien et que les racines ne pousseront pas de sitôt sur les branches des arbres.

— Je n'ai jamais entendu ni lu une formule aussi forte, même dans les livres, mais peut-être n'ai-je pas assez lu !

Une fois seul, Auguste tenta de s'imaginer plus raisonnable qu'il ne l'était en réalité. En pensant qu'il vivait peut-être, du moins en était-il presque convaincu, ses derniers jours à Saint-Anthonin, il ressentait de la peur comme un adolescent à son premier rendez-vous. Et si Solange avait changé d'avis ? Et si, et si, et si ? Tous ces « si » ne servaient à rien et lui donnaient le tournis.

Afin de se calmer et de fixer son esprit sur une activité bien concrète, il se mit en quête de rassembler ses quelques affaires dans sa valise, celle qu'il n'avait pas utilisée depuis… pourrait-on dire une éternité.

Pantalon, chemises, tricots, linge de corps, vestes, l'une en coton l'autre étant un vêtement de pluie. Des chaussures et une paire de bottes ! À présent, il lui tardait de quitter les lieux.

*

— Je t'accompagne jusqu'au car lui dit Maurice le surlendemain, ta valise est bien trop lourde. Ce sont tes pièces d'or que tu emportes, Grand-père ?

— Je les ai planquées dans la chambre, elles sont à toi si tu les trouves ! rétorqua Auguste en lui faisant un clin d'œil.

Un peu d'humour pour cacher leur émotion à tous les deux.

Fluteau voulut monter dans le car, mais Maurice le retint.

— Ce n'est pas un voyage pour toi, tu vas vivre avec moi à partir d'aujourd'hui !

Au départ de l'autobus, Auguste ne regarda pas en arrière…

Chapitre 7

Lorsque les pieds d'Auguste Vensac touchèrent le sol de Crosac, tandis que le car s'éloignait, il demeura un instant presque immobile face à cette perspective d'une nouvelle vie. Le soleil aussi était au rendez-vous et semblait lui montrer également le chemin d'un avenir radieux.

— Milladiou de Milladiou ! ne put-il s'empêcher de murmurer.

Il n'arrivait pas à croire qu'il se tenait vraiment là, à cet arrêt de bus, sa valise à la main, tel un enfant qui part en colonie de vacances.

Il se mit en route, retraversant le village, passant devant le bar où il avait pris un café – peut-être en deviendrait-il un habitué, qui sait ? – et se dirigea vers la ferme de Solange qui se cachait derrière des jardins et des vergers, au bout d'un chemin bordé de haies sauvagement taillées.

Il n'arrivait pas les mains vides. Il avait emporté tellement peu d'affaires personnelles qu'il avait eu encore assez de place pour la garnir de charcuterie, jambon, saucissons, pâté et une bonne bouteille de vin. Il voulait faire la surprise à Solange. On ne pourrait pas dire qu'il était un invité qui arrivait les mains vides !

Il eut soudain une pensée pour son fils et sa belle-fille.

— Dorénavant, ils seront libres et... moi aussi. Nos chemins se séparent, mais j'ose espérer que c'est pour mieux se retrouver, murmura-t-il pour lui-même alors qu'il avançait d'un pas lent. Quant à Maurice, son petit-fils comprenait-il vraiment tout ce qu'il faisait ou entreprenait à son grand âge ? Peut-être pas, mais dans tous les cas, le brave garçon ne le jugeait pas.

Un seul manquait dans sa nouvelle aventure : Fluteau !

À mi-chemin, entre l'arrêt de bus et la maison de Solange, il fut pris d'un doute. Il s'arrêta comme si son entrain s'envolait de son corps et de son âme. Une peur soudaine lui coupait les jambes. Ai-je tout précipité ?

« Allons, lui dit cette petite voix qui l'avait déjà encouragé, tu ne vas pas flancher si près de ce que tu as tant désiré depuis quelque temps ? »

Il passa ses mains sur son visage sans savoir à quoi ça lui servait, peut-être à gagner quelques secondes, puis reprit son chemin.

La maison de Solange apparut au tournant du dernier virage. Il s'arrêta devant la bâtisse silencieuse, rien ne semblait bouger. Il fit quelques pas en direction de l'étable qui se trouvait en contrebas. Peut-être Solange s'y trouvait-elle.

— Tu ne te serais pas trompé de maison ? demanda alors une voix derrière lui qu'il aurait reconnue entre toutes.

Elle se tenait sur le pas de la porte qu'elle avait ouverte discrètement après avoir entendu du bruit dans la cour. Il tourna la tête, et un sourire se dessina sur ce visage.

— Je serais bien chez…, dit-il.

— Ça dépend qui vous cherchez, monsieur Auguste ! l'interrompit Solange avec une lueur taquine dans le regard.

— C'est-à-dire que je…

— Si vous voulez rester une minute, entrez donc, je ne laisse pas mes visiteurs dehors.

Elle ouvrit la porte en grand, et Auguste entra, laissant sa valise sur le banc de pierre qui se trouvait sous la fenêtre.

— Vous oubliez votre bagage, monsieur Auguste…, ajoute-t-elle en s'amusant.

Alors que la porte se refermait sur eux, Auguste s'excusa de ne pas l'avoir prévenue de sa venue.

— Comme nous en avions un peu parlé, je me suis dit que peut-être je pourrais rester chez toi un ou deux jours, voilà pourquoi j'ai pris quelques affaires… Mais ce n'est bien sûr que si tu es d'accord…

Solange fit comme si elle ne l'avait pas entendu, se jouant de son hésitation et de sa timidité inhabituelle :

— Tu veux un café, Auguste ?

— Solange, je suis sérieux !

— Ici, je n'ai qu'une chambre, répondit-elle en s'approchant de lui. L'autre est occupée par des vieilles affaires, tu ne fais pas partie de celles-là !

— Alors, je peux rentrer ma valise ?

— Pour une surprise, c'est une surprise, mais j'espérais aussi le jour où je te verrais enfin arriver. Viens !

— Il y a quelques victuailles, au cas où..., ajouta Auguste qui n'était toujours pas sûr de lui, quelque peu décontenancé par le ton badin de Solange.

— Elles sont les bienvenues ! Tu n'as pas emmené ton chien ?

— C'est Maurice qui s'en occupera, il lui aurait trop manqué. Et il est bien entendu que je suis ton employé, n'est-ce pas ?

— Nourri, logé et blanchi, oui ! Payé ? Non !

— Certains décriraient la situation comme un miracle, dit Auguste.

— Mais c'en est un, confirma Solange. En espérant que tu ne changes pas d'avis... Allons à l'étable que je te fasse découvrir ma petite propriété. Nous y croiserons sûrement mon employé, Gilles Descente, il ne vient que pour la traite matin et soir.

Solange s'accrocha à son bras, et Auguste soupira d'aise en la sentant si près de lui.

— C'est donc ici que tu vis ?

— Oui, et toute seule depuis la mort de mes parents... Les bêtes sont au pré comme tous les jours, et les champs assez étroits attendent notre bon vouloir, mais les jardins m'occupent principalement. Ainsi que la volaille…

Auguste demeura un instant silencieux. Il tentait de s'imaginer ce qu'était sa vie en solitaire.

— Faut bien dire que les terres sont bien exposées, dit-il enfin. Mais c'est quand même beaucoup de travail pour une femme seule…

— Ce que tu ne sais pas, car nous n'en avons encore jamais parlé, c'est que mon frère est cultivateur à quelques kilomètres d'ici et me donne un coup de main lorsque j'en ai besoin… Ma roue de secours en quelque sorte !

— Ça me rassure, car les terres demandent beaucoup à leurs propriétaires, j'ai bien connu ça…

— J'ai aussi une nièce qui vient de temps à autre, elle me raconte un peu sa vie et m'aide autant qu'elle peut quand elle n'est pas trop occupée sur la ferme de ses parents. Ça simplifie les choses. Si tu restes assez longtemps, tu la rencontreras sûrement.

— Je suis prêt à signer le contrat à durée indéterminée tout de suite, répondit Auguste en la prenant par la taille, son visage illuminé par un sourire.

L'envie de s'embrasser leur tomba dessus, et ce fut l'encre de la signature de leur accord…

— Suis-je embauché ? osa-t-il.

— À l'essai pour commencer…

Leurs mains ne se lâchaient plus et, marchant lentement, ils cherchaient maintenant leurs mots, comme intimidés par la réalité du moment. Si les rides n'avaient pas creusé de si nombreux sillons sur leurs visages burinés par le travail en extérieur, on aurait pu les prendre pour deux adolescents aux premiers jours de leurs amours.

Le jour déclinant, ils décidèrent qu'il était temps de rentrer à la maison.

— Nous voilà enfin chez nous, dit Solange et fut rassurée quand Auguste lui sourit tout ému par ce « chez nous » qui lui réchauffait le cœur. Nous allons vérifier si tes provisions apportées de Saint-Anthonin sont comestibles.

Une manière cavalière de commencer cette nouvelle vie commune pourrait-on dire, dans la bonne humeur.

— Posons ta valise dans la chambre, nous prendrons demain le temps de ranger tes affaires, lui proposa-t-elle quand Auguste eut sorti les victuailles.

Après tant d'années, leurs retrouvailles, impensables encore il y avait quelques semaines de cela, prenaient forme avec certaines maladresses de l'un et de l'autre et des mouvements hasardeux qui, toujours, se transformaient en gestes tendres.

— Mets-toi à ton aise, Auguste, fais comme chez toi !

Il regardait le grand lit, aux couvertures simplement tirées rapidement.

— Mon lit n'est pas bien fait, lança Solange soudain honteuse.

— Je ne suis même pas encore certain d'être vraiment chez toi, ma chère Solange. Que ton lit ne soit pas fait, quelle importance !

— Tu as raison, mais c'est si soudain, si inattendu que je dis n'importe quoi. J'ai l'impression d'être aussi maladroite qu'à l'époque. Rappelle-toi, près de l'oratoire… Nous passions des heures blottis l'un contre l'autre, à nous dire des mots tendres, sans que nos mains ne s'égarent.

— Tu ne voulais pas, si je me souviens bien, et certainement, as-tu bien fait. Nous ne pouvons savoir où nous en serions sinon aujourd'hui. Nous aurions peut-être perdu moins de temps loin l'un de l'autre, mais qui sait ? C'était peut-être écrit dans les étoiles.

Solange observait plus qu'elle ne regardait son amour enfin revenu, le seul homme qu'elle ait jamais aimé et qui l'avait cependant quittée pour une autre.

Ce soir-là, la nuit semblait s'installer à pas menus, délicatement, laissant aux amoureux le temps de se retrouver comme ils l'avaient souhaité, blottis dans les bras l'un de l'autre, silencieux et heureux, enfin.

Il n'y avait plus de place pour autre chose. Le monde les avait oubliés, et ils avaient oublié le monde. Parfois, le reste de l'univers n'existe plus, s'effaçant pour laisser place à ceux qui s'aiment. Même si le temps perdu ne se rattrape pas, disent certains, les souvenirs passés peuvent ressurgir à tout moment. Crosac en était le témoin, silencieux jusqu'à l'aube.

*

Au matin, Auguste la regardait, elle dormait encore, prolongeant sans doute cette si douce et première nuit. Le lit était si chaud, si agréable. Rêvait-il ? Au moment où il approchait sa tête de celle de Solange, celle-ci ouvrit les yeux et, après quelques secondes, se jeta sur lui fougueusement.

— Mon amour ! Mon amour ! Es-tu bien là ?

— Je me présente : Auguste Vensac, un homme en perdition. Mais qui êtes-vous, chère madame ?

— Je vous attends depuis si longtemps, cher monsieur…

La suite serait trop facile à raconter, les instants de bonheur méritent parfois la discrétion. Tous deux n'avaient plus vingt ans, et cependant leurs yeux brillaient tels des diamants.

Un peu plus tard, il lui demanda :

— Que vas-tu dire à ton employé maintenant ?

— Je vais le garder bien sûr, tu n'es pas là pour travailler du matin au soir malgré ton contrat « moral » comme on dit !

— Je ne saurais rester ici sans besogner, je participerai au travail de la ferme. J'ai besoin de me sentir utile pour avoir la conscience tranquille.

— Sais-tu préparer le café ?

— Certainement ! Je serais même ravi de te le prouver.

Il se leva, s'habilla en vitesse, car il ne faisait pas bien chaud au petit matin. Après avoir donné un dernier baiser à Solange, il descendit dans la cuisine.

Alors qu'il avait ranimé le feu et s'était mis au travail, Solange le rejoignit. Elle l'observa en souriant discrètement.

— Puis, tu te débrouilles comme un chef, je crois que je vais te garder…

— Une deuxième vie commence, et sincèrement, j'ai le cœur qui semble me dire que peut-être je suis enfin à la bonne place !

Le café fut servi, et Solange lui avoua qu'elle ne se souvenait pas qu'une bonne âme le lui ait jamais préparé dans sa maison, si ce n'était ses parents lorsqu'elle était enfant.

À l'arrivée du journalier, Solange sortit dans la cour et lui expliqua aussi diplomatiquement et succinctement que possible qu'il aurait de l'aide au cours des jours à venir. Gilles, à son habitude, acquiesça sans dire un mot. Il n'était pas un grand bavard, mais surtout, il n'était pas du genre à se mêler de ce qui ne le regardait pas. Bien qu'il ait un peu tendance à baliverner quand il avait pris un verre de trop au bar de Crosac.

— Faudra ranger tes affaires quelque part si tu veux rester, mon cher Auguste, dit gaiement Solange quand elle retourna dans la cuisine.

— Tu m'as si bien accueilli, je serai heureux de rester ici, nouvel habitant de Crosac.

— Je ne te chasserai que le jour où les racines des arbres pousseront sur leurs branches !

— Ah toi et tes belles expressions ! Que n'ai-je tenté de te revoir plus tôt ?

— De mon côté, mes sentiments sont toujours restés les mêmes, quitte à demeurer vieille fille. Cela ne m'a pas vraiment dérangée, mais c'était sûrement une honte pour la famille de n'avoir pas trouvé un homme à marier, et puis je suis devenue la Solangeoune…

— Ne prononce plus, s'il te plaît, ce surnom, il faut l'effacer définitivement. Beaucoup d'eau a passé sous les ponts depuis !

— Je t'ai attendu si longtemps et maintenant tu es là ; parfois je me dis que c'est un rêve que je fais, éveillée.

— Nous ne rêvons pas ! Tu ne seras jamais seule, nous allons nous appliquer à vivre chaque jour. C'est comme un don du ciel !

— Lorsque mon frère Roland, sa femme et sa fille vont apprendre ça, ils vont en tomber à la renverse. Je peux le prédire. Et ils ne seront pas les seuls.

— Ne t'en préoccupe pas. Des commérages risquent de circuler, tu ne les empêcheras pas. C'est ce que j'ai expliqué à mon fils Jean quand je lui ai fait part de ma décision de partir.

— Tu lui as dit que tu venais vivre ici ?

— Non pas encore, il n'aurait pas compris notre histoire. Je lui ai juste dit que j'allais aider une connaissance. Il saura bien assez vite ce qu'il en est, et je pourrais peut-être lui expliquer comment nous en sommes arrivés là.

— J'espère qu'il le comprendra. Je ne voudrais pas être la cause d'une discorde au sein de la famille Vensac, s'exclama Solange, un rictus inquiet au coin des lèvres.

— Ne te fais pas de soucis. Mon petit-fils Maurice a bien accepté la chose. Il faut juste laisser un peu plus de temps à son père.

— Peut-être ton petit-fils viendra-t-il nous rendre visite ?

— J'en serais heureux, répondit Auguste, avec lui tout se passera bien.

— Un jour, j'aimerais que tu rencontres Émilienne, ma nièce de dix-neuf ans.

— Il ne manquerait plus qu'ils se plaisent ces deux-là.

Solange et Auguste s'embrassèrent comme pour sceller une belle promesse.

Chapitre 8

Quelques jours plus tard, une lettre de Maurice avait rejoint son destinataire malgré quelques questionnements du service des postes. À Crosac, on eut la confirmation qu'il y avait un homme chez la Solangeoune, un surnom qu'elle avait conservé malgré les années passées et sa vie de vieille fille prenant soin de ses parents jusqu'à leur lit de mort.

— Le facteur vient de me donner cette lettre pour toi, Auguste.

— Qui peut bien m'écrire, seule une personne sait que je suis ici ?

— Certainement ton petit-fils alors, mais ouvre-la vite.

— C'est bien lui !

Auguste chaussa ses lunettes tandis que Solange préféra le laisser seul dans la maison. Il lui semblait important de respecter son intimité, car qui savait si les nouvelles étaient bonnes ou mauvaises à Perce-Neige ? Auguste aimait son petit-fils plus que tout, et ce dernier le lui rendait bien, mais quelle avait pu être la réaction de son fils et de sa bru après son départ ? Maurice avait promis de ne rien dire. Avait-il cependant pu tenir sa langue face aux questions de ses parents ?

Lorsque Solange revint dans la cuisine, Auguste tenait toujours le fameux courrier. Il leva les yeux vers Solange. Son sourire ne trahissait aucune inquiétude. Solange en fut soulagée.

— J'aimerais que tu la lises, Solange. Il semblerait qu'à Perce-Neige… Mais prends-en toi-même connaissance.

— Es-tu certain ?

— Oui, le diable n'est pas dans cette enveloppe !

Solange prit la lettre entre ses mains légèrement tremblantes. Malgré les affirmations d'Auguste, elle n'était pas sûre de vouloir savoir. Tout lui semblait trop beau pour être vrai. Après des années de solitude, elle avait encore du mal à croire qu'elle n'était plus l'unique habitante de la ferme. Elle aimait les petits bruits qui résonnaient à présent dans la maison et étaient la preuve qu'une autre personne vivait ici. Les bruits de la vie tout simplement. Sous le regard insistant d'Auguste cependant, elle déplia la missive et la lut.

— Apparemment, tout se passe bien, lança-t-elle soulagée après avoir replié la feuille de papier. Ton petit-fils n'a pas pu garder le secret, mais finalement, ce n'est peut-être pas plus mal. Tu vas faire une visite à Perce-Neige?

— Oui, mais avec toi. Je t'y conduirai, nous irons tous les deux. Je sais que ce sera délicat, mais Maurice a raison, il faut mettre carte sur table et expliquer à mon fils et ma bru ce qu'il se passe. C'était très égoïste de ma part de le laisser seul face à leur interrogatoire. J'aurais dû me douter qu'il ne tiendrait pas longtemps. Maurice n'est pas habitué à mentir. Et les nouvelles vont très vite apparemment, vu qu'il est même question de mon départ sur le marché de Saint-Anthonin. Jean et Louisette semblent du moins bien heureux que je ne sois pas allé dans une maison de retraite.

— Comment allons-nous nous y prendre?

— Tout d'abord, je vais écrire à mon fils Jean afin de ne pas le surprendre et répondre à Maurice bien entendu. Selon leur retour, nous aviserons, mais je pense que tout devrait bien se passer. Dans le cas contraire, cela n'a aucune importance pour moi, tant que je suis avec toi. Je suis prêt à renouveler mon contrat d'embauche, mon amour, à vie!

— Dieu fasse qu'il en soit ainsi! dit-elle.

— As-tu du papier à lettres et de quoi écrire, Solange?

— Oui, dans le tiroir de mon petit secrétaire qui se trouve dans ma chambre, pardon, dans notre chambre. Et de mon côté, je vais également informer les miens. Peut-être pourrons-nous rassembler tout le monde!

Qui aurait pu penser qu'un jour, cela arriverait? demanda Solange.

— Demain sera un autre jour. À chaque jour suffit sa peine. Écrivons-leur d'abord, et puis qui vivra verra.

Quelques heures plus tard, tous deux planchaient sur leur lettre respective tels des écoliers assidus et appliqués.

— Alors, tu t'en sors de ta composition française?

— Oui, j'ai toujours aimé écrire, même si l'on ne m'a pas laissée aller à l'école longtemps.

— Tu aurais pu devenir écrivaine, osa Auguste.

— Ne te moque pas, s'il te plaît!

— Je ne me moque pas! Tu as toujours maîtrisé l'art de trouver le mot juste, comme les racines sur les branches des arbres. Tandis que moi, j'ai toujours eu du fil à retordre avec les phrases. Et cela fait bien longtemps que je n'ai plus écrit.

— Essaie de ne pas faire de pâté, le taquina Solange, et respecte bien les pleins et les déliés.

— Je fais ce que je peux et du mieux possible, laisse-moi tranquille!

— Je fais ma maligne, mais pour moi aussi, en réalité, ce n'est pas si simple que ça. J'ai l'impression de préparer une dictée et qu'un instituteur va me corriger les fautes d'orthographe.

— Milladiou de Milladiou! Faut bien que j'y arrive!

— Pense à ton petit-fils Maurice !

— Heureusement qu'il y a celui-là, et de plus, c'est à sa demande que je me soumets.

— Je pense sincèrement qu'il a eu raison de t'écrire. Tu pourras le voir plus souvent, et pas en cachette ! Et tu vas retrouver ton chien !

Un avenir plus agréable se préparait-il pour tous ? Les années en perspective seraient-elles celles du calme et de la sérénité ?

Gilles, le journalier, présent quelques heures matin et soir ne comprenait pas qu'on le garde et osa le faire remarquer à Solange sachant bien que cette petite ferme ne devait pas rapporter grand revenu.

— Voudriez-vous vendre la propriété par hasard, ça pourrait vous assurer une retraite confortable ?

— Elle vous intéresse ?

— Je n'ai pas l'argent pour l'acheter mais je pourrais vous trouver un acquéreur, je vais souvent sur les foires, et ça discute beaucoup !

— Je n'ai pas envisagé cette démarche pour le moment.

— C'est bien vrai que désormais vous n'êtes plus seule !

— La vie nous réserve souvent des surprises en effet…

— Je suis bien le premier à être du même avis ! Si vous connaissiez ma vie !

Solange comprenait bien que le brave homme, d'habitude si discret, essayait d'aller à la pêche aux informations. Il fallait qu'avec Auguste, ils prennent les devants, s'ils voulaient rester un peu maîtres des ragots.

— Demain, c'est marché à Crosac, dit-elle à Auguste quelques heures plus tard. Cela fait longtemps que je n'y suis pas allée. Viendrais-tu avec moi ? En quelques jours, tout le monde ici est au courant de notre situation, mais si nous leur faisons front, ils oseront beaucoup moins faire des remarques dans notre dos. Du moins, je l'espère.

— Ce sera notre première sortie tous les deux, et vois-tu, j'attends ce moment avec une certaine émotion ! On ne me mangera pas que je sache !

*

Le lendemain, le « jeune » couple, Solange & Auguste, se rendit donc au marché. Une nouvelle silhouette sur le chemin et bientôt sur la place non loin de l'église. Sur leur passage, les têtes se tournèrent, tandis qu'ils avançaient en souriant, ignorant les murmures.

Un boucher, un charcutier, un pâtissier, des maraîchers et des paysans derrière toutes sortes de produits, y compris des volailles vivantes. Ils étaient loin des marchés de Provence que chantait Gilbert Bécaud, il manquait ici les produits de la mer. À chaque région, ses spécialités.

Tout le monde connaissait Solange et lui lançait un bonjour sympathique, tout en observant cet homme que seul le propriétaire du café du village avait vu de près. Auguste portait le panier qui se garnissait copieusement au fil de leur déambulation.

— Tu as donc des invités ? lui lança une vieille connaissance.

Solange sourit simplement, et tous deux se dirigèrent vers le café de la petite place déjà bien encombré de bavards bruyants levant leur verre de rouge ou de gentiane de Salers.

Les deux arrivants s'assirent à la dernière table libre et commandèrent un café. Ils remarquèrent immédiatement que les regards les scrutaient indiscrètement.

Puis, tout à coup, un des habitués, certainement plus éméché que les autres, lança :

— La Solangeoune a trouvé un copain, on dirait. Il y a bien longtemps qu'elle vit seule, il était bien temps. Mais cela fait sûrement belle lurette que la Solangeoune a ses secrets !

D'un bond, Auguste se leva et se dirigea vers l'homme qui l'avait appelée ainsi.

— Comment avez-vous nommé ma compagne ?

— Comme tout le monde ici…

— Excusez-vous immédiatement !

— De quel droit ?

— De celui-là, lança Auguste en lui donnant un coup de poing au visage. Qui osera prononcer une nouvelle fois ce surnom aura de mes nouvelles, compris ?

L'homme avait le nez en sang, mais aucun des autres convives ne se manifesta. Le courage leur faisait défaut face à cet homme qui avait fait taire cet imbécile. Ce dernier avait, en quelque sorte, payé pour ceux qui n'avaient pas osé se manifester mais n'en pensaient pas moins.

Puis Auguste dit à haute et intelligible voix :

— Celui qui osera encore traiter Solange ainsi aura affaire à moi, et ce n'est pas qu'un nez cassé auquel il aura droit... Souvenez-vous en !

— Tu as marqué ton arrivée au pays, mon cher Auguste ! lança Solange alors qu'ils étaient sur le chemin du retour après avoir quitté le café sous les yeux ébahis des clients. La nouvelle allait faire le tour du village en moins de deux.

— Il fallait bien un jour mettre un terme à cette histoire. Je n'ai pu me retenir ! Cette bande de couards a de la gueule oui, mais peu d'éducation.

— Merci d'avoir été le premier à me défendre, mon chevalier servant. C'est une belle journée, et je suis heureuse que nous ayons décidé de venir au marché !

Alors qu'ils marchaient bras dessus bras dessous, ils entendirent une voix derrière eux.

— Tante Solange !

— Émilienne ! s'exclama Solange avec un grand sourire dans la voix.

La tante et la nièce se jetèrent dans les bras l'une de l'autre. On percevait tout de suite la tendresse qui unissait ces deux-là.

— Je te présente enfin Auguste, dont je t'ai parlé l'autre jour quand on s'est croisées par hasard, mon ami que je ne pensais plus jamais revoir et que j'héberge chez moi pour très longtemps, j'espère…

— Bonjour, monsieur, dit Émilienne en lui tendant la main.

Enfin, elle rencontrait cet homme que sa tante avait tant aimé. L'histoire que lui avait racontée sa tante l'avait beaucoup émue. Depuis, elle y avait souvent pensé en se disant qu'elle ne voulait pas vivre le même drame que Solange mais qu'elle espérait bien un jour éprouver pour quelqu'un des sentiments aussi forts. Avait-elle, elle aussi, quelque part une âme sœur qui l'attendait ?

— Bonjour, Émilienne, vous pouvez m'appeler Auguste, ça me ferait plaisir, si vous le voulez, bien entendu.

Émilienne donna des nouvelles des siens sans pour autant mentionner une lettre qu'auraient reçue ses parents.

Ils papotèrent un moment. Émilienne semblait vraiment heureuse d'avoir fait la connaissance de l'homme qui avait tant d'importance pour Solange.

— Tu connais désormais ma chère nièce Émilienne, dit Solange en reprenant le bras d'Auguste et le chemin de la ferme.

— Elle a effectivement quelque chose d'exceptionnel. Elle doit avoir un petit ami, belle comme elle est…

— Je ne sais pas et surtout je ne m'en mêle pas, chacun décide de sa vie comme il l'entend ou presque… Tu vois ce que je veux dire ?

— Parfaitement. Et je me permets d'ajouter qu'avec le temps des miracles arrivent. J'en sais quelque chose.

Ils se sourirent tendrement et poursuivirent leur route.

— Mon frère n'a pas dû recevoir ma lettre, elle m'en aurait parlé, à moins qu'il ne lui ait rien dit.

— Ne t'inquiète pas, tout arrive en son temps, les bonnes nouvelles comme les ennuis, et si les choses viennent à tarder, il y a toujours quelqu'un ou quelqu'une pour s'en mêler !

— À propos d'intervention, je voulais à nouveau te dire que j'ai été très touchée par ton geste au café. Personne n'avait jusqu'à présent pris ainsi ma défense. Tu leur as coupé le sifflet. Il faut dire aussi que le ton et le geste employés ne nécessitaient pas de plus amples explications. Tu comprends maintenant pourquoi je ne me rends pas si souvent au marché et pourquoi j'évite le café du village.

— N'en parlons plus. Même après cette mise au point, nous ne pourrons pas faire taire les mauvaises langues. Il en va ainsi depuis des siècles et des siècles. Rentrons!

— Tu ne déjeuneras pas à l'heure, mon cher protecteur, allongeons le pas.

— Vois-tu, rien ne presse aujourd'hui, j'ai le sentiment que tout va pour le mieux, ma très chère Solange. Le temps est dégagé, le panier est bien rempli, ta nièce est adorable, et tu es à mes côtés. Que demander de plus?

Alors qu'ils terminaient leur repas, le bruit d'un engin, un tracteur pétaradant, s'approcha de la ferme.

— Nous avons de la visite, semble-t-il.

— Oh, mais c'est mon frère Roland et sa femme! Il est très rare qu'ils viennent jusqu'ici. Ils sont bien trop occupés par leur exploitation. Ils ont bien dû recevoir ma lettre, et Émilienne leur aura dit qu'elle m'a croisée au marché.

Le moteur fut coupé, et le temps que Solange ouvre la porte, les nouveaux arrivants descendaient de l'engin:

— Bonjour, les cachottiers! lança Roland.

— Je suis bien heureuse de vous voir! Comme a dû vous le dire Émilienne, je ne suis plus seule désormais, et je vous ai envoyé une lettre pour vous parler d'Auguste…

— Oui, nous l'avons bien reçue! Tu aurais pu nous le dire de vive voix, tu sais… Mais c'était tellement inattendu et mystérieux qu'il nous a fallu les détails fournis par Émilienne pour reconstituer toute l'histoire. D'autre part, Gilles nous avait informés maladroitement d'ailleurs, mais ce n'était pas bien clair.

— Je ne savais pas comment vous alliez prendre la nouvelle et j'étais un peu nerveuse. Je m'en excuse. C'est si nouveau pour moi… Et oui, je m'étais bien rendu compte que la situation intriguait Gilles. Mais maintenant, tout le monde est au courant, alors plus la peine de s'en préoccuper. Entrez donc que je vous présente Auguste.

Ce dernier les attendait à l'intérieur quelque peu inquiet de la réaction de la famille de Solange et avait décidé de préparer le café pour s'occuper les mains et prendre son mal en patience.

Ils se saluèrent poliment et s'installèrent à la table. Personne ne savait comment entamer la conversation. Roland, qui n'était pas du genre à avoir la langue dans sa poche, décida de faire le premier pas pour briser la glace.

— Alors, c'est vous Auguste, l'homme que ma chère sœur nous a caché pendant si longtemps ?

— Nous avions besoin de temps pour prendre nous-mêmes conscience de la situation et…, intervint Solange prête à tout pour défendre son nouvel et ancien amour.

— Ne te justifie pas Solange, nous en sommes surpris mais heureux et vous souhaitons de bien vivre ensemble.

Auguste et Solange échangèrent un regard soulagé. La journée qui avait mal commencé au bar du village devenait de plus en plus radieuse.

— Pour vous deux, cette histoire ne date pas de ces jours-ci ? demanda Marcelle, la belle-sœur de Solange, curieuse de connaître le fin mot de l'histoire.

— Dans ma prime jeunesse, j'avais deux amies, avoua alors Auguste. Une attitude que j'ai cher payée. Par la force des choses, j'ai dû épouser l'une et m'écarter de l'autre.

— Je comprends ce que vous voulez dire. Autrefois, on ne blaguait pas avec ces choses-là... Mais toi, Solange, comment tu as vécu cette situation ?

— Je n'ai cessé de penser à lui et je lui ai écrit une lettre...

— Vous lui avez répondu ? demanda Roland.

— Non, mais je l'ai gardée dissimulée dans une vieille malle, car j'étais alors, malgré les remontrances de mon père, bien incapable de m'en débarrasser. J'ai dû accepter ma nouvelle vie, comme on dit, et le temps a fait son œuvre. Jusqu'à ce que je retrouve la lettre il y a quelques semaines de cela.

— Et alors ?

— Je dois vous avouer que j'ai pleuré en la lisant. Beaucoup d'eau a coulé sous les ponts, le temps a fait son œuvre, mais tout m'est revenu. Étant veuf, j'ai recherché celle qui m'avait écrit.

— Et tu ne lui en as jamais voulu ? demanda Marcelle en se tournant vers sa belle-sœur.

— Oh, voilà bien longtemps de cela, j'avais le cœur brisé, mais je ne pouvais en aimer un autre. Puis je suis devenue la Solangeoune… La honte s'est abattue sur moi, et j'ai préféré me retirer en quelque sorte de la communauté…

— Tu es ma sœur, et j'étais et serai toujours à tes côtés, tu le sais. Nous avons essayé de vivre du mieux possible et nous ne nous en sommes pas si mal sortis, tu ne trouves pas ? Nous espérons maintenant que nos deux familles ne feront bientôt plus qu'une.

Solange, tout émue par les paroles de son frère, avait la larme à l'œil. Encore une fois, elle se demanda si elle ne rêvait pas.

— La vie suit parfois des cours bien particuliers qui varient d'une personne à l'autre. Tandis qu'elle ressemble plus à un torrent pour certains avec des hauts et des bas, elle se déroule comme un ruissellement tranquille au creux d'un vallon pour d'autres. Mon petit-fils Maurice me conseille de revenir à Perce-Neige pour expliquer toute cette affaire, car mon fils n'a pas bien accepté ma décision de quitter la ferme familiale.

— Je dois dire que je le comprends, dit Roland. Mais voilà une bonne résolution, bien délicate mais nécessaire en réalité. On appréhende toujours de mettre les choses à plat et de tout déballer, mais une fois que c'est chose faite, chacun se rend compte qu'en réalité, ce n'était pas une montagne à déplacer.

— Je suis d'accord avec vos propos, mais encore faut-il pouvoir en parler comme vous le faites.

— Que nous reste-t-il à vivre ? Un peu, beaucoup ? Qui peut répondre ?

— Nous avons choisi de vivre un peu ensemble, voilà tout, et advienne que pourra ! dit en souriant et presque timidement Solange.

— Voilà qui est bien dit et de bon sens. Dans tous les cas, nous vous attendons tous les deux chez nous. Et si par hasard votre petit-fils Maurice, dont vous semblez particulièrement proche, vous accompagne, il sera le bienvenu bien entendu.

— Merci, répondit Auguste, j'en suis très heureux, notre vie semble apercevoir quelques rayons de soleil, enfin !

Chapitre 9

Cela avait été une belle journée à Crosac. Une famille semblait renaître. Et le bonheur de Solange et Auguste fut complet quand, le lendemain, ils entendirent une voix familière appeler depuis la cour de la ferme. La belle Émilienne leur rendait visite, souriante et magnifique dans sa jeunesse en pleine éclosion.

— Bonjour, tous les deux !

— Tu arrives au bon moment, lui dit Solange. Le café vient juste de finir de couler.

Émilienne les embrassa affectueusement, aussi bien sa tante qu'Auguste qu'elle ne connaissait pourtant que depuis la veille.

— J'avais envie de vous revoir. Je t'ai trouvée pâlotte, ma chère tante, et puis il s'en est passé des choses entre-temps.

— Tu sais, quand on a tant d'années derrière soi, il y a des jours avec et des jours sans, répondit Solange. Mais dis-moi plutôt comment vont tes parents depuis hier ?

— Bien, merci, on parle beaucoup de vous et de votre visite à Perce-Neige. Et je vous ai apporté une surprise… Un Paris-Brest !

— Mais tu n'aurais pas dû, Émilienne, mais nous allons le goûter de suite afin que tu en profites également !

— Il y a bien longtemps que je n'en ai plus mangé, dit Auguste. Et avec une goutte de café, il sera encore meilleur.

Il alla aussitôt chercher des tasses et des assiettes tandis que la tante et la nièce échangeaient des potins en attendant autour de la table. Une ambiance paisible et joyeuse s'installa dans la pièce. Tout le monde rayonnait.

— Ce qui me ferait le plus plaisir, dit Auguste en déposant le café et les assiettes à gâteau sur la table, c'est que vous puissiez rencontrer Maurice, mon petit-fils. C'est un garçon très gentil, vous pourriez bien vous entendre, entre jeunes… Vous devez avoir à quelque chose près le même âge tous les deux.

— La famille s'agrandit, on dirait ! Ce sera avec plaisir, prévenez-moi, dès qu'il est de passage ! Je ne sors pas beaucoup, mes parents me surveillent…

Après le départ d'Émilienne, il ne restait plus une goutte de café ni une miette de Paris-Brest. Solange et Auguste étaient tranquillement assis à la table. Les rayons du soleil baignaient la pièce d'une lumière chaleureuse.

— Cette jeune Dartou, on dirait un papillon dans un champ de fleurs, dit Auguste.

Solange choisit ses mots pour informer Auguste sur un détail qui lui semblait important.

— Il faut que tu saches, mon cher Auguste, qu'Émilienne est une petite adoptée par mon frère et ma belle-sœur. Même après son adoption, elle porte toujours son premier nom de famille : Printemps, suivi de Dartou, mais comme « Émilienne Printemps Dartou » est un peu long, tout le monde l'appelle Émilienne Dartou. Il n'empêche que son nom de naissance lui va comme un gant. C'est peut-être pour cela que mon frère et sa femme ont décidé de le conserver. Ce mot « Printemps » au milieu de son nom et prénom m'a toujours beaucoup plu, c'est une éternelle fraîcheur qu'elle porte en elle.

— Tu es toujours aussi poétique. J'aime t'entendre parler ainsi. Et merci de m'avoir informé, cela m'évitera de commettre un impair. Ce nom de famille est effectivement bien joli, et on devrait toujours conserver ce qui est beau : les arbres, les fleurs, les souvenirs et les petits bonheurs comme celui-ci, un gâteau délicieux…

— Tu oublies quelque chose que j'avais rayé de ma vie…

— Et qu'est-ce donc ?

— Toi, mon cher Auguste !

*

Quelques jours plus tard, ce fut Maurice qui arriva sans prévenir à mobylette. Il avait bien sûr tenu parole et était venu rendre visite à son grand-père et à sa nouvelle (ou fallait-il dire ancienne ?) compagne.

— Tu as trouvé facilement ?

— Je me suis un peu perdu sur la fin, mais ce n'est pas si loin non plus.

— Quelle belle surprise, Solange va être contente de faire enfin ta connaissance.

Derrière lui, la voix de cette dernière retentit :

— Bonjour, Maurice, bienvenue chez nous !

— Mais tu ne l'as jamais vu ! s'exclama Auguste.

— Non, mais il te ressemble tellement, je veux dire lorsque tu avais son âge, à quelques années près...

— Alors les présentations sont vite faites, lança Auguste qui était tellement heureux de revoir son cher petit-fils. Tout le monde va bien à Perce-Neige ?

— Oui, Grand-père, la vie suit son cours, même si tout est différent sans toi.

— Et tes parents ne t'ont rien dit de particulier, par hasard ?

— Non, je sais qu'ils ont reçu ta lettre, mais ils ne m'en ont pas parlé et je n'ai pas cherché à en apprendre plus, car je sais déjà tout ce que j'ai besoin de savoir. Tu es heureux, et c'est le plus important pour moi. Mais tu pourrais quand même passer un jour. Qu'ils sachent comment tu vas.

— Avant de faire quoi que ce soit, je vais attendre encore quelques jours. Ils vont peut-être me répondre. Le plus important pour l'instant, c'est que tu sois là. Mais dis-moi : Comment va Fluteau ?

— On dirait qu'il te cherche, souvent vers le chemin…

— Ça ne m'étonne guère, répondit Auguste avec un peu de tristesse dans les yeux.

— Voudrais-tu que je te l'emmène la prochaine fois ?

— Je ne suis pas certain que je puisse le laisser repartir !

— Eh bien, nous le garderons, annonça joyeusement Solange.

— Merci Solange, je n'osais pas te le demander.

— Je n'ai rien contre un chien à la maison et surtout celui-là !

— Alors tu sais ce qu'il te reste à faire lors de ta prochaine visite, mon cher Maurice !

— Ça ne tardera guère, je te le promets, Grand-père. Et je prendrai le temps pour lui fabriquer une niche si vous me donnez de quoi la construire.

— Tu es un tantinet menuisier, charpentier, et très adroit de surcroît, m'a dit ton grand-père ! complimenta Solange avec un sourire.

— Et ce n'est pas le bois et les clous qui manquent dans la grange. Tu pourrais te servir à ton aise.

Maurice, peu habitué aux compliments de la part de ses parents, rosit de fierté et d'embarras.

Après le déjeuner, qu'ils avaient pris dans la joie et la bonne humeur, le grand-père et le petit-fils remercièrent chaleureusement Solange pour le délicieux rôti qu'elle avait préparé. Ils partirent ensuite faire un petit tour, et Auguste, n'y tenant plus, interrogea Maurice :

— Mais dis-moi, où en es-tu de tes fiancées ? Si tu veux bien me le dire, pardi.

— Elles ont fini par se rencontrer et tout se raconter, je suis dans de beaux draps !

Auguste éclata de rire.

— J'ai connu ça. Tu es si jeune, tu trouveras celle qui t'aimera plus que les autres, ne te fais aucun souci.

— Que Dieu t'entende ! Mais après la débâcle de mes derniers exploits amoureux, je ne vais pas me presser pour trouver une fiancée ! Je ne veux pas refaire les mêmes erreurs et me retrouver à nouveau dans une situation embarrassante !

Dans la tête d'Auguste, petit à petit, subrepticement, s'était installée une idée facile à deviner.

Rares sont les grands-parents qui ne se mêlent pas des affaires des leurs. Auguste, quant à lui, qui n'avait plus rien à attendre de la vie sinon qu'elle se prolonge du mieux possible avec Solange, était très impliqué dans l'avenir de son petit-fils. En bien ou en mal, il se retrouvait en lui. Si on le lui avait demandé, il l'aurait nié de but en blanc, mais il avait bien l'intention d'influencer le destin, le plus discrètement possible bien sûr, afin que Maurice soit heureux. Et n'ait pas des décennies à attendre pour cela.

Quand arriva le moment de repartir pour Maurice, il serra son grand-père dans ses bras et lui dit :

— La prochaine fois, je te ramène Fluteau ! Promis !

— Je vous attends tous les deux.

— Et moi aussi, dit Solange qui les avait rejoints avec un sourire radieux.

Tandis qu'Auguste regardait Maurice s'éloigner sur son engin pétaradant en lui faisant un dernier geste de la main, Solange lui prit le bras. Elle sentait bien qu'il était un peu triste, même si ce n'était qu'un au revoir.

— Tu vois Auguste, j'aime ce jeune. Si j'avais eu un fils, j'aurais voulu qu'il soit comme lui. Charmant, gentil, humble et travailleur, mais sans être ennuyeux pour autant. La vie en a malheureusement décidé autrement... Heureusement que je suis la tante d'une jeune fille toute aussi formidable.

— Que de renoncements et de malheurs tu as vécus, et pourtant tu es restée si forte. Si mon petit-fils peut combler un peu ce vide, j'en serais très heureux. Et je pense que tu reverras Maurice assez souvent, j'en ai la certitude même. J'ai même une idée de qui pourrait y contribuer.

— Tu penses à Émilienne, n'est-ce pas ? J'ai bien vu comment tu les regardes tous les deux et j'ai bien entendu toutes les remarques que tu as faites.

— Oui, tu m'as bien percé à jour… Et toi Solange ? Qu'en penses-tu ?

— Je garde ma réponse pour plus tard, la vie m'a appris que la patience est une vertu ! La vie accorde et reprend à son envie comme elle a agi envers moi, Auguste. Mais parfois elle donne aussi, alors je vais immortaliser ce jour d'un geste original…

— Mais que vas-tu faire, ma chère Solange ?

— As-tu remarqué la pendule au fond de la chambre désormais nôtre ?

— Oui, mais j'imagine qu'elle comporte un secret puisqu'elle est voilée, mais je n'ai pas osé te demander pourquoi, il faut respecter les secrets des gens qu'on aime…

— Je l'ai arrêtée le jour où ces hommes m'ont agressée. Ce jour-là, mon ancienne vie s'est arrêtée…

Auguste prit Solange dans ses bras et la serra très fort pendant de longues minutes ne sachant qu'ajouter, empêtré dans sa maladresse. Il avait conscience que tous les mots qu'il pourrait dire auraient été vains.

— Je vais lui redonner vie. Il fallait bien qu'un jour cela arrive, et c'est aujourd'hui, dit-elle.

— La venue de mon petit-fils est la cause de tout ça ?

— C'est un bon augure, comme ton retour à mes côtés. La vie s'est réinstallée à Crosac. Une horloge arrêtée est comme une petite mort, et il est temps de lui redonner vie.

À présent, le balancier jouait de jour avec la lumière, et la nuit, le tic-tac rythmait les heures que Solange et Auguste passaient l'un à côté de l'autre. Le son de l'horloge comblait l'espace laissé par l'absence des êtres aimés et des rêves abandonnés. Dans toute la maison, le silence et la morosité laissaient enfin la place à la mélodie des gestes quotidiens et à la polychromie des existences qui se croisent.

— J'aurais pu y penser plus tôt, Auguste..., lança Solange un beau matin.

— Tu n'as rien à te reprocher. C'est comme quand je me dis : « Ah si j'avais retrouvé ta lettre plus tôt ! » Cela ne change rien. Ce qui est important, c'est qu'il nous reste un bout de temps pour revivre si le mot te convient.

*

Gilles arriva ce jour-là un peu plus tôt qu'à son habitude pour la traite du soir, l'allure bien décidée pour annoncer, selon lui, une nouvelle importante.

Solange le devina au premier coup d'œil.

— Comme vous me l'aviez demandé, je vous ai trouvé quelqu'un intéressé par vos terres !

Afin de calmer ses ardeurs, Solange lui rappela qu'elle ne lui avait rien demandé du tout et que c'était lui seul qui avait mentionné le sujet et prit apparemment l'initiative.

— Je ne me rappelle plus bien comment ça a commencé mais j'ai quelqu'un pour vous louer vos terres.

Solange, prise au dépourvu, ne savait que répondre, clouée sur place.

— C'est un agriculteur qui cherche des terres mais pas votre maison, bien entendu, reprit Gilles.

— Il ne manquerait plus que ça ! Et ce prétendant, je le connais ? Un voisin sans doute ?

— Si vous « seriez » intéressée, dites-le-moi, et il viendra vous rendre visite.

Cette histoire inattendue brouillait les idées de Solange. Subitement, elle se dit : « Suis-je si vieillarde ? Pour que l'on me propose de telles choses ? »

— Reprenez votre travail, Gilles, nous en reparlerons plus tranquillement à un autre moment.

Auguste n'avait pas entendu l'échange entre Gilles et Solange. Il fut donc surpris de la voir si agitée et chamboulée au cours du dîner après que l'employé avait quitté la ferme.

— Mais que se passe-t-il, Solange, c'est Gilles qui te met ainsi dans cet état ?

— C'est plutôt ce qu'il m'a annoncé !

— Il ne veut plus travailler ?

— Ce n'est pas tout à fait ça, mais de loin, ça y ressemblerait.

— Tu es bien mystérieuse... Dis-moi ce qui te met dans cet état !

— Eh bien, voilà ce que m'a annoncé Gilles : Il y aurait un paysan qui voudrait louer les terres de ma ferme, tout en me laissant l'occupation de la maison et du jardin...

Auguste ne répondit pas et avala sa soupe bruyamment, comme bien souvent lorsque quelque chose l'agaçait, et c'était le cas.

Il demeura silencieux un moment, ne sachant que dire et surtout que penser de cette proposition sortie de nulle part et qui n'augurait selon lui rien de bon.

— Qu'en penses-tu, Auguste ?

— Les terres t'appartiennent. Je n'ai pas mon mot à dire.

— Elles m'appartiennent effectivement, mais j'aurais bien aimé avoir ton avis. À bien y réfléchir finalement, je pense que Gilles voulait sans doute faire son intéressant – et peut-être m'aider, qui sait ?

— Il n'y a pas de fumée sans feu, c'est tout ce que j'en pense pour ma part. Si tu veux vraiment mon avis, je trouve étrange que cette proposition vienne maintenant alors que j'habite chez toi.

Le repas terminé, ils s'assirent chacun d'un côté du cantou pour profiter de la flambée qu'Auguste avait allumée. Ce dernier fixait les flammes, perdu dans ses pensées. Le voyant préoccupé, Solange se pencha en avant et lui prit les mains.

— Auguste, cette proposition impromptue ne change rien. Je n'ai vraiment pas l'intention ni de vendre ni de louer mes terres. Je ne peux plus vivre sans toi, et nous resterons ensemble ici, si tu le veux bien, jusqu'à la fin de nos jours…

— Je ne peux ni ne veux retourner à Perce-Neige, répondit-il en serrant ses mains plus fort. Nous formons désormais un couple.

— Je vais tout simplement dire à Gilles que je ne suis pas intéressée et que je ne veux pas rencontrer le loueur potentiel.

— Et s'il t'avait trouvé un acheteur pour la ferme ? Qu'aurais-tu répondu, Solange ? tenta Auguste.

— Même réponse, comme je viens de te le dire à l'instant, je ne vais pas aller mourir ailleurs, on me prendrait pour une folle ! Faudrait aussi questionner mon frère avec qui nous avons partagé la propriété des parents en leur temps.

— Crois-tu qu'Émilienne hérite un jour de la ferme de ton frère ?

— Oui, bien sûr, elle est fille unique, il n'y a pas d'autre héritier. Elle est très attachée à ses parents adoptifs, mais je n'ai encore jamais pensé à ça, c'est leur affaire… Pourquoi me poses-tu ces questions ?

— Parce que je réfléchis à plus tard, vois-tu. Les terres de ton frère et les tiennes réunies comme elles le furent un jour, voilà qui deviendrait une belle propriété avec en plus deux maisons d'habitation où la jeunesse pourrait commencer une nouvelle vie. Mais allons nous coucher. Demain est un autre jour, et la nuit porte conseil.

Une fois dans leur lit, Solange se lova contre lui et oublia la conversation précédente contrairement à Auguste qui y pensait sans discontinu. Il avait des idées plein la tête. Des idées qui le taraudaient et le ramenaient sans cesse à son petit-fils, Maurice. Ce descendant représentait tout pour lui, et son avenir lui tenait particulièrement à cœur. Auguste voulait que Maurice soit heureux. Il souhaitait qu'il passe sa vie avec quelqu'un qui partagerait non seulement les soucis du quotidien mais aussi ses rêves et qui l'aimerait plus que tout – jusqu'à ce que les racines poussent sur les branches.

Maurice et Émilienne ! Il les imaginait tous les deux dans la vie. Certes il faudrait d'abord qu'ils se plaisent. Et son propre fils et sa belle-fille à Perce-Neige envisageaient sûrement l'avenir de leur fils autrement. Ils s'attendaient, comme il se doit dans la tradition familiale des campagnes, à ce que Maurice reste auprès d'eux et trouve une épousée qui s'occupe de la ferme avec lui. Il n'y avait là rien de bien anormal, mais lui voulait jouer un rôle dans la vie de son petit-fils et employer le temps qu'il lui restait à faire son bonheur.

Il eut bien du mal à s'endormir, et Solange s'en aperçut.

— Mais qu'as-tu à bouger ainsi cette nuit ? Es-tu malade ? As-tu envie d'une tisane ?

— Non, Solange, je réfléchissais, ça va, je vais m'endormir…

Quand la pendule, qui avait repris vie dans la chambre depuis quelque temps, sonna les douze coups de minuit, Auguste sauta cependant du lit et alla trifouiller dans le tiroir qui contenait ses affaires. À la lueur de la lune qu'on voyait par la fenêtre, Solange l'observait effarée se demandant s'il avait fini par perdre la tête.

— Mais que fais-tu voyons !

— Je viens enfin de trouver un endroit où mettre ta lettre que j'ai toujours peur de perdre ou d'oublier, répondit-il avant de se diriger vers l'horloge. Il ouvrit la petite porte vitrée qui laissait apercevoir le balancier et glissa délicatement l'enveloppe jaunie par le temps derrière le cadran.

— Auguste ! Tu es fou !

— Non, ma douce ! Il me semble important que tout ce qui est cher à notre cœur soit réuni. Aussi bien l'horloge que ta lettre sont les symboles de nos retrouvailles et du renouveau auquel nous assistons.

Chapitre 10

Dès le réveil, alors qu'ils étaient encore allongés l'un près de l'autre, Auguste rappela à Solange de prévenir Gilles qu'elle n'était pas intéressée par un locataire pour ses terres. Auguste, toujours l'esprit à son petit-fils, voulait absolument prendre les devants.

Cette année-là, l'arrivée du printemps s'annonçait précoce, certains signes ne trompaient pas. Il allait y avoir beaucoup de travail dans les champs.

— Nous ne réussirons pas à tout faire, lança Solange. Je vais demander à Gilles de venir un peu plus longtemps et je m'arrangerai avec mon frère, comme bien souvent d'ailleurs.

— Heureusement que tu t'entends bien avec ton frère Roland et ta belle-sœur Marcelle. Malgré le partage de la propriété de vos parents, on pourrait croire que c'est une seule et même exploitation.

— Nous sommes les derniers Dartou, et nous nous serrons les coudes. Je dois beaucoup à Roland qui m'a soutenue dans les moments difficiles et qui a toujours été le premier à prendre ma défense. Nous avons fait ce partage afin que je puisse être indépendante et subvenir à mes besoins. Nous savions bien lui et moi qu'après ce qui s'était passé au battage, je ne me marierai jamais et resterai seule.

Auguste la prit dans ses bras.

— Tu n'es plus seule et saches bien que je me creuse les méninges pour te rendre heureuse et faire vivre la ferme, car j'ai bien conscience que nous n'aurons pas toujours la force de nous en occuper seuls, même avec l'aide de Gilles.

Après s'être levé, et tandis que Solange s'habillait, Auguste se regarda attentivement dans le miroir accroché non loin de la fenêtre.

— Tu cherches quelque chose ? lui demanda Solange en souriant, l'air taquin.

— Oui, ma jeunesse !

— Moi aussi, rassure-toi, je l'ai cherchée bien souvent dans le même miroir, mais il ne sait pas mentir !

— C'est son rôle, il est là pour ça ! Mais regarde plutôt dans mes yeux, tu n'y verras pas la même image. Pour moi, tu es toujours jeune et belle…

Tandis que Solange vaquait à ses occupations dans la cuisine, Auguste finissait son petit-déjeuner en regardant par la fenêtre.

— Je pense beaucoup à mon petit-fils, lâcha-t-il de but en blanc. Il me manque.

— C'est bien l'impression que j'avais. Ça se voit comme le nez au milieu de la figure… Tu voudrais retourner vivre à Perce-Neige ?

— Bien sûr que non ! Mais je souhaiterais le voir davantage et qui sait ? Il pourrait rencontrer quelqu'un qui lui donnerait envie de venir plus souvent…

— J'ai bien compris, Auguste. Non seulement tu n'as pas arrêté de faire des allusions dans ce sens après leur visite respective, mais en plus, parfois, tu parles dans ton sommeil !

Il la regarda surpris. Elle éclata de rire et s'approcha de lui pour lui poser la main sur l'épaule.

— Cette petite est quand même ma nièce, adoptée certes, mais ma nièce tout de même. Je la connais et l'aime de toute mon âme depuis que le destin l'a menée dans notre famille. Elle fait notre bonheur depuis le premier jour. Tu te doutes bien que je réfléchis également à son avenir. Il n'y a pas que toi qui veuilles le bonheur de ceux qui sont chers à ton cœur. Surtout quand il s'agit de jeunes gens aussi charmants que Maurice et Émilienne. Dis-moi ce que tu as derrière la tête.

— Ce sont des idées qui me trottent dans la tête, mais tant que je n'ai pas encore trouvé le moyen de les réaliser, je préfère les garder pour moi… Mais je te promets que tu seras la première informée dès que j'aurai mis les choses dans l'ordre dans ma vieille caboche.

— Oh ! Mais je crois que tu as déjà bien réfléchi, mon cher Auguste ! Ou plutôt je l'ai conclu de tes confessions nocturnes.

— Je n'ai pas grand-chose à faire ni à penser d'autre…

— Faudrait d'abord savoir si l'un et l'autre se plaisent. Invite donc Maurice, et de mon côté, dès que tu connaîtras la date de sa venue, je demanderai à Émilienne de venir nous voir, dit-elle avec un sourire coquin aux coins des lèvres. Je crois que ce sera le mieux. Nous allons passer pour des entremetteurs !

— Tu vois, Solange, vous, les femmes, êtes bien plus intelligentes que nous quand il est question de sentiments et d'entremise.

— Je ne sais pas ce que va en penser Roland, mon frère, mais, après tout, arrivera ce qui arrivera !

— Voilà ce que je voulais entendre ! Tu es fantastique !

Auguste, en son for intérieur, voyait approcher des jours radieux. Il ne pouvait empêcher les images de s'imprégner sur sa rétine. Il se doutait bien que beaucoup d'eau coulerait sous les ponts avant qu'elles deviennent vraiment réalité, mais qu'importe, il est toujours doux d'espérer.

Donnant un dernier baiser à Solange, il alla chercher de quoi écrire une lettre à Maurice.

Mon cher petit-fils,

J'espère que tu vas bien et tes parents aussi. Je n'ai toujours pas de nouvelles de leur part, mais c'est sans importance, et ce n'est pas la raison pour laquelle je t'écris. Depuis ta dernière visite, Solange et moi parlons souvent de toi, et je me languis de mon petit-fils adoré et si doué de ses mains. Nous serions ravis de te revoir à Crosac. Trouverais-tu le temps de rendre visite à ton vieux grand-père ?

Ton jour et ton heure seront les nôtres. Les vieilles branches que nous sommes ont beaucoup de temps à tuer, même si l'entretien de la petite ferme nous occupe bien.

Je t'embrasse tendrement (et Solange aussi),

Ton grand-père

P-S : N'oublie pas Fluteau !

Sitôt écrite, la lettre fut sitôt apportée au bureau de poste et expédiée.

*

« Mais dans quelle histoire est-ce que je m'engouffre ? » se demanda Auguste alors qu'il faisait le tour de l'exploitation afin d'estimer les travaux dont il devrait s'acquitter dans les jours à venir et d'avoir une meilleure idée de la propriété. Envers et contre tous, il se devait de tenter cette incroyable entreprise, réunir deux jeunes pour une vie ! Quelle ambition et voire prétention ! Mais si lui avait pu réaliser son rêve de retrouver Solange, bien trop tard certes, pourquoi cet autre rêve ne pourrait-il pas devenir réalité ? Ainsi, quand le temps serait venu, il partirait heureux sachant son petit-fils heureux ! Quand il avait vu la charmante et douce Émilienne, il avait tout de suite pensé à Maurice, s'imaginant quel beau couple ils formeraient tous les deux. Mais comme le lui avait rappelé très justement Solange : il ne pouvait influencer ce qui se passerait entre eux ! Il n'empêche que son intuition et sa proximité émotionnelle avec son petit-fils lui disaient que tout irait pour le mieux dans le meilleur des mondes. Foi d'Auguste !

Son rêve de participer au bonheur de son petit-fils lui donnait certes du fil à retordre, mais on peut vieillir et penser aux autres, sans être importun. Ainsi fonctionnait sa tête.

En faisant le tour de la propriété Dartou, il s'était rendu compte qu'elle ressemblait effectivement à une « petite Corse », toutes proportions gardées, comme l'appelait Solange. Ce surnom était venu un jour, à la fin de la scolarité de son père, l'année du certificat d'études. Le maître avait déployé devant ses élèves une grande carte de France qu'il avait suspendue au tableau. Tout en bas un peu sur la droite, on voyait l'île de la Corse, le berceau de Napoléon, de forme allongée comme un haricot ou une amande quelque peu tourmentée. Son père aurait dit plus tard : « Nos terres ressemblant en plus petit, bien évidemment, à la forme de cette île, ce sera notre petite Corse à nous ! Deux fermes formant une île ? Ça n'existe pas ailleurs ! Et sans mer tout autour… »

Étrange géographie mais qui avait permis de partager facilement les terres à la suite de son décès et de celui de sa femme à quelques années d'intervalle. Elle avait été partagée en deux, coupée horizontalement en son milieu au moment de l'héritage. Les deux fermes se trouvaient aux extrémités, au sud et au nord.

*

Un soir, après le souper, moment propice à certaines conversations dans le calme des logis, Auguste dit soudain :

— La propriété de tes parents était grande autrefois du nord au sud et bien exposée…

— Oui, et entre-temps, ma part est devenue bien trop grande pour moi, voilà pourquoi tout n'est pas entretenu comme il se devrait.

— Je voudrais pouvoir t'aider plus, ma chère Solange…

— Ce n'est plus de ton âge, ni du mien d'en faire trop et surtout...

Auguste attendait qu'elle termine sa phrase, mais quand, après quelques minutes de silence, rien ne vint, il lui dit, prenant son courage à deux mains :

— J'ai un acquéreur pour ta ferme...

— C'est la meilleure de la soirée celle-là ! Serais-tu devenu un peu fou ? À moins que ce ne soit une manigance organisée avec Gilles, par hasard ? Les bras m'en tombent...

— Mais je...

— Mais quoi ? Tu manigances dans mon dos ?

Solange se leva et, lui lançant un regard courroucé, elle partit vers leur chambre sans lui laisser le temps de répondre.

Des histoires de roublardises circulaient dans presque tous les villages, au dire des anciens qui en avaient de bonnes à raconter parfois avant de rejoindre les cimetières, même les proches parents et les aînés n'échappaient pas à la règle. Auguste comprit alors son erreur. Obnubilé par ses pensées et ses plans concernant l'avenir de son petit-fils, il avait, sans le vouloir, blessé Solange, sa bien-aimée, et lui avait fait craindre le pire. Elle qui s'était si longtemps battue pour subvenir seule à ses besoins avait maintes fois dû être confrontée à la fourberie de certains. Quel idiot il faisait ! Il suffisait de penser à ce qu'elle avait vécu dans sa jeunesse au moment du battage. Aucun homme, et lui non plus, ne lui avait donné une raison de faire confiance aux autres. Il avait totalement manqué de tact. Il connaissait cependant assez bien les femmes pour savoir qu'il ne servait à rien de tenter de s'expliquer maintenant tant qu'elle était furieuse.

Lorsqu'il la rejoignit dans leur lit, ils ne parlèrent donc pas, mais elle se blottit contre lui. L'un près de l'autre, on aurait pu, par moments, entendre battre leurs cœurs un peu plus fort sans qu'ils puissent faire autrement. Une nuit de plus à Crosac où tout semblait noyé dans l'habitude pour le commun des mortels mais où en réalité tout était différent, surtout pour Solange.

Le lendemain au réveil, Auguste osa faire le premier pas vers une éventuelle réconciliation :

— As-tu bien dormi mon amour ?

— Je n'utiliserai pas précisément ces termes, non. Je vais préparer le café.

Sans plus attendre ni lui donner la possibilité de répondre, Solange quitta la chambre.

Quand il l'eut rejointe dans la cuisine, Auguste revint à la charge bien qu'elle lui tournât le dos et ne sembla pas vouloir l'écouter.

— Je vais te dire qui s'est proposé pour acheter ta propriété, mais il te demandera aussi d'être raisonnable sur le prix !

— Les paysans sont tous pareils, quand il s'agit de payer… Ce n'est pas une nouveauté ! dit-elle d'un ton tranchant sans le regarder. Alors, qui veut mes terres ? Même si je ne comprends vraiment toujours pas de quoi tu te mêles et ce que tu as derrière la tête !

Sentant bien qu'un malentendu était en train de s'installer et que Solange faisait totalement fausse route, il se jeta à l'eau :

— C'est moi, tout simplement !

Elle fit volte-face et le fixa d'un air ébahi, puis, lentement, se laissa tomber sur une chaise face à lui, sans pouvoir dire quoi que ce soit, tant la surprise la paralysait. Auguste prit bien soin de ne pas prononcer un mot de plus et de lui laisser le temps de digérer ses paroles.

— Mais que t'arrive-t-il, Auguste ? Pourquoi ? murmura-t-elle d'une voix tremblante.

— Parce qu'un jour, tu m'as écrit une lettre qui, même si elle ne date pas d'hier, m'a encore bouleversé des décennies plus tard. Nous nous sommes retrouvés, nos destins se sont liés, et je voudrais qu'il continue à en être ainsi même après que notre heure sera venue.

Elle le regardait, sans comprendre, la bouche légèrement entrouverte. Elle ne voyait pas où il voulait en venir.

— Non ! Ne me dis pas que tu vas te remettre à la terre ?

— Je n'ai rien dit de tel…

— Oui et alors ?

Elle attendait la suite qui tardait à venir. Puis, n'y tenant plus elle se leva et dit à nouveau d'un ton très sec :

— Je vais faire la vaisselle, d'ici là, tu auras peut-être trouvé les mots justes pour exprimer ce que tu hésites à me dire…

— Ne t'énerve pas Solange ! Tu sais bien qu'à notre âge, il faut plus de temps pour trouver les mots justes, comme tu dis, et pour tout ordonner dans nos vieilles têtes…

— Certes, mais tu fais toujours tant de mystères !

— Je te jure, mon amour, que je n'ai qu'un seul but sur mes vieux jours : notre bonheur ensemble ainsi que le bonheur de ceux qui nous sont chers. Je te demande seulement un peu de patience. Je te promets que tu ne le regretteras pas.

Solange le fixait sans comprendre, elle était cependant rassurée par ses paroles et par le ton fervent de sa voix. Elle avait entre-temps un peu appris à le connaître et savait qu'il avait tendance aux cachotteries, mais qu'elles n'étaient jamais malveillantes. Il y avait juste beaucoup trop d'idées en même temps dans sa tête. Cela la rendait parfois folle, mais c'était aussi ce qui faisait depuis toujours le charme de cet homme qui pensait autrement que les autres, hors des sentiers battus.

— Auguste Vensac ! Tu vas me faire perdre la tête, mais parce que c'est toi, je t'accorde le bénéfice du doute. Ne me déçois pas, conclut-elle en posant un léger baiser sur sa tempe.

Le jour même, ils reçurent une lettre de Maurice qui leur annonçait qu'il serait chez eux le samedi suivant, avec Fluteau comme promis.

Lorsqu'Émilienne passa à l'improviste dans l'après-midi, comme elle le faisait de temps à autre quand elle se rendait au village, Solange en profita pour l'inviter également. Sa nièce se réjouit à l'idée de passer du temps avec sa tante et Auguste qu'elle connaissait certes à peine mais qui semblait faire le plus grand bien à Solange. Sa tante avait retrouvé une certaine joie de vivre qu'elle ne lui avait plus connue depuis bien des années. Et surtout, elle n'était plus seule. Durant toutes ces années, Émilienne et ses parents s'étaient toujours fait du souci pour elle. Un accident était si vite arrivé. Qui les auraient prévenus à temps pour lui venir en aide ? Gilles n'était là que le matin et le soir… Heureusement, ces temps étaient révolus !

— Je n'ai jamais vu ce garçon mais puisque c'est le petit-fils d'Auguste, pourquoi pas ! Vous ne m'envoyez pas dans un piège j'espère ?

— Que vas-tu penser là, ma chère nièce, Auguste ne le permettrait pas. Et moi non plus ! Nous voulons juste que les êtres qui nous sont les plus chers se rencontrent.

— Ah ma chère tante, que je suis heureuse de t'avoir dans ma vie. Ne sachant pas exactement d'où je viens, si ce n'est de nulle part, j'ai eu beaucoup de chance « de toucher terre » dans la famille Dartou.

Après le départ d'Émilienne, Solange annonça la bonne nouvelle à Auguste. Ce dernier se fendit d'un léger sourire, comme s'il craignait que trop de joie attire le mauvais œil sur ce jour qui avait bien mal commencé mais se concluait plein de promesses en l'avenir.

— Voilà une bonne chose, dit enfin Auguste en posant un doux baiser sur la joue de Solange.

Sans doute était-ce le premier pas vers un nouvel avenir qu'il souhaitait pour Maurice mais aussi pour Solange. Lentement mais sûrement, ses desseins semblaient, comme les blés après l'hiver, pousser discrètement.

*

Quand le samedi tant attendu fut enfin venu, Solange avait préparé un repas amélioré, comme elle aimait à dire. Elle n'avait pas reçu de visite depuis la venue d'Auguste et très rarement avant, si ce n'était celle de son frère, de sa belle-sœur ou de sa nièce.

Maurice arriva comme promis accompagné de Fluteau.

— Vous voilà enfin tous les deux ! s'écria Auguste.

Il était difficile de savoir qui fut le plus heureux des deux : le chien ou son ancien maître ! Mais à l'évidence, le vieil homme, sous les débordements d'affection de la bête, avait du mal à dissimuler ses larmes de joie. Le chien n'arrêtait pas de se frotter à ses jambes et empêchait Auguste de serrer son cher petit-fils dans ses bras.

— Bonjour, Grand-père, je suis heureux de te ramener ton chien qui ne t'a pas oublié et, à voir son affection débordante et si sincère, à qui tu as beaucoup manqué.

— Il est comme moi… Je suis heureux de vous voir tous les deux, ici, à Crosac…

Solange l'accueillit à son tour à bras ouverts. Non seulement elle était sincèrement heureuse de le revoir, car c'était un jeune homme charmant, mais surtout, elle était heureuse de voir le visage rayonnant d'Auguste quand son regard se posait sur son petit-fils et sur son chien.

— Bonjour, madame !

— Appelle-moi Solange, s'il te plaît, ce sera plus simple.

— J'essaierai, merci de votre accueil.

— Fais-le visiter, dit-elle à Auguste. Vous n'en avez pas eu le temps la dernière fois. Je vais finir de préparer le repas.

Auguste, Maurice et Fluteau firent le tour de la maison et de la cour de la ferme. Le grand-père cependant était quelque peu distrait. Il attendait avec impatience l'arrivée d'Émilienne. Curieux comme un renard, il lui tardait de la voir croiser le regard de Maurice et inversement. S'était-il fourvoyé ? Était-il livré à ses propres émotions et ressentis de vieillard ? Ou est-ce que son intuition ne l'avait pas quitté, et Émilienne et Maurice se reconnaîtraient-ils au premier regard ? Il trépignait autant d'impatience que de crainte.

C'est le moment que choisit le soleil pour s'inviter à ce moment qui pouvait tout changer. Ses rayons doux et chauds en ce début de printemps semblaient donner au pays et aux êtres qui l'habitaient son consentement.

Personne ne sut pourquoi Fluteau n'aboya pas à l'arrivée de la visiteuse. Allez donc savoir ?

Ce fut Maurice qui, suivant le chien des yeux, aperçut Émilienne avant les autres. À son bras, un panier d'où débordait un ample bouquet de roses.

Sans réfléchir, Maurice s'avança de quelques pas, laissant derrière lui Auguste qui observait la scène.

Alors qu'il les rejoignait, il lança gaiement :

— Mon petit-fils Maurice, trop pressé de vous recevoir, ne m'a pas laissé le temps de vous accueillir…

— Enchantée, Maurice, je suis Émilienne.

Ni Solange qui avançait vers eux en s'essuyant les mains sur son tablier ni Auguste un peu en retrait ne virent le regard qu'échangèrent les deux jeunes gens.

— Je suis si heureuse de vous voir tous chez moi ! Vous avez fait connaissance ?

— Depuis quelques minutes seulement, dit Émilienne. J'ai apporté ces roses de notre jardin et deux bouteilles cachées sous le feuillage.

— Mais entrons, dit Auguste. Vous avez sûrement faim, et il nous faut fêter ce jour radieux où nous sommes tous réunis.

Chapitre 11

Le grand espoir d'Auguste commençait à prendre forme. Rien n'était certain, et il avait bien conscience qu'il ne pouvait rien forcer. Il faut cependant un commencement à tout.

Il observait les deux jeunes qui discutaient autour de la table du déjeuner. Leurs regards se comprenaient-ils ? N'était-il pas lui-même en train de tout gâcher ? « Et partout importun devrait être chassé ! » Cette formule lui revenait en tête, et il faisait de son mieux pour intervenir le moins possible.

Heureusement Fluteau était là pour le distraire et attirer son attention. Heureux d'avoir retrouvé son maître, sa joie était communicative et faisait rire la tablée. Il n'en demandait pas davantage.

Au cours du déjeuner, l'ambiance se détendit de plus en plus. Tous parlaient de tout et de rien, du temps, des nouvelles de la capitale et des travaux à venir. Les deux jeunes se tutoyèrent d'emblée, la jeunesse ne s'embarrasse guère de ces choses-là. Solange avait préparé un excellent repas que tous appréciaient et dont Maurice fit les louanges à la grande joie de la cuisinière. Ses joues en rosirent de plaisir. Auguste quant à lui observait son petit-fils et Émilienne du coin de l'œil, tentant de déceler des paroles ou des changements de comportement révélateurs. Des signes indiquant que la réalisation de son rêve n'était pas loin. Nul ne peut vraiment influencer ce genre de situation, juste peut-on souhaiter et, pour certains, prier que les rêves se réalisent. Dans sa tête, Auguste se laissait donc aller à la rêverie, et pourquoi pas ? se disait-il de plus en plus intensément. Alors, n'y tenant plus :

— Chère Émilienne, es-tu heureuse d'avoir pu rencontrer mon cher petit-fils Maurice ?

— Et surtout Fluteau, répondit-elle en caressant la tête du chien qui avait tout naturellement pris place à ses côtés.

Sentant que son grand-père l'avait mise dans l'embarras, Maurice dit alors :

— Moi, je suis enchanté de te connaître enfin, Émilienne. Mon grand-père m'a raconté que, comme moi, tu travailles la terre ?

— Oui, et je l'aime. Il faut dire que je n'ai pas connu autre chose dans ma vie, et je chéris notre exploitation et ma famille telles qu'elles sont.

— Nous avons un point commun alors ! La terre nourrit toujours ceux qui la travaillent et s'occupent d'elle par tous les temps et en tout temps.

Auguste et Solange échangèrent un regard qui en disait long. Ces deux-là s'entendaient bien et partageaient les mêmes valeurs. Solange se demandait quand même ce qu'Auguste avait derrière la tête. Il ne pouvait tout de même pas embaucher Émilienne sur ses terres, ni débaucher Maurice de chez lui ?

Le repas se termina par un excellent dessert dont Émilienne la félicita à son tour.

— Je t'apprendrai à le réaliser, si un jour tu as le temps. Les îles flottantes ne sont vraiment pas compliquées à préparer. Il faut juste de la bonne crème et des bons œufs – et ce n'est pas ce qui te manque.

Après le café, il fut décidé que les jeunes partiraient faire un petit tour tandis qu'Auguste aiderait Solange à débarrasser et ranger.

— Nous autres vieillards avons bien assez pris l'air. Quant à vous, les jeunes, profitez de ces quelques heures oisives, ce n'est pas tous les jours que cela arrive, lança Auguste quand Émilienne et Maurice voulurent leur prêter main-forte, ce qui provoqua un sourire convenu de la part de Solange.

Le jeune couple n'insista pas et se dirigea vers la porte.

— Cette ferme faisait donc partie de la propriété de tes grands-parents autrefois, dit Maurice à Émilienne en lui tenant galamment la porte, mon grand-père m'a parlé de cette histoire.

— Oui, un partage familial entre mon père et ma tante après le décès de leurs parents.

Lorsque la porte se fut refermée sur eux, Fluteau se frotta aux jambes de son vieux maître. Il le regarda avec insistance et reconnaissance puis se coucha à ses pieds, satisfait d'avoir retrouvé ses habitudes.

— Oui, mon chien, tu ne repartiras pas, tu es ici chez toi à partir d'aujourd'hui. Nous aurons du bon temps à passer ensemble, tu auras bien vite repéré le pays, ne t'inquiète pas.

En son for intérieur, Auguste se félicita : « En voilà déjà un qui est à nouveau à mes côtés ! »

— Tu vois, Solange, les petits ont l'air de s'entendre, ils discutent dehors, tranquillement.

— C'est une bonne chose, mais ça ne présage de rien, tu t'emballes trop vite, mon cher Auguste. Tu pourrais être déçu. Mieux vaut laisser le temps au temps.

— Je crois ce que je vois !

— Et que vois-tu ? Tu es devin, peut-être ?

Auguste ne répondit pas. Il savait bien que Solange avait raison, mais il ne pouvait s'en empêcher. Les bras croisés au coin du feu, il réfléchit.

Il cherchait toujours la bonne formule pour détailler son plan à Solange. Son projet n'étant pas ordinaire, la situation guère plus, il lui fallait prendre des pincettes. Ce qui n'était pas toujours son fort, il devait bien le reconnaître. Il avait décidé d'en parler d'abord à Solange, car s'il connaissait Maurice sur le bout des doigts, il ne savait rien ou presque de la belle Émilienne Printemps Dartou. Et sans l'accord de Solange, rien n'était possible.

Il se leva et mit le nez dehors, juste pour voir… Émilienne et Maurice s'étaient éloignés de quelques pas et discutaient agréablement, lui semblait-il mais il ignorait de quels sujets.

— Elle fait de grands gestes, dit-il.

— Elle lui montre peut-être tout simplement que tout là-haut, au bout de mes champs, il y a ceux de son père et les siens en somme…, proposa Solange qui l'avait rejoint sur le pas de la porte.

— Solange, puis-je te faire une proposition concernant ta maison ? demanda Auguste sans transition. On aurait pu croire qu'il n'avait pas entendu sa remarque, tant il était plongé dans ses propres réflexions et supputations.

— Ho ! Ho ! Tu vas enfin m'expliquer ce que tu as en tête ?

— Je suis en train de penser que l'on pourrait aménager la deuxième chambre, celle qui est encombrée presque jusqu'au plafond, qu'en penses-tu ?

— Et pour qui ou pour quoi ?

— Lorsque Maurice reviendra, il pourrait ainsi dormir ici et rester un jour ou deux avec nous si le travail de la ferme lui en laisse le temps.

— C'est une bonne idée que tu as là ! Nous allons nous y atteler dès que les jeunes seront rentrés chez eux. Qu'en dis-tu ?

Il ne répondit pas. Il se contenta de lui sourire avant de l'embrasser tendrement sur la joue.

Entre Émilienne et Maurice tout semblait, vu de loin, bien se dérouler pour leur première rencontre. Seul le vent aurait pu rapporter ce qu'il avait entendu, mais il ne le fit pas…

Alors qu'il les attendait devant la porte, ce n'est que lorsque les deux jeunes gens se rapprochèrent de la maison qu'Auguste entendit quelques bribes qui le firent sourire.

— Je suis heureux de t'avoir rencontrée Émilienne, j'aimerais te revoir…

Sur ces entrefaites, Solange rejoignit son homme et lança à sa nièce :

— Tu ne regrettes pas d'être venue ? Notre jeune homme ne t'a pas importunée ?

Émilienne lui sourit en rougissant légèrement et répondit qu'il était temps pour elle de rentrer à la maison où on l'attendait pour la traite.

Maurice dit alors :

— Je te raccompagne un petit moment, à mi-chemin…

— Merci pour cette belle journée Solange et à vous aussi, Auguste. À bientôt, j'espère, dit Émilienne avant de s'éloigner en compagnie de Maurice en leur faisant un petit signe de la main.

— Que penses-tu de tout ça ? demanda alors Solange à son compagnon, en le prenant par le bras.

— Ils ne se détestent pas, ça, au moins, c'est sûr et certain. Je trouve qu'ils forment vraiment un beau couple !

— C'est bien vrai mais où vivre ? Où travailler ?

— Je n'imagine pas Maurice épouser Émilienne et l'entraîner à Perce-Neige, chez les Vensac.

— Et cependant c'est comme ça que cela se passe normalement.

— Je sais, mais ce que nous voulons, c'est qu'ils restent près de nous, n'est-ce pas ma chère Solange ?

— Oui, bien sûr !

— Il serait bien de discuter avec Maurice !

— Oui, il va repasser tout à l'heure, tu pourras lui demander ce qu'il pense d'Émilienne, ce n'est plus la peine de tergiverser.

Dès le retour de Maurice, Auguste vit tout de suite qu'il était heureux.

Fluteau, qui avait suivi son vieux maître, était content lui aussi de revoir Maurice. N'y avait-il que des gens heureux à cette heure-ci dans cette contrée auvergnate bien cachée dans le sinueux paysage ?

— Tu es heureux mon cher Maurice ou est-ce que je me trompe ?

— Tu ne te trompes pas, Grand-père. Il vient de m'arriver la plus belle chose au monde…

— Assieds-toi et raconte-moi. Même Fluteau est impatient !

Maurice hésitait, ne sachant par où commencer.

— J'ai enfin rencontré une personne extraordinaire tant elle me plaît, oui, Grand-père, c'est la vérité ! Émilienne, comment te dire…

— Elle n'est pas comme les autres ?

— Oui, Grand-père, c'est ça, mais tellement plus encore. Je ne trouve pas les mots. Tout ce que je sais pour sûr, c'est que je dois, moi aussi, rentrer alors que je n'ai envie que d'une chose, c'est d'être avec elle… Je me languis déjà. J'ai mal au cœur rien que de me dire que je vais devoir attendre pour la revoir.

— C'est une bonne maladie que tu as attrapée. Vous vous reverrez certainement sans tarder, je pense.

— Dimanche prochain ! Je reviendrai chez vous si vous êtes d'accord bien sûr, je le lui ai presque promis !

— Ce sont les plus beaux moments que tu vis là, mon petit. De quoi avez-vous parlé qui t'a tant conquis ?

— Elle aime la terre autant que moi. Et puis elle m'a dit autre chose, mais je ne peux te le dire. C'est entre nous.

— Ne m'en dis pas plus alors. Mais allons rejoindre Solange, elle serait fâchée d'être tenue à l'écart… C'est sa nièce quand même !

Ils rentrèrent dans la maison suivi de Fluteau qui ne voulait plus quitter son vieux maître. Solange descendit de l'étage, où elle devait déjà être en train de réfléchir à l'agencement de la deuxième chambre, et sourit à Maurice.

— Tout va bien pour toi ?

— Pour le mieux ! Je suis si heureux. Émilienne n'est pas une personne ordinaire ! Je vous remercie de m'avoir permis de faire sa connaissance.

— Et Maurice revient dimanche prochain, m'a-t-il annoncé. Ils se sont mis d'accord avec ta nièce.

Le sourire de Solange s'élargit encore plus, et elle serra Maurice dans ses bras.

— Je suis tellement contente que vous vous entendiez bien. C'est important aussi bien pour ton grand-père que pour moi que ceux que nous aimons s'apprécient aussi !

— De mon côté, il n'y a aucun doute là-dessus. Mais le temps passe, et il ne faut pas que je tarde. La traite m'attend également. Les heures oisives, comme tu l'as si bien dit Grand-père, ne peuvent pas durer éternellement.

Il fut vite prêt et les embrassa tous les deux affectueusement sans oublier Fluteau qui ne comprenait pas qu'il ne l'emmène pas.

Auguste prit alors le chien dans ses bras et lui dit quelque chose qui le rassura. Puis ce furent trois paires d'yeux qui regardèrent Maurice disparaître dans la lumière de la fin d'après-midi.

*

Solange, Auguste et le chien s'installèrent près de la cheminée, Fluteau ayant tout de suite adopté le vieux coussin que Solange avait mis à côté du fauteuil de son maître.

— Ce fut une belle journée, dit Solange et pas seulement pour nous !

— Oui, tu ne crois pas si bien dire. Nous en avons rapidement discuté tous les deux, et je peux te dire avec certitude qu'il en pince sérieusement pour la petite. Fallait voir comme il m'en a parlé, c'était émouvant, oui, émouvant !

— Émilienne est tout simplement irrésistible. Comme toi, je suis heureuse qu'ils aient pu se rencontrer, se parler et se confier peut-être des secrets…

— L'important sera la suite qu'ils donneront à cette rencontre !

— Me diras-tu enfin ce que tu mijotes ?

— Tu te souviens que je t'ai annoncé que je me portais acquéreur de tes biens sans entrer dans les détails…

— Oui, cela fait des jours que tu tournes autour du pot et que tu en fais tout un mystère. Je te rappelle à mon tour que j'ai même failli croire que tu essayais de m'entourlouper tellement tu restais vague ! Notre première dispute…

— Pourquoi voudrais-je les acquérir ? Tu ne le devines pas ?

Elle faisait non de la tête.

— Je ne vois pas où tu veux en venir…

— Pour les céder à Maurice !

— À Maurice ? Mais pourquoi ?

Solange le fixait du regard. Même Fluteau dans son coin semblait tenter de suivre la discussion.

— Écoute-moi bien, Solange : j'achète tes terres, je les cède à mon cher petit-fils Maurice à la condition qu'il épouse Émilienne et dès lors, ils deviendraient ensemble propriétaires de toute « notre Corse » comme tu l'appelles ! Les deux fermes seront ainsi de nouveau réunies quand Émilienne héritera.

— Jamais je n'aurais imaginé pareil scénario, c'est bien comme ça que l'on dit dans le monde du cinéma ?

— Oui, mais l'important, c'est que j'ai conservé quelques économies avec l'aide de mon notaire et voilà que maintenant, j'ai trouvé où les placer !

— Et d'où viennent ces économies si je puis me permettre la question ? Il est rare que nous autres, simples paysans, gagnions assez d'argent pour en mettre de côté. C'est de l'argent honnête au moins ?

— Ah, ma chère Solange, que vas-tu donc penser ? Nous ne sommes pas au cinéma dont tu parlais tout à l'heure. Je dois cependant avouer que j'ai menti à mon petit-fils quand je lui ai dit en blaguant l'autre jour qu'il pouvait garder les pièces d'or cachées dans ma chambre. Voilà bien longtemps qu'elles sont en sécurité à la banque depuis que j'en ai hérité de mon grand-père sur son lit de mort.

— Mais d'où viennent-elles ? demanda Solange les yeux écarquillés.

— Je n'en sais rien. En bon Auvergnat, mon aïeul les avait bien cachées et jamais utilisées. Il m'a fait promettre d'en faire de même. Ce que j'ai fait jusqu'à ce jour, mais maintenant l'heure est venue d'en faire bon usage.

— Auguste, tu ne finiras jamais de me surprendre !

— Alors qu'en penses-tu, ma douce Solange ?

— Cela fait beaucoup d'informations et de surprises pour ma pauvre vieille tête. Ne m'en veux pas, mais il faut que j'y réfléchisse à tête reposée. Comment vais-je réussir à dormir cette nuit ?

— Comme les autres nuits, Solange, comme les autres nuits, avec moi à tes côtés parce que je t'aime.

— Et moi aussi !

— Allons nous coucher, il est tard. Et si au lever du jour, nous décidions de changer d'avis, eh bien nous le ferons ! Souviens-toi : il n'y a que les imbéciles qui ne changent jamais d'avis…

La nuit se posa sur Crosac sans faire le moindre bruit, une fois de plus. Quant aux étoiles ? En parlèrent-elles ? Allez savoir…

Chapitre 12

Dès son réveil, Solange voulut reprendre le sujet où ils l'avaient laissé.

— Alors la nuit t'a-t-elle porté conseil ? As-tu changé d'avis ?

— Non, au contraire, je suis encore plus sûr de moi. Tu n'es pas convaincue de mon geste ?

— Si, mais je me demande s'il n'y aurait pas un moyen plus simple.

— L'important pour moi, c'est que tu sois à l'abri du besoin, que nos familles soient unies et que mon petit-fils ait sa terre bien à lui avec une personne qu'il aime. Comme j'aurais voulu que nos vies, à toi et à moi, se déroulent si le sort ne s'en était pas mêlé.

— Ah Auguste, peut-on vraiment vivre par procuration. L'important maintenant, c'est que nous soyons heureux et ensemble.

— Oui, sincèrement oui. Ainsi, s'ils se marient, les choses seront claires, chacun amène sa part dans le ménage !

— Et pour nous ? Les vieux de la vieille ?

— Nous demeurerons ici, en le mentionnant sur la donation ! Pour le peu de temps qu'il nous reste à tenir debout, cela ne vaut pas la peine de se compliquer la vie !

— En t'écoutant, j'en tomberai à la renverse, vois-tu !

— Solange, ne serait-il pas bon pour nous de profiter de la vie sans avoir à nous préoccuper de la ferme sachant qu'elle est entre de bonnes mains ?

Elle s'était assise, les bras croisés et le regardait bouche bée.

— On ne peut pas dire que je t'ai apporté beaucoup de bonheur jusqu'à présent, et je voudrais me rattraper tant qu'il est encore temps. Alors aujourd'hui, voilà ce que je t'offre, si l'on peut dire. À condition, bien sûr, que les jeunes acceptent.

— Nous allons réfléchir à tout ça, mais il faudra passer chez le notaire, il n'y a que lui qui pourra nous mettre de l'ordre dans tout ça, dit Solange. J'espère que mon frère Roland va comprendre ce méli-mélo et l'accepter.

— Qu'aurait-il à redire ? Ces terres seront à Maurice et à Émilienne, et la « petite Corse » retrouvera toute sa grandeur, bientôt peuplée de petits Auvergnats ! De plus, tu auras un petit pécule qui reviendra au bout du compte à Émilienne. La famille Dartou a tout à y gagner. Il va devenir urgent de réunir dans un premier temps Émilienne et Maurice, et dans un second, ton frère et toi.

— Où dormirons-nous, mon cher Auguste, dès que nous aurons laissé la place ?

— À la belle étoile ! s'esclaffa Auguste, mais tous les deux !

— Bien sûr, bien sûr, mais je préférerais…

— Oui, un toit, je te comprends, et tu l'auras ton toit, sans doute celui que tu as déjà, les jeunes choisiront le leur. Une fille va plus facilement vers ses parents.

Solange osait à peine imaginer ce futur proche qui allait peut-être se réaliser très bientôt.

Une heure plus tard, alors qu'ils avaient fini leur petit déjeuner, Solange interpella Auguste ce qui fit sursauter Fluteau qui dormait paisiblement sur son coussin près du cantou :

— Te souviens-tu de la bonne idée que tu avais eue quant à l'aménagement de la deuxième chambre au cas où ton cher petit-fils veuille dormir ici de temps à autre ? Ou aurais-tu perdu la mémoire ?

— Milladiou, j'avais oublié, je vais m'y mettre tout de suite ! Il faudrait d'abord savoir où nous allons déplacer ce que cette pièce, fourre-tout, contient.

— Rien qui en vaille bien la peine. Des affaires dont on n'arrive jamais à se séparer, suivant le principe de « ça pourrait toujours servir » jusqu'à ce qu'on les jette un beau jour, car elles sont poussiéreuses et mangées par les mites.

— Et dont on ne se sert jamais parce que l'on attend jusqu'à la Saint-Glinglin…

— Tu ne saurais mieux dire, mon cher Auguste. Tu vas donc sortir le contenu de cette pièce, l'entasser loin de la grange, et l'on y mettra le feu, à toi de jouer !

Auguste la regardait avec de grands yeux ébahis, surpris de cette initiative si rapide. Mais en y réfléchissant bien, elle avait raison. « Les femmes ont souvent raison… » se dit-il.

Une fois la pièce débarrassée, Auguste se mit à l'ouvrage et blanchit les murs avec la chaux qu'il avait trouvée dans la remise.

— La pièce va être très lumineuse et agréable, déclara Solange qui était en train de nettoyer les vitres. Heureusement, le temps est doux, et nous allons pouvoir laisser ouvert pour aérer. Dès que les murs auront séché, nous pourrons réinstaller le lit et les autres meubles. Maurice sera vraiment bien installé et ne voudra plus partir.

— Et c'est bien là notre intention, dit Auguste en donnant de joyeux coups de pinceau.

— Notre vie n'a pas été simple, et chaque jour qui passe me le rappelle. Mais l'idée que bientôt un jeune couple pourrait vivre pas loin de nous réchauffe mes vieux os.

— En parlant de vieux os, les miens commencent à faiblir, il serait bien temps de manger quelque chose, dit Auguste, midi ne va pas tarder…

— J'ai déjà posé la marmite dans le cantou. La soupe est pour ainsi dire prête, mon cher ami.

— Tu es parfaite ! Regarde, même Fluteau assis sur son derrière attend de passer à table.

*

Quand ils n'aidaient pas Gilles à la ferme, Solange et Auguste avaient passé toute la semaine à rénover la « chambre de Maurice » comme elle avait été rebaptisée au fil des jours. Les murs étaient d'un blanc rayonnant. Sur le vieux parquet en chêne que Solange avait longuement lessivé, ils avaient étendu un tapis sauvé des flammes. Le lit douillet trônait contre un mur et donnait à tout un chacun l'envie de se vautrer sur l'édredon rebondi qui promettait de douces nuits et de beaux rêves.

Le dimanche, Maurice arriva comme convenu dans la matinée. Fluteau lui fit la fête et semblait plus que jamais heureux d'avoir ses deux humains favoris avec lui. Maurice fut bien sûr tout de suite invité à visiter « sa » chambre.

— Comment la trouves-tu, mon cher petit-fils ? demanda Auguste.

— Elle est superbe, Grand-père ! Quel mal vous vous êtes donné pour moi ! Il ne fallait pas. Merci beaucoup, dit-il en le serrant dans ses bras avant de faire de même avec Solange qui attendait près de la porte.

Maurice prit le temps de tout admirer, mais Auguste et Solange n'étaient pas dupes : Maurice n'avait qu'une envie, c'était de retrouver Émilienne qui devait arriver d'une minute à l'autre.

Comme si elle avait ressenti son impatience, la voix de la jeune fille retentit dans la cour :

— He oh, il y a quelqu'un ?

Maurice déboula les escaliers et, le souffle court, ouvrit la porte en grand.

Après une courte promenade, les hommes Vensac et les femmes Dartou revinrent à la ferme. Alors que tout le monde prenait place à la table, Solange lança :

— Nous sommes heureux de vous avoir ainsi réunis chez nous et nous avons des choses à vous annoncer ou plutôt à vous proposer…

— Mais avant tout, je vais nous servir un léger apéritif, si vous êtes d'accord.

Surpris, Émilienne et Maurice se regardèrent.

— Que se passe-t-il donc aujourd'hui, vous nous paraissez bizarres tous les deux ? finit par demander Maurice.

— Avez-vous le désir de passer votre vie ensemble ? lâcha Auguste de but en blanc en les fixant maladroitement du regard.

Les deux jeunes gens rougirent et échangèrent à nouveau un regard déconcerté. Ce fut à nouveau Maurice qui parla.

— Nous pourrions y penser mais, nous ne savons encore..., bredouilla-t-il en serrant sous la table la main d'Émilienne qui ne savait plus où poser ses yeux.

— Je crois que tu es un peu brusque, Auguste. Je vais simplement vous dire ceci : il ne faut jamais repousser le bonheur lorsqu'il se présente, mais encore faut-il espérer en être certain ! lança Solange.

— Tu vas les embrouiller avec tes paroles, Solange, je crois qu'ils ont compris, n'est-ce pas ?

— Et si nous trinquions sans avoir la réponse. Ça n'engage à rien..., dit Solange qui s'était déjà levée pour aller chercher des verres et une bouteille de gentiane.

Sous les regards ébahis d'Émilienne et Maurice, Solange et Auguste se décidèrent enfin à parler clairement de la petite Corse et de leur projet : réunir ce qui avait été partagé autrefois.

— Que va en penser mon père ? lança alors Émilienne.

— Et s'il était heureux de revoir la petite Corse enfin ressoudée, par et pour vous deux ? Tu en es la future héritière, n'est-ce pas, Émilienne ?

— Mais comment allez-vous vous y prendre, car nous, Maurice et moi n'avons pas de sous ?

— Explique-leur, Auguste, tu te débrouilleras mieux que moi... D'autant plus que c'est ton idée à l'origine.

— Expliquer quoi ? demanda Maurice qui se disait que son grand-père et Solange avaient perdu la tête.

Auguste sourit à son cher petit-fils.

— Ne t'inquiète pas, Maurice. Si vous êtes d'accord, nous ferons en sorte que la petite Corse qui un jour a été partagée entre Roland et Solange redevienne en quelque sorte une seule et même île.

Les deux jeunes gens écarquillaient toujours les yeux, ne comprenant pas où Auguste voulait en venir.

— Émilienne, un jour, tu hériteras la part de tes parents, et toi, Maurice, tu vas récupérer la part que je vais acheter à Solange et dont je te fais légataire afin que tu n'arrives pas les mains vides dans la Corse nouvellement réunifiée !

Maurice en demeurait bouche bée.

— Ainsi, dit alors Solange, vous serez un jour propriétaires de la nouvelle Corse à une condition cependant, c'est que vous vous mariez...

Embarrassés, les deux jeunes ne savaient que penser de cette situation paraissant si imprévue et sincèrement pour tout dire : inimaginable !

Maurice se jeta dans les bras de son grand-père et le serra si fort que celui-ci faillit en tomber à la renverse.

Émilienne en fit autant avec Solange et l'emprisonna de ses bras.

Puis Maurice sembla émerger de cette torpeur dans laquelle il s'était laissé aller sous l'emprise du moment.

— Grand-père ? Est-il légal de faire ce dont tu viens de nous entretenir ?

— Tu peux toujours refuser mon offre et me laisser mourir en vous laissant tous avec grand-chose pour vivre… Mais j'avais bien envie et très sincèrement de vous aider parce que je vous aime…

Solange dut s'asseoir tant l'émotion la saisissait de la tête aux pieds. Elle cachait son visage derrière ses mains de paysanne fatiguée. Ou alors c'était la phrase d'Auguste qui l'avait déstabilisée, c'était certainement ça.

— Alors les jeunes, êtes-vous prêts à devenir propriétaires, avec l'accord des parents d'Émilienne bien entendu ?

— Tu vas abandonner totalement Perce-Neige ?

— Pour moi, c'est déjà du passé. Tout a été réglé.

— Mais que vont dire mes parents ! s'exclama Maurice avec une lueur de chagrin dans les yeux.

— Je dois reconnaître que c'est bien là le plus difficile…, concéda Auguste. Si vous acceptez, il va falloir que nous parlions à ton père.

— Comment allez-vous vivre tous les deux ? lança alors Émilienne.

— En restant ici, dans la maison de Solange qui demeurera la sienne… Nous vivrons de nos jardins et peut-être de ce que vous nous apporterez de temps à autre. Et Solange aura l'argent de la vente pour ainsi dire… Le plus tôt possible, Solange et moi, nous nous rendrons chez le notaire à Aurillac pour lui expliquer la situation. Il va avoir du travail et nous conseillera certainement sur la marche à suivre dans ce règlement d'héritage.

— Je ne sais pas encore ce que vont en dire mes parents, mais j'espère qu'ils comprendront ce que cela pourrait signifier. De grandes discussions se préparent, deux fermes n'en deviendraient à nouveau qu'une. C'est tout un chamboulement et une perspective tellement nouvelle que je n'arrive pas à m'imaginer leur réaction.

— Il y a de quoi perdre un peu la tête, j'en conviens ! Mais avec mon frère Roland, nous ne nous sommes jamais fâchés, et j'espère que ça va continuer ainsi. Ce sont les enfants qui prendront le pouvoir à l'avenir ! Et il a toujours voulu ton bonheur, Émilienne. Rien ne compte plus pour lui et pour ta mère. Une fois que vous aurez pris votre décision avec Maurice, il faudra sans attendre que nous allions parler avec mon frère et ma belle-sœur quant à la possibilité pour vous de vous installer dès à présent sur leurs terres. Et ce après votre potentiel mariage et bien avant qu'ils prennent officiellement leur retraite. La vie est parfois un éternel recommencement avant que le ciel nous rappelle vers une éternité dont nous ne connaissons strictement rien.

— Nous allons nous absenter quelques instants, Maurice et moi, il faut que l'on discute. Je vois bien que vous avez longuement réfléchi à ce projet, mais pour nous, c'est tout nouveau.

— Bien sûr, les enfants ! Prenez votre temps, c'est une lourde décision à prendre, avec de nombreuses conséquences pour nous tous.

— Tiens, voilà Gilles qui arrive, dit alors Solange. Bouche cousue ! Rien ne doit encore transpirer de ces projets. C'est un homme bien, mais parfois, après quelques coups de rouge, il est comme le vent, il propage tout et son contraire sans bien se soucier de la vérité.

Une fois, Émilienne et Maurice partis en promenade pour réfléchir, Solange et Auguste, demeurèrent seuls. Ils oscillaient entre joie et crainte. La joie d'espérer un avenir plus radieux près des personnes qui leur étaient le plus chères. Et la crainte d'avoir défié le destin avec leurs rêves trop grands et ambitieux. Même s'ils avaient minimisé la chose en présence des jeunes, ils appréhendaient quand même la réaction de Roland et surtout celle de Jean qui avait plus à perdre que les autres.

Chapitre 13

— Nous sommes bien, ici, ma chère Solange ! Notre accord passé avec Maurice et Émilienne est merveilleux pour nous, dit Auguste en la serrant dans ses bras.

Son petit-fils et la nièce de Solange étaient revenus de leur balade avec une réponse unanime et sans équivoque : Oui, ils s'aimaient ! Oui, ils allaient se marier ! Et oui, ils étaient prêts à reprendre ensemble la propriété Dartou ! La petite Corse serait réunifiée.

— Ho ! Ce ne sera pas facile avec ton fils et ta belle-fille, même si tout est convenu de notre côté.

— Je suis bien d'accord avec toi, je ne sais pas comment va réagir Jean à Perce-Neige, mais je crains aussi qu'il ne voie pas l'histoire d'un bon œil. Il compte sur Maurice pour reprendre la ferme... Son avenir avec Émilienne remet tous ses plans d'avenir en question.

— Qui peut lui en vouloir ?

— Mais surtout, qui peut savoir ce que l'avenir nous réserve. Jean a encore de longues années devant lui. Il n'est pas encore en âge de ranger sa fourche et de prendre sa retraite au coin du feu. Mais changeons de sujet, il ne manquera pas d'occasions pour y revenir, et pour l'instant, nous ne pouvons rien faire. J'aimerais que tu m'emmènes au vieil oratoire, en partant d'ici, comme tu le faisais pour me rejoindre. C'est bien par ce chemin que tu es passée quand tu m'as fait la surprise de ta visite, il y a maintenant quelques semaines de cela. J'ai l'impression que c'était hier et en même temps, il y a déjà une éternité.

— Tu as d'étranges idées, mon cher Auguste. Mais allons-y ! À moi aussi, ça me rappellera un temps agréable et même davantage : le rêve et l'espérance d'une vie commune. Rien ne s'est passé comme je l'imaginais jeune fille. La vie en a voulu autrement. Mais depuis tu es revenu en quelque sorte, avec ton petit-fils, c'est comme si j'avais le fils que je n'ai pas eu de toi…

— Oh, ma chère Solange, comme je regrette que tes rêves, nos rêves de jeunesse ne se soient pas réalisés. Nous ne pouvons cependant pas changer le passé. Les « et si, et si » ne servent à rien. Comme une rivière indomptable, la vie fait des tours et des détours inattendus. Nous voilà ensemble à Crosac, mon petit-fils Maurice aime ta nièce Émilienne, et ensemble, ils vont réunifier la petite Corse. Alors, montre-moi par où tu passais pour venir à ma rencontre, c'est un chemin bien sinueux, je suppose, comme la vie…

Bras dessus, bras dessous, Solange et Auguste se mirent en route, accompagnés de Fluteau qui gambadait gaiement en tirant la langue.

— À l'époque, tu ne t'es jamais soucié s'il était commode ou pas, ce sentier, n'est-ce pas ? demanda Solange au bout d'une heure au cours de laquelle ils avaient enjambé de hautes herbes et contourné de nombreux buissons. Dans le temps, il était mieux entretenu mais tellement peu fréquenté que la nature reprenait très vite ses droits.

— Je ne pensais pas à ça, il est vrai, mais je me rends compte qu'il est effectivement pénible aujourd'hui. Mais nous sommes bientôt arrivés au bout de nos peines. J'aperçois là-bas les contours de l'oratoire qui a bien plus mal vieilli que nous, dit Auguste en faisant un clin d'œil à Solange qui éclata de rire.

— On a tout volé ! s'exclama Solange. La vierge et même la petite stèle ! Je ne m'en étais pas rendu compte la dernière fois que je suis venue te retrouver l'autre jour ! Je n'ai pas regardé à l'intérieur. J'étais trop obnubilée par l'idée de te revoir. Que c'est malheureux…

La tristesse de Solange à la vue de la petite chapelle vide faisait peine à voir. Auguste ne savait comment la consoler.

— Cela doit faire bien longtemps que les pilleurs sont venus et ont commis leurs méfaits. Plus personne, à part nous, n'utilise ce chemin. Les mauvaises herbes et le lierre ont envahi la pierre.

Solange ne disait mot et observait les arbres environnants qui avaient grandi et vieilli – comme eux. À chaque saison tombaient leurs feuilles et renaissaient de nouveau. Tel un phœnix, se dit-elle. Leur amour aussi avait ressurgi de ses cendres. Ou ne s'était-il jamais vraiment éteint ? Auguste l'interrompit dans ses pensées.

— Je ne sais qu'en dire et vois-tu, ça me rend triste aussi. Viens, allons un peu plus loin nous asseoir sur le banc que Maurice m'a fabriqué, comme quand tu es venue la dernière fois. Quand notre bonheur a recommencé.

Le banc n'avait pas bougé, toujours bien fixé solidement au sol. Auguste se dit que cela n'était en fin de compte pas surprenant. Si lui avait l'impression qu'une éternité était passée depuis le jour où son petit-fils lui avait fait la surprise, seulement quelques semaines le séparaient de cette époque. Mais quelles semaines !

Le monde lui semblait tout autre, mais son paysage favori avec ses grands espaces était toujours le même, tout comme les mouvements des futaies. Les arbres n'avaient toujours pas de racines sur leurs branches…

— Asseyons-nous un instant ! Vois donc Fluteau, il s'est déjà installé à sa place habituelle…

— Et dire que la petite Corse arrive jusqu'ici, et même un peu plus loin.

— En y regardant bien, n'y verrais-tu pas un bout de mer, celle qui porte le nom de Méditerranée ?

— Auguste, ne te moque pas de moi ! Rentrons maintenant.

— Je pensais te faire plaisir en refaisant avec toi le chemin que tu empruntais seule naguère pour me retrouver. Ici, lieux de nos rencontres parfois furtives, parfois plus tendres. Malheureusement, l'oratoire n'a pas résisté aux pilleurs et aux intempéries…

— Non, Auguste, je suis très heureuse d'avoir fait le chemin avec toi. C'est comme un voyage dans le temps. Et vois ce que nous sommes devenus, toi et moi, qui aurait pu l'imaginer ?

— C'est justement pour cela que nous n'avons plus besoin de ressasser le passé ! De vrais beaux jours se profilent à l'horizon ! En vois-tu les contours ?

— J'en vois surtout les deux piliers qui nous sont si chers et nous redonnent espoir : Émilienne et Maurice.

Le cœur plus léger, bras dessus, bras dessous, Auguste et Solange avaient repris le chemin et étaient maintenant confortablement assis au coin du feu, observant les flammes qui dansaient joyeusement dans l'âtre, Fluteau sur son coussin.

— Il ne faut pas oublier d'aller voir le notaire, maître Louis Ferdinand Champ de Haut, qui nous dépatouillera dans notre situation ! C'est lui qui s'occupe des papiers de ma famille depuis bien longtemps. Il a toutes les informations et les papiers nécessaires.

— De quoi faire avec ceux du haut et ceux du bas, sans faire de jeux de mots faciles.

— Il saura légalement réunifier la petite Corse, comme elle l'était avant. Ah, si mes parents voyaient ça !!! Une chose est certaine, nous ne déménagerons pas ! Mais nous allons nous ennuyer sans nos bestioles…

— Tu garderas bien quelques volailles, histoire d'entendre chanter le coq !

— Oui, Auguste, et avec ton chien Fluteau, ça donnera une certaine animation, mais tout de même…

— Tu ne vas pas commencer à avoir des doutes et à craindre l'avenir ! Nous allons profiter du moment présent, nous laisser vivre. Et ne t'en fais pas, les jeunes et ton frère auront sûrement de temps à autre besoin d'aide.

— Que veux-tu… Je suis ainsi faite. Non seulement j'ai toujours travaillé, mais j'ai surtout depuis toujours peur de ce que l'avenir me réserve… Je ne lui fais pas confiance.

— Ne crains pas l'avenir, ma douce ! Je suis à tes côtés maintenant. Quoi qu'il arrive, nous serons deux pour le surmonter.

*

Le lendemain, Solange et Auguste se rendirent à Aurillac afin de rencontrer le notaire maître Champ de Haut. Ils s'étaient tous deux habillés comme pour aller à la messe de Pâques, avaient pris le car et regardaient défiler le paysage.

— Ça va, Solange ? Tu as l'air dans tes petits souliers. Je ne t'ai jamais vue avec ce chapeau. Tu es très belle.

— Ne te moque pas, pour une fois que je le porte ! Il ne nous mangera pas, mais ça me tourmente, je crois que je ne l'ai aperçu qu'une seule fois.

— De mon côté, nous nous sommes rencontrés lors de l'affaire de succession réglée avec mon fils, le père de Maurice. Il faut s'y rendre plusieurs fois chez ces gens-là, et la note est salée, Milladiou !

— Pensons au bonheur des nôtres, à leur vie prochaine et…

— Ne te tracasse pas ! Et tu sais quoi, si l'entretien dure longtemps, nous mangerons au restaurant pour une fois, en espérant qu'il autorise la présence des chiens… J'ai préparé une laisse, au cas.

Après être descendus du car sur la place centrale d'Aurillac, Solange et Auguste se dirigèrent vers la rue où se trouvait l'office notarial. Quand ils arrivèrent enfin devant la maison du notaire, ils purent lire la plaque fixée à l'entrée : MAÎTRE LOUIS FERDINAND CHAMP DE HAUT Notaire.

— Avec un nom comme celui-là, ça impressionne, Milladiou !

Maître Louis Ferdinand Champ de Haut n'était pas débordé en cette matinée et les reçut immédiatement. Il les fit entrer dans une pièce un peu triste et tapissée d'armoires grillagées et les pria de s'asseoir sur de gros fauteuils de cuir bien usagés. Fluteau se tenait sagement aux pieds de son maître. Le notaire de campagne avait renoncé à interdire son étude aux chiens, car il avait depuis longtemps compris que les paysans ne se séparaient pas si facilement de leurs animaux quand ceux-ci les avaient accompagnés jusqu'à la ville.

— Je pense que vous avez des choses à me raconter, n'est-ce pas ? Voilà bien longtemps que nous ne nous sommes pas vus, mademoiselle Dartou. Quant à vous, monsieur Vensac, cela ne remonte pas tant que cela.

— Oui, maître, nous avons des choses à mettre au clair concernant l'avenir de mon petit-fils et celui de la nièce de Solange...

— Expliquez-moi précisément l'objet de votre visite afin que j'en prenne bonnes notes.

Auguste et Solange expliquèrent la situation tour à tour, en butant parfois sur des mots mal préparés.

— Monsieur Vensac, vous voulez acheter à Mlle Dartou ses terres et les céder à votre petit-fils ?

— Oui, maître. Nous ne sommes certes pas mariés, mais vivons ensemble.

— Il me faudra des justificatifs complémentaires, mais je compte sur vous pour me les apporter ou me les faire parvenir. Nous aurons le plaisir de nous revoir bientôt, j'ai bien pris note pour aujourd'hui et vais commencer à ébaucher des actes dont nous pourrons discuter la prochaine fois. Je vous ferai parvenir la liste des documents dont j'aurai besoin.

Après avoir remercié le notaire pour son temps, ils dénichèrent un restaurant et, tranquillement, en compagnie de Fluteau, demandèrent le menu.

— Une truffade vous ferait-elle plaisir ?

— Certainement, avec un bon vin rouge, s'il vous plaît !

— Mais nous n'avons que de celui-là ! Bon appétit !

— J'espère qu'elle sera aussi bonne que la tienne, Solange, avec tout ce qu'il faut comme le font les Auvergnats depuis toujours !

Puis Solange parut inquiète, non pas au sujet du menu, mais de ce qu'avait noté le notaire sur ses papiers.

— Es-tu sûr que le notaire ait bien compris ce qu'on lui demandait ? Il a paru soucieux lorsque tu lui as dit vouloir acheter mes parts et les donner à Maurice pour que lui-même s'occupe de notre petite Corse avec Émilienne.

— C'est n'est pas si difficile à comprendre, voyons… Il craint peut-être plutôt des problèmes du côté de mon fils. Et…

Auguste fut interrompu par l'aimable serveuse qui, tout sourire, apportait le vin et une corbeille de pain.

— La truffade ne va pas tarder, chers clients, préparez-vous !

— Mais nous sommes fin prêts, car des tables voisines nous sont parvenues des fragrances appétissantes !

— Toi alors, tu sais dire les choses tellement bien que ça me donne encore plus d'appétit.

Ils trinquèrent, tandis que Fluteau, couché sous la table, ne perdait pas une miette de ce qui se passait autour de lui. Le brave chien n'avait jamais vu autant d'activité autour de lui – et de monde.

Soudain, au milieu du repas, regardant Auguste droit dans les yeux, Solange lui dit :

— C'est bien la première fois qu'un homme m'invite au restaurant, mon cher Auguste !

— Il faudra désormais en prendre l'habitude ! Tu as tant trimé toute ta vie qu'il ne saurait en être autrement. La basse-cour devra attendre, il serait bien temps que je m'occupe un peu de toi… Nous allons mener une belle vie et profiter des plaisirs simples auxquels nous avons renoncé pendant si longtemps.

— Ah Auguste !

Elle essuya discrètement des larmes qui tentaient de se frayer un chemin sur son visage tanné par le travail au grand air mais toujours aussi doux. Ses beaux yeux verts, que le temps et le labeur n'avaient pu atteindre, se posèrent sur Auguste.

— Je me souviendrai longtemps de cette truffade, Auguste, oui, longtemps. Dans ce petit restaurant où je n'avais encore jamais mis les pieds.

Après leur succulent déjeuner et un café bien serré, ils déambulèrent tranquillement dans les rues d'Aurillac puis vers la Jordanne et doucement s'approchèrent de l'endroit où le car du retour attendait.

Solange s'arrêta devant la devanture d'une boutique et regarda avec attention les vêtements suspendus à des cintres. D'autres habillaient des mannequins qui donnaient envie de les essayer.

— Ma chère Solange, aurais-tu besoin de quelque chose ?

— Envie, tu veux dire ! Il y a le choix, mais je ne me vois pas porter ça à la maison ou pour nourrir les poules. S'il y a mariage un jour, alors je reviendrai ici, tu t'en souviendras, Auguste ?

— Je te le promets !

— Mais pour toi aussi, tu n'as pas grand-chose à te mettre sur le dos…

— Oh ! Nous aurons bien le temps d'aller faire des emplettes et de nous faire beaux, ma chère Solange. Ne mettons pas la charrue avant les bœufs. Il faut quand même attendre que les bans soient publiés, dit-il en lui faisant un clin d'œil.

— Je m'emballe, tu as raison, dit Solange. Cette sortie m'a donné l'occasion de voir des vitrines avec de beaux habits, et mon imagination ne connaît plus de limites.

Lorsque de retour à Crosac, ils refermèrent la porte derrière eux, le soleil commençait déjà à se coucher. Ne ressentant aucune faim après avoir fait bombance et épuisés par leur journée si riche en événements inhabituels, ils décidèrent d'aller se coucher tôt.

Allongé près de Solange, Auguste, cependant, ne trouvait pas le sommeil.

— J'aimerais bien être une petite souris et entendre les conversations des Vensac à Perce-Neige. Comment Maurice va-t-il s'en sortir pour annoncer que dans l'avenir, il va quitter la maison et rejoindre celle d'Émilienne... Voilà du robuste en perspective...

— Je pense qu'il faudra du temps pour que tout se calme et trouve sa nouvelle place.

— Crois-tu que Maurice et Émilienne auront déjà parlé de leur projet de mariage à leurs parents respectifs ?

— Je ne pense pas qu'il y aura trop de problèmes avec mon frère Roland. La seule chose qu'il faut bien prendre en compte, c'est qu'il est encore en âge de continuer à travailler sa ferme. Il ne verra pas d'inconvénients à transmettre ses terres à sa fille Émilienne, mais pas dans l'immédiat. Et les deux bras de Maurice ne seront pas de trop pour prendre soin de toute la petite Corse.

— Voilà la situation habituelle des affaires de familles dans nos campagnes. Ils ne veulent jamais anticiper. Par habitude ? Par crainte ? On ne peut vraiment le leur reprocher, car il y a toujours des personnes qui veulent profiter de la situation.

— Toi, mon cher Auguste, tu as bien transmis ton bien en avance, comment as-tu procédé ?

— J'en avais tout simplement la volonté et faisais confiance à mon fils…

— Il faudra donc que j'en parle avec mon frère, dit Solange, mais seule, car il n'aime pas qu'on étale trop les affaires de famille.

— Ce sera la réunification de votre petite Corse avec un couple de jeunes pour lui prêter main-forte et le soutenir dans son labeur. Il a tout à y gagner.

*

Quelques heures plus tard, les projets commençaient à prendre forme comme les premières racines invisibles de ce monde végétal que nul n'a jamais pu arrêter.

C'était un des matins où la clarté du ciel fait ciller les yeux tant elle s'impose impunément pour certains, agréablement pour d'autres.

La pendule venait d'égrener ses dix coups, et les trois Dartou prenaient un café bien mérité après avoir pris soin des bêtes dès l'aube.

— J'ai quelque chose à vous dire, lança Émilienne qui, après y avoir réfléchi pendant des jours, avait rassemblé tout son courage.

— Et ça ne peut pas attendre ce soir ? demanda son père. Nous devons retourner aux champs, car le ciel est dégagé ce matin, mais cela ne saurait durer.

— Non, c'est peut-être le ciel justement qui me pousse à vous annoncer une…

— Une mauvaise nouvelle sans doute, rien qu'à te regarder, on sent bien que quelque chose te taraude !

— Cher papa, chère maman, j'ai rencontré quelqu'un !

Les bouches s'ouvrirent, mais aucun son ne sortit.

— Toi ? Tu as rencontré quelqu'un ? Mais qui ?

Marcelle et Roland Dartou la regardaient ébahis comme si c'était la première fois qu'ils la voyaient. Jamais leur fille ne leur avait parlé de garçons ou même montré le moindre intérêt pour eux. C'était une fille très sage et travailleuse qui ne courait ni les bals ni les hommes. Ils ne s'étaient jamais fait de soucis à son sujet, comme c'est souvent le cas des parents. Surtout quand ils ont une fille aussi charmante qu'Émilienne.

— C'est Maurice Vensac, le petit-fils d'Auguste, l'ami de Solange.

— C'est du sérieux entre vous ?

— Oui, papa et nous avons de grands projets tous les deux.

— Mais où l'as-tu rencontré ?

— Chez Solange. Il venait rendre visite à son grand-père et lui ramenait son chien Fluteau.

Émilienne préféra passer sous silence le fait que Maurice et elle avaient bien compris que leur rencontre n'était pas le fruit du pur hasard mais un « coup », pourrait-on dire, monté par son grand-père à lui et sa tante à elle. Elle ne voulait pas qu'ils aient des ennuis.

— Mais ma sœur ne nous en a rien dit ! lança Roland d'un ton quelque peu courroucé et échangeant un regard avec sa femme.

— Ton père a raison, nous allons devoir dire deux mots à Solange !

— N'en faites rien, s'il vous plaît ! Il ne s'est rien passé, nous nous sommes seulement promenés, avons discuté et découvert que nous avions plein de choses en commun.

— Tu m'en diras tant ! Ta tante et son amoureux peuvent faire ce qu'ils veulent à leur âge, mais c'est à nous de décider qui tu fréquentes ou pas.

— Ne vous faites pas du mauvais sang, dit Émilienne en posant une main apaisante sur le bras de son père. Je ne ferais rien sans vous en parler avant. Vous pouvez me faire confiance. Et je suis sûre que vous apprécierez Maurice ! Comme nous, il aime la terre, les animaux, le travail bien fait et sa famille. Je voulais justement vous demander si vous vouliez le rencontrer.

Émilienne préféra garder pour elle les projets d'Auguste et de Solange pour leur avenir. Une chose après l'autre. Il faut laisser du temps au temps, comme disent certains, faute de prendre une décision trop rapide, parfois maladroite. Ses parents avaient besoin de digérer les nouvelles les unes après les autres.

— On verra plus tard, marmonna Roland en se levant.

Quand il posa doucement une main sur son épaule, Émilienne sut qu'il ne lui en voulait pas et qu'elle pouvait inviter Maurice. Sa mère avait bien compris le message également et lui sourit tendrement.

*

Pendant ce temps-là, les choses ne se passaient malheureusement pas aussi bien à Perce-Neige. Comme convenu avec Émilienne, Maurice avait lui aussi attendu la fin de la traite matinale pour parler avec ses parents.

— Comment ça, tu veux te mettre avec quelqu'un ? avait tonné Jean à peine son fils avait-il mentionné le fait qu'il avait rencontré quelqu'un et qu'il voulait être avec elle.

— Qui est-ce ? Je la connais ? Pourquoi ne nous en as-tu pas parlé avant ?

Maurice s'était attendu à une réaction extrême de son père mais pas aussi tôt dans la conversation. Il ne leur avait même pas encore annoncé qu'il voulait partir que déjà la conversation s'envenimait. Heureusement, sa mère vint à sa rescousse.

— Mais laisse-le donc parler, Jean ! s'exclama Louisette qui craignait le pire.

Maurice prit alors son courage à deux mains et se lança :

— Elle s'appelle Émilienne. C'est la nièce de Solange chez qui grand-père habite à Crosac comme il te l'a dit dans sa lettre. Si tu y avais répondu, nous aurions pu en parler tous ensemble.

— Que se passe-t-il donc maintenant ? Toi aussi, tu veux partir à Crosac ? Je sais bien que ton grand-père t'a embobiné, mais tu restes mon fils, nom de Dieu !

Maurice fut pris de court par la question de son père qui ne croyait pas si bien dire. De crainte de compliquer la situation encore plus en cette matinée printanière, il faillit se taire et ne plus dire un mot quand le doux visage d'Émilienne lui apparut. Il franchit alors le Rubicond et annonça ses intentions de se marier.

— Ah ! cria Louisette en plaquant ses mains sur sa bouche.

— J'ai rencontré l'âme sœur, ma future femme, Émilienne, et je vais la rejoindre dans sa ferme à Crosac.

Jean Vensac venait de recevoir un coup de poing dans le ventre, au creux de ses entrailles, là où ça fait le plus mal.

Non seulement il perdait son fils en quelque sorte, mais ce dernier rejoignait le village de Crosac où habitait son propre père qui l'avait également abandonné. Lui aussi pour rejoindre l'amour de sa vie et pour rattraper le temps perdu, comme il le disait dans sa lettre à laquelle Jean n'avait pas répondu, car il ne savait que penser de ce vieil homme qui chamboulait tout sur la fin de ses jours.

— C'est une histoire cousue de fils blancs tout ça, je ne veux plus en entendre parler. Rentre donc à Crosac puisque c'est là-bas que tu as choisi de vivre. Il est inutile que tu restes ici. Tu pourras revenir lorsque tu auras changé d'avis !

Ils se défièrent du regard, aussi fier l'un que l'autre. L'âme en peine sans pour autant se l'avouer.

Puis, Jean Vensac lança un dernier mot à l'intention de son fils :

— Ne m'invite pas à ton mariage, je ne viendrai pas.

Il se leva brusquement de table et quitta la pièce en claquant la porte derrière lui.

— Oh Maurice ! Mais qui t'a mis des idées pareilles dans la tête ?

— Toi aussi, tu veux me chasser ? Tu ne comprends donc rien non plus ?

— Ne me parle pas ainsi ! Je te comprends certes, mais on ne peut pas toujours suivre son cœur ! Surtout quand cela a de telles conséquences sur la famille !

— Si c'est aussi ton dernier mot, je vais prendre mes quelques affaires et partir.

— Maurice..., commença Louisette, mais son fils lui avait déjà tourné le dos et se dirigeait vers sa chambre pour faire son paquetage.

Ce fut un adieu bien triste. Maurice venait certainement de vivre le pire jour de sa jeune vie, face à son père désorienté par ce qu'il venait d'apprendre. Face à sa mère qui avait pris le parti de son mari et était dépassée par la situation.

Sur le chemin de Crosac, Maurice avait toujours devant les yeux le visage furibond de son père, la froideur de son regard et de sa voix quand il avait prononcé sa dernière phrase: « Ne m'invite pas à ton mariage, je ne viendrai pas. »

Il aurait voulu lui dire que même sans son accord, son avenir lui convenait et qu'avec sa jeune femme Émilienne, il serait heureux. Il aurait aussi voulu lui dire qu'il comprenait que la situation était compliquée pour l'avenir de la ferme à Perce-Neige, mais ces mots ne viennent jamais au moment propice. Face à la fureur de son père, il s'était enfermé dans un mutisme effronté.

En même temps, il se torturait le cerveau pour trouver les mots justes et expliquer à ceux de Crosac que personne de Saint-Anthonin ne viendrait à son mariage. Sans doute son grand-père serait-il bien le seul de sa famille à y participer.

C'est ainsi que, sans qu'ils le sachent, Maurice et son grand-père se trouvèrent tous les deux au même moment entre Crosac et Perce-Neige. Le plus jeune sur sa mobylette sur la départementale tandis que l'ancien marchait à travers champs et forêts.

En fin de cette même matinée, Auguste n'y tenant plus avait repris le sentier qui traversait le bois et rejoignait Perce-Neige. Grâce à sa dernière escapade avec Solange sur les routes du souvenir, il retrouva facilement le chemin qui menait à l'oratoire. Après une nuit blanche, il craignait le pire.

Il savait que ce serait dur pour son fils Jean d'apprendre que son fils unique et héritier voulait faire sa vie ailleurs. Comment aurait-il lui-même réagi, s'il avait été dans la même situation ? Mal sûrement, mais il espérait qu'il aurait pris le temps d'écouter Jean… À présent, il savait que la discussion serait houleuse, mais ne renonçait pas. « J'en sortirai vivant de toutes les manières, mais ce sera un moment très désagréable. » Son chien Fluteau lui tiendrait compagnie, même s'il ne lui serait malheureusement d'aucune aide.

Ses craintes se confirmèrent. Les choses s'étaient très mal passées. Louisette était en larmes et Jean furieux.

— C'est donc toi qui vas l'embaucher, pardi, où irait-il sinon maintenant que je l'ai mis dehors ? lança son fils à peine Auguste eut-il passé l'entrée de la cour de ferme.

— Non, ce n'est pas moi, je n'ai aucune ferme, je ne suis qu'un retraité, simplement !

— Tu crois t'en sortir comme ça ?

— Tu sais, mon fils, le temps passe très vite, et la vieillesse n'est jamais bien loin, elle est là, sournoise, au détour du chemin !

— Éloigne-toi, je ne te connais plus, nous n'avons plus rien à nous dire ! s'écria Jean en lui tournant le dos.

Auguste et Fluteau reprirent le même chemin par lequel ils étaient arrivés. Auguste ne se retourna pas une seule fois. Non seulement il savait qu'il ne servait à rien de parler à son fils quand il était dans cet état. D'autre part, il avait hâte de rentrer à Crosac, car il se faisait du souci pour Maurice, jeté dehors par son père comme un malotru. Son petit-fils devait être tout chamboulé. Auguste craignait que la douleur et la peine altèrent son jugement et qu'il ne roule trop vite. Un accident était si vite arrivé !

— Viens Fluteau ! Il ne faut pas traîner ! Espérons que Maurice nous attend chez Solange !

Le vent bougeait les cimes des arbres, comme il faisait aussi bouger quelque chose au fond du cœur d'Auguste.

Chapitre 14

— Est-ce que Maurice est là ? demanda Auguste tout essoufflé à peine eut-il passé le pas de la porte.

Solange remarqua aussitôt que cette dernière visite à Perce-Neige ne s'était pas bien déroulée.

— Non, pourquoi serait-il ici ? Que s'est-il passé ?

— Cette fois, les relations ont pris fin avec ceux qui furent cependant les miens ! Je me suis fait remballer, au vrai sens du terme par mon fils lui-même. Je ne mettrai plus jamais les pieds là-bas.

— Tu ne t'attendais pas à être reçu les bras ouverts ?

— Effectivement, je ne me suis pas senti à la hauteur, comme l'on dit, tant surpris que je fus. J'ai à peine pu en placer une. Jean était furieux. Je n'ai rien pu lui expliquer. Il a d'ailleurs jeté son propre fils dehors. Maurice est parti à mobylette. C'est pour cela que j'espérai le retrouver ici.

— Ne te fais pas de soucis ! Maurice est un jeune homme sensé. Il va bientôt arriver.

Auguste s'était assis à la table et jetait à présent des regards vers la fenêtre dans l'espoir de voir apparaître d'un moment à l'autre la silhouette de son petit-fils. Afin de passer le temps et d'occuper l'esprit d'Auguste pendant qu'ils attendaient, Solange annonça :

— Il faut que je rencontre mon frère. Roland ne sait pas encore ce qui l'attend et, même si ce sont des changements heureux qui se profilent, la petite Corse pourrait vivre des moments difficiles, je le crains !

— Les changements sont toujours déroutants au début, mais notre idée est d'être près des êtres qui nous sont chers et de prendre enfin du temps pour nous, depuis combien d'années ne t'es-tu pas posée ne serait-ce que quelques jours ? Viens là, près de moi…

Auguste désirait vraiment lui apporter une nouvelle vie à Crosac et faire en sorte que Solange profite des années qui lui restaient pour se reposer et jouir au jour le jour des petits plaisirs de la vie.

— Un jour, tu as fait un choix dans ta vie qui m'a écartée de la tienne, alors…

— À partir de maintenant, nous allons être ensemble et nous consacrer à l'avenir des nôtres, Émilienne et Maurice !

— Demain, nous irons rendre visite à mon frère…, dit Solange. Il faut que nous sachions si Émilienne leur a parlé de l'avenir et des projets que tu as pour eux.

— Nous le saurons bien assez tôt, mais j'ai un petit doute quand même, il n'y a pas encore eu de retour…

Auguste ne termina pas sa phrase, bondit de sa chaise et se précipita pour ouvrir la porte d'entrée, car il avait perçu un bruit de mobylette.

— Enfin ! Te voilà ! Je viens juste de revenir de Perce-Neige où j'ai appris ce qu'il s'était passé.

— Oui, Grand-père, on peut dire que je n'ai plus de chez moi, en quelque sorte. Alors je viens frapper à votre porte pour ne pas devenir un sans-logis.

— Que leur as-tu dit ? demanda Solange à qui Auguste n'avait pas donné de détails.

— Simplement que j'étais amoureux fou d'Émilienne et que nous avions ébauché un projet d'avenir.

— Grâce à Solange, nous avons maintenant une chambre de plus et toute propre, mon cher Maurice ! Tu habites chez nous à présent, c'est tout simple !

— Merci ! Merci à vous deux, que ferais-je sans vous ?

— Pourrais-tu me dire si vous avez parlé avec les parents d'Émilienne ?

— C'est pour cela que je ne suis pas venu tout de suite ici. Je suis d'abord passé chez votre frère et votre belle-sœur. Les Dartou ont juste entendu sans bien vouloir comprendre ce que nous voulions leur dire. Ils ont simplement précisé que nous étions bien jeunes pour reprendre une ferme et que pour le moment ils n'envisageaient pas la chose ainsi pour eux-mêmes.

— Émilienne devrait rester de son côté et toi du tien ? lança alors Solange.

— Ils ne savent pas encore combien nous nous aimons, et il a été fort difficile de leur en parler. Émilienne a bien insisté, mais…

— Et que pensent-ils de l'idée de réunifier la petite Corse ?

— Ils n'en connaissent pas les détails. Nous ne pouvions pas le leur dire par précaution, nous sommes jeunes et n'avons guère le droit à la parole dans ces affaires-là…

— Il ne faut pas se sentir coupable d'une telle chose, on n'a pas à se justifier lorsque les anciens sont trop durs avec les jeunes.

— Je me propose d'aller de ce pas voir mon frère et Marcelle. Les choses doivent se clarifier sans l'ombre d'un doute, dit Solange.

— Je viens avec toi, dit Auguste.

— Ne craignez-vous pas que ça puisse nuire à notre rêve ? Je ne veux pas renoncer à Émilienne.

— Milladiou de Milladiou ! lança comme souvent Auguste. Quant à moi je ne veux perdre personne ! Essayons de tracer le restant de notre vie avec le plan le plus adapté possible, j'ai vécu moi aussi différemment de ce que j'avais prévu un jour. Je n'ai pas bien agi, je le reconnais, mais je n'ai pas été conseillé et ai aussi peut-être été trop fier de ma personne ! Le temps a partiellement amélioré ma vie, et j'aimerais tant vous voir heureux ainsi que Solange qui le mérite encore plus que moi. Alors, s'il vous plaît, faisons tout ce qui est en notre pouvoir pour faire revivre la petite Corse !

*

Solange et Auguste prirent le chemin menant chez Roland Dartou avec de bonnes intentions.

— Il va donc neiger que vous veniez nous voir, les amoureux tardifs ? les interpella Roland dès qu'il les vit arriver.

Son frère était de bien meilleure humeur qu'elle ne l'avait craint, et Solange décida alors d'aborder le sujet au plus vite.

— Émilienne serait-elle dans les parages ?

— Elle est partie au village mais pourquoi cette question ? Vous ne voudriez pas me parler de votre Maurice Vensac par hasard ? Nous sommes bien au courant, Solange, il était là, il y a moins d'une heure. Un emballement de jeunesse comme parfois il en existe… Tu aurais pu nous informer quand même…

— C'était à eux de vous en parler en premier. Ce ne sont plus des enfants, répondit Solange. Et Roland, ce n'est pas tout à fait ce que tu imagines, c'est plus sérieux que ça…

— Alors, qu'avez-vous à nous dire ? Marcelle va vous préparer un café, pas vrai ? dit-il en s'adressant à elle.

— Bien sûr, bien sûr…

— Je ne crois pas à une amourette de passage, non, c'est plus sérieux, confirma Auguste en s'asseyant à la table.

— Vous m'intriguez, continuez…

— Et toi, tu m'inquiètes, mon frère, tu n'as pas bonne mine… Tout va bien ?

— Oui, répondit Marcelle à la place de Roland, mais des fois, certains jours, ça tire un peu pour démarrer…

— Avez-vous consulté un médecin ?

— Ça passe, et après, on n'y pense plus… C'est la vie ! On n'est pas des feignants. Et puis, il faut bien penser à l'avenir, heureusement qu'Émilienne aime la campagne !

Voyant que son frère tournait autour du pot et essayait de repousser le moment fatidique où ils parleraient d'Émilienne et de Maurice, Solange sauta à nouveau le pas :

— Justement, que penses-tu de ce qu'Émilienne et Maurice vous ont annoncé ?

— Qu'ils sont bien trop jeunes, et je ne vois pas comment cela pourrait marcher. Maurice, qui est un bien bon gars, je le reconnais, doit aider son père à

Perce-Neige. Et nous autres sommes ici. De quelle ferme s'occuperaient-ils ?

— Les choses ont changé entre-temps. Mon petit-fils Maurice a annoncé à son père, mon fils Jean, qu'il voulait faire sa vie avec Émilienne, et il l'a très mal pris. Il l'a mis dehors… Maurice habite maintenant chez Solange.

— Mais alors, dit Marcelle, que va-t-il faire ?

— Il se propose de travailler ici, et moi, j'ai proposé à Solange de racheter sa part de la petite Corse pour la léguer à Maurice. Ainsi les jeunes pourraient-ils ensemble cultiver vos terres.

— Mais Émilienne aurait dans tous les cas hérité des terres de sa tante ! Pourquoi accepterions-nous cet accord ?

— Je suis bien d'accord avec toi, mon cher frère, mais je me fais vieille et voudrais lever le pied comme dit Auguste, enfin un peu profiter de la vie. Même avec Gilles, vous ne pourriez pas prendre soin de toute la propriété. Et nous n'avons pas assez d'argent pour engager un autre aide. Avec le plan d'Auguste et l'aide de Maurice, ce serait possible.

— Je vois que vous avez bien réfléchi à tout. Et je suppose que Maurice et Émilienne veulent se marier ?

— C'est exactement ce qu'ils voulaient te dire quand Maurice est passé tout à l'heure, mais ils n'ont pas osé…

— Mon Dieu ! Que de chamboulements ! s'exclama Marcelle qui faillit en laisser tomber la cafetière.

— Solange, tu sais bien que je suis le dernier à suivre à la lettre les conventions et à préférer les nouveaux chemins aux sentiers battus quand il s'agit du bonheur de ma famille. Comme jadis après ce qui t'est arrivé et que nous avons partagé la petite Corse. Mais ce sont là de grands chamboulements comme dit Marcelle, et il faut nous laisser le temps d'y réfléchir.

— Bien sûr, dit Solange en tapotant le bras d'Auguste.

Il était temps qu'ils partent. Elle connaissait bien son frère et savait quand il avait dit son dernier mot. S'ils voulaient que Roland et Marcelle se rallient à leur plan, il fallait laisser le temps au temps.

Tandis qu'ils rejoignaient la ferme de Solange, cette dernière dit à Auguste :

— Je ne sais même plus où sont les limites entre notre ferme et celle de mon frère, c'est incroyable mais c'est comme ça.

— Ce n'est pas inhabituel. Parfois, il y a des bornes, parfois non, ou elles se sont perdues ou ont été arrachées sans d'autres explications. Dans le cas présent et si les jeunes reprenaient la ferme, il serait bon qu'ils connaissent les limites de leur petite Corse.

— Si Roland accepte l'arrangement…

*

Quelques heures plus tard, Émilienne rentra du village où elle était allée faire quelques courses dont l'avait chargée sa mère.

Lorsqu'elle entra dans la cuisine, elle trouva son père mal en point, affalé à la table.

— Mais que s'est-il passé, maman, que lui arrive-t-il ? cria-t-elle presque en laissant tomber son panier et en se précipitant vers son père.

— Tout va bien aller, ma fille, dit-il d'une voix faible. Ne t'en fais pas.

— Nous attendons le docteur d'un moment à l'autre, une douleur forte s'est fait ressentir dans la poitrine, juste après le départ de ta tante et d'Auguste. Mais qu'est-ce qui t'a pris tant de temps ? Attendons le médecin dehors et laissons ton père se reposer.

— Solange et Auguste étaient là ? Mais pourquoi ? demanda Émilienne dès qu'elles furent à l'extérieur.

Marcelle poussait de longs soupirs en faisant les cent pas dans la cour. Elle ignora la question de sa fille.

— Qu'est-ce qui t'a pris tant de temps ?

— Je n'ai guère manqué, qu'aurai-je pu faire d'autre que tu n'as fait ?

Sa mère lui lança alors un regard mi-courroucé mi-paniqué.

— Pardon, maman, c'est une façon de parler, ne m'en veux pas…

— Je ne t'en veux pas, mais je me fais du souci ! Tu vois, je crains pour son cœur, il ne voulait jamais rien savoir, mais moi je le voyais bien... Et avec ce que nous ont annoncé ta tante et Auguste, pas étonnant qu'il soit surmené !

— Oh maman, je suis tellement désolée... Ce n'était pas mon intention ! Bien au contraire, avec Maurice, nous voulons aider tante Solange mais vous aussi, pour que vous ayez moins de travail et plus de repos, dont papa a bien besoin.

— Nous en parlerons plus tard ! J'entends une voiture s'approcher !

Le docteur Danval ne venait presque jamais chez les Dartou mais les connaissait bien, car il avait, alors encore jeune médecin, pris soin de leurs parents en fin de vie.

Lorsqu'il vit le malade et après quelques examens, il sut aussitôt qu'il y avait eu un début d'incident cardiaque, mais tenta de minimiser son diagnostic.

— Vous êtes solide, monsieur Dartou, vous prendrez les médicaments que je vais vous laisser pour ce soir. Mais pour les jours suivants, il faudra, madame Dartou, ou votre fille, vous rendre chez le pharmacien et vous conformer à l'ordonnance que je vous prépare.

Lorsque le docteur quitta la chambre, il précisa à son épouse que son mari devrait passer un examen complet à l'hôpital d'Aurillac dès que possible. Puis :

— Votre mari ne pourra pas travailler comme précédemment. Même sans les résultats définitifs de l'hôpital, je ne vais pas y aller par quatre chemins : Roland devra se faire remplacer dans les gros travaux de la ferme. Ce sont des précautions auxquelles il devra se soumettre impérativement ! Je reviendrai demain pour m'assurer que son état n'a pas empiré.

Une bombe n'aurait pas fait plus de mal que cette nouvelle, tombée ce jour.

— Va prévenir Auguste et Solange, Émilienne, s'il te plaît.

— J'y cours tout de suite, maman.

Marcelle s'assit au bord du lit pour veiller sur son homme qui ronflait paisiblement.

— Mon Dieu, qu'allons-nous faire ? Qu'allons-nous devenir ?

Quand Solange et Auguste arrivèrent accompagnés de Maurice, ce fut comme un choc terrible pour eux de voir Roland si affaibli.

Il paraissait endormi mais ouvrit aussitôt les yeux quand il sentit les nombreuses présences autour de son lit. Il les regarda tour à tour.

— Ne craignez rien, demain je serai debout, mais merci de vous être dérangés, oui, merci.

— Maintenant tu vas dormir, demain est un autre jour, lui dit Marcelle.

Elle tira la porte derrière les visiteurs, et tous se retrouvèrent dans la cuisine.

Émilienne ne disait rien. Craignant le pire, Maurice la prit à part et lui dit très doucement :

— J'habite depuis peu chez Solange, dans la chambre qu'ils ont préparée voilà quelques semaines au cas où je voudrais rester pour dormir. Maintenant, c'est chez moi, car mon père ne veut plus me voir…

— Solange me l'a dit sur le chemin tout à l'heure. C'est incroyable ce qui nous arrive aujourd'hui, Maurice.

— Ce sont des situations qui nous tombent dessus quand on ne s'y attend pas et…

— Ça n'a rien à voir avec ce qui vient d'arriver à mon père, non, rien ! Et je…

Il la regardait, inquiet, mesurant les secondes qui s'éternisaient en attendant la suite qui n'arrivait pas.

— Que me caches-tu ? Émilienne ? Dis-moi, ne me fais pas languir !

— Après ce qui vient de se passer ce soir, je ne sais pas si c'est le bon moment de…

— Tu veux me quitter ? Hein ? C'est ça, dis-le-moi franchement. Il est vrai que notre situation n'est pas claire. En plus, je n'ai plus d'endroit que je peux appeler chez moi…

— Demain, nous aurons les idées plus claires, à demain ! dit Émilienne d'un ton un peu brusque auquel Maurice n'était pas habitué.

Maurice était quelque peu déboussolé et attristé, mais d'un autre côté, il avait bien conscience qu'Émilienne était chamboulée par la situation actuelle et par l'état de santé critique de son père qui avait toujours été solide comme un roc.

Elle avait raison, demain, ils auraient les idées plus claires. Du moins l'espérait-il…

Chapitre 15

Le lendemain, vers les huit heures du matin, le médecin revenait rendre visite à Roland Dartou, ce qui inquiéta au village.

Le docteur avait à nouveau ausculté longuement son patient tandis que Marcelle patientait en bas avec le reste de la famille qui était venue aux aurores pour la soutenir. Auguste et Maurice s'étaient occupés de la traite.

Par mesure de précaution, le médecin décida d'un transfert pour quelques jours au Centre Cardio de l'hôpital d'Aurillac. Comme il n'y avait pas le téléphone à la ferme, il appellerait depuis son cabinet une ambulance afin qu'elle vienne chercher Roland à Crosac dès que possible.

— Votre mari sera de retour dans peu de jours, ne vous inquiétez pas, madame Dartou. Des examens seront faits, et tout ira pour le mieux.

— Vous me le jurez, docteur ?

— Je ne jure jamais, madame Dartou, mais je vous promets que tout sera fait au mieux et sincèrement, oui, je vous le dis, je ne pense pas que ce soit trop grave.

— Merci docteur, et vous pensez toujours que pour le travail…

— Faudra lever le pied, comme vous dites parfois, oui, lever le pied !

Une petite heure après le départ du médecin, l'ambulance arriva et emmena le patient à Aurillac.

— Mon Dieu, qu'allons-nous devenir ? s'exclama Marcelle.

— Le docteur nous a bien dit : il faut lever le pied. Ça veut dire que Roland ne pourra plus travailler comme avant, lui répondit calmement Solange en lui entourant les épaules. Mais nous sommes tous là.

— Nous irons à Aurillac cet après-midi, le temps de rentrer les bêtes, ajouta Auguste.

Soudain Émilienne demanda à parler :

— Il serait bien le moment de discuter tous ensemble, ne croyez-vous pas ?

Comme personne ne voulait commencer, ce fut Maurice qui crut bon de débuter :

— Comme nous l'avons déjà mentionné et comme vous l'ont expliqué mon grand-père et Solange, Émilienne et moi avons le projet de vivre ensemble, et ce n'est pas tout…

— Ce n'est pas le moment de parler de tout ça ! s'exclama Marcelle. Mon pauvre Roland n'est pas là.

On ne sait pas ce qu'il va lui arriver, et rien ne peut se décider sans lui !

— Roland est entre de meilleures mains qu'il aurait été ici si le docteur n'était pas venu, dit doucement Solange qui comprenait et partageait plus que tout autre, les craintes de sa belle-sœur.

Auguste prit la parole à son tour d'un ton aussi posé et calme que possible, car il avait bien conscience que le contexte était compliqué et que les nerfs étaient à vif.

— Ma chère Marcelle, si je puis me permettre, la situation avec Roland est bien triste, et nous sommes tous là pour vous épauler dans ce moment difficile. La vie est dure mais parfois bien faite aussi. Émilienne et Maurice qui sont amoureux veulent réunifier ladite petite Corse. Ensemble, ils vont redonner à cette propriété tout l'avenir qu'elle mérite d'avoir ! Et ensemble, ils pourront soutenir Roland et lui faciliter la tâche.

— Mais dans tout ça, que devenez-vous Solange et Auguste ?

— Nous demeurerons dans la petite maison. Je serai près de ma bien-aimée et de vous aussi. Et si parfois, vous aviez besoin de nous, nous ne serions pas loin. Le pauvre Roland devra se reposer pour ne pas risquer une rechute.

— Je ne comprends pas tout à fait la situation, mais je vous dis et redis que Roland n'est pas mort ! cria Marcelle entre ses larmes.

— Nous le savons tous, mais il ne pourra plus travailler comme avant. Souviens-toi des recommandations du médecin !

— Ta fille Émilienne et Maurice sont prêts à venir vous rejoindre et à assurer la continuité de votre propriété qui, un jour ou l'autre sera la leur si vous y consentez.

Tout en séchant ses larmes avec un mouchoir que lui avait tendu sa fille, Marcelle regardait les personnes qui l'entouraient l'une après l'autre comme si elle cherchait à mieux comprendre la situation.

— Je dois te dire, chère Marcelle, que notre petite Corse serait réunifiée et que j'en serais heureuse. Émilienne et Maurice à vos côtés représentent l'avenir pour vous, et je pense que Roland serait heureux qu'il n'y ait plus qu'une ferme réunie, la sienne, la vôtre. Lorsque nous avons abordé le sujet la dernière fois, il avait demandé à réfléchir, il n'avait pas dit non.

Pendant quelques minutes, Marcelle continua de regarder autour d'elle sans dire mot. Puis, enfin :

— J'aimerais qu'avec Maurice et toi, ma fille, nous allions ensemble parler à Roland à l'hôpital. L'idée de conserver la petite Corse entière et dont il resterait le maître…

— C'est d'accord, maman, ensemble, nous lui expliquerons la situation.

Rassérénée par la perspective d'avoir peut-être trouvé une solution pour la ferme, Marcelle, émue, remercia Solange et Auguste, sans qui rien n'aurait été possible.

Tandis qu'Auguste et Solange s'occupaient des bêtes, les autres membres de la famille se préparèrent pour aller en ville. Tout en remuant le foin, Auguste se disait que même s'il n'était pas homme à croire vraiment en Dieu, ses voies étaient pour le moins impénétrables. Comme souvent dans la vie, à tout malheur bonheur est bon. Émilienne et Maurice allaient enfin pouvoir vivre ensemble.

Dès qu'ils furent prêts, Émilienne, Maurice et Marcelle se rendirent au chevet de Roland, à l'hôpital d'Aurillac. Marcelle, préoccupée par la santé de son mari, se renseigna d'abord auprès des infirmières pour être bien sûre qu'il n'y avait aucune contre-indication à la visite de trois personnes.

— Ne restez pas plus d'une demi-heure, s'il vous plaît, mais il va assez bien pour le moment.

Une infirmière alla le prévenir, et sa réponse qu'ils entendirent par la porte entrouverte, fit sourire ses visiteurs.

— Ce n'est pas le curé Bonnat Joseph au moins ?

— Certainement pas, celui-ci ne vient qu'en cas d'extrême urgence et encore !

— Je suis rassuré, merci !

Lorsque les trois visiteurs apparurent, Roland ne put retenir une larme qu'il essuya discrètement.

— En voilà une belle surprise ! Ma femme, ma fille mais aussi un jeune homme que je ne vois pas pour la première fois. Que se passe-t-il donc ?

— Il se passe que nous voulions te voir bien sûr, mon cher Roland, dit Marcelle. Mais les jeunes surtout voulaient aussi t'entretenir de quelque chose.

— Je vois, je vois... Alors ma fille, dis-moi !

— D'abord, comment vas-tu ? demanda Émilienne en se penchant sur le lit pour le serrer dans ses bras.

— Une « brusquerie » du cœur, pas bien méchante mais qui me contrarie tout de même, mais parlons de vous...

— Nous avons bien des choses à te dire, papa, en commençant par t'annoncer que Maurice et moi avons l'intention de nous marier, si tu y consens, bien sûr.

— Ta tante et Auguste me l'ont dit, et j'aurais préféré d'ailleurs l'entendre de ta bouche...

— Je suis désolée, papa. Je vous avais parlé de Maurice, mais je n'ai pas osé vous dire que nous nous étions fiancés, et ensuite, tout est allé si vite avec ton malaise...

— Ah... Je dois reconnaître que j'ai un peu fait la sourde oreille, car, comme tu le dis si justement, tout va si vite. Et je n'étais pas prêt à te voir grandir si vite. Et les plans de Solange et Auguste m'ont pris au dépourvu. Mais j'ai eu le temps de réfléchir dans ce lit d'hôpital… Mais est-ce tout ce que vous aviez à me dire ?

— Non effectivement, et cela a bien sûr un rapport avec les plans de ma tante et d'Auguste. Comme tu ne pourras plus travailler comme avant, car tu en as déjà trop fait, nous proposons avec Maurice de devenir les ouvriers de ta propriété et de celle de Solange, enfin nous ferons pour le mieux. Si tu es d'accord nous agrandirons même la maison, car nous avons fermement l'intention de faire de toi un heureux grand-père. Tu auras la plus belle ferme, la petite Corse va s'embellir, si tu le veux bien…

Les larmes montèrent aux yeux de Roland. Marcelle s'approcha tout près de lui et lui serra tendrement la main :

— Ces deux jeunes sont notre chance. Ce n'est pas le moment de flancher !

Après un long silence que tous respectèrent, Roland dit d'une voix posée :

— En voilà des chamboulements, comme tu dirais, Marcelle, mais peut-être est-ce pour le meilleur… Qui sait ce que l'avenir nous réserve. Qui eut cru que le jour où la petite Corse serait réunifiée était si proche ?

Alors que Marcelle, Émilienne et Maurice s'apprêtaient à quitter l'hôpital, un infirmier les informa qu'ils garderaient Roland encore deux jours avant de le rendre aux siens. Son état lui interdisait de travailler mais pas de vivre au mieux possible en famille.

Roland Dartou se montrait plus tranquille en pensant à sa petite Corse, l'héritage de ses parents, partagé avec sa sœur et réuni de nouveau. Il pourrait la regarder du matin au soir en compagnie d'Émilienne, de Maurice et de son épouse Marcelle, là-bas dans ce Cantal où il avait toujours vécu.

C'est le moment que choisit monsieur le maire de Crosac, Servant Juste (Juste était son nom de famille), pour rendre visite à Roland avec une bonne bouteille en cadeau.

— Tout le monde s'inquiétait dans le bourg, dit le visiteur, et maintenant, dis-moi, comment te sens-tu ? Nous nous sommes fait du souci, nous autres…

— Merci, mais ça n'en valait pas la peine, je me sens refait à neuf, une façon de dire. On m'a mis à la retraite, et ça ne me plaît pas vraiment. J'espère reprendre un peu d'activité tout de même.

— La vie est notre plus grand trésor, mais on ne s'en rend compte que lorsqu'il nous arrive des pépins. Il ne faudra pas tenter le diable !

— Ma fille et mon futur gendre, en qui j'ai totalement confiance, prendront la relève, et tout ira bien.

— Marcelle saura aussi veiller sur toi.

— Fort heureusement, elle est toujours active, elle !

On n'aurait su dire si le ton de reproche était volontaire ou pas. En fin de compte, cela n'avait aucune importance et était en quelque sorte compréhensible. Dans les campagnes, un homme se doit de travailler plus longtemps, un homme, c'est censé être plus fort qu'une femme... On leur répétait cela depuis des générations et des générations, ici et ailleurs. Personne ne releva. De plus, il était malade.

Au moment de partir, la famille lui dit au revoir et après quelques conseils d'usage, assez maladroits mais réconfortants, il fit un signe de la main.

Quand une infirmière vint pour la visite du soir, Roland lui demanda :

— Toutes ces émotions et ces visites m'ont donné chaud, j'aimerais bien boire un petit coup... s'il vous plaît ?

— Je vous apporte une carafe d'eau, monsieur.

— Une carafe d'eau ? Mais ce n'est pas ce que...

Déjà la porte s'était refermée. Et Roland, contrarié, tenta de se mieux coucher.

— Un petit canon de rouge, ce n'était pas grand-chose, nom de Dieu !

Roland allait mieux. Dans sa tête cependant se bousculaient les idées. « Et comment je vais faire ? » « Comment vont se débrouiller les jeunes ? » Et bien davantage. Les paysans vivent avec leurs terres depuis souvent tant de temps qu'ils n'arrivent pas à se les imaginer sans eux. On ne peut pas vraiment le leur reprocher, certes non, mais il faut bien reconnaître que les aléas de la vie et de la santé les forcent parfois à évoluer dans ce monde pourtant si étroit et bien délimité pour eux.

Ceux qui ont besoin d'air, comme on l'entend parfois, se sauvent vers Paris avec l'espoir de devenir riche, tout au moins beaucoup mieux payés qu'ici.

Pour Roland, il n'en était pas question. Il ne faisait qu'un avec sa terre, héritage de ses parents. Bien petite par rapport à la vraie Corse, mais ce baptême avait donné à l'endroit une image de fierté.

Dans le pays, il y a ceux qui partent vers Paris et ceux qui ne demandent qu'à agrandir leur domaine. Les nouvelles, bonnes et moins bonnes pour certains, se propagent assez vite dans les campagnes. Ainsi, la famille propriétaire de la ferme voisine, les Romana, eut très tôt vent de la santé de Roland Dartou. Sous prétexte, un peu léger, de prendre des nouvelles du chef de famille, ils décidèrent de se rapprocher de leurs voisins. Le plus ancien des Romana se présenta un matin chez les Dartou, plein de modestie.

— Je me suis laissé dire que M. Dartou n'allait pas trop bien, alors je viens prendre de ses nouvelles.

— C'est aimable de votre part, mais mon mari va pour le mieux maintenant, son court séjour à Aurillac l'a remis sur pied.

— Ah ! C'est tant mieux pour lui, mais s'il y avait du nouveau, nous serions prêts à discuter. Mon fils

Adrien pense que chez nous, c'est trop petit alors je cherche pour lui, vous comprenez…

— Roland devrait rentrer demain ou après-demain à la maison. Il n'est toujours pas marié votre fils Adrien ?

— Eh non, les filles, vous savez, ont des idées bien arrêtées. Adrien, qui n'est pas le moins du monde méchant a du mal à trouver. Une plus grande ferme que la nôtre favoriserait certainement les approches.

— Pourriez-vous me dire qui vous a dit que notre ferme serait à céder ?

— Ça se sait…

— J'aimerais en savoir davantage, monsieur Romana.

— Bon, je vais vous le dire mais entre nous… Nous avons une nièce qui travaille à l'hôpital d'Aurillac. Lorsqu'elle a appris que M. Dartou était d'ici, elle nous en a parlé, et voilà comment je sais que votre mari était au plus mal, même davantage…

— Je lui en toucherai un mot.

— Je vous en remercie beaucoup, madame Dartou. Et sachez bien que si ça se faisait, je ferais beaucoup pour vous !

Dans ces terres, où tout peut paraître si tranquille en apparence, tout se propage, le bien comme le mal, la jalousie, peut-être davantage que le reste, car elle a toujours été un moteur pour les hommes…

Marcelle garda cette histoire pour elle ainsi que la visite d'un autre couple de paysans alors que Roland n'était toujours pas rentré. Que voulaient tous ces gens ? Comme une traînée de poudre la visite des Romana n'avait pas été secrète. Marcelle les mit dehors sans précautions aucunes. Leurs terres n'étaient pas à vendre un point c'est tout !

*

Roland rejoignit sa ferme en ambulance. Marcelle ne lui parla pas des visites importunes.

— Comme ça fait du bien de rentrer. L'air me semble ici particulier tant à l'hôpital il est saturé de ces odeurs chimiques et désagréables.

— Nous t'attendions tous ! Tu es enfin de retour ! Rien n'a changé comme tu peux le voir !

— Oh que si, bien des choses ont changé ! La petite Corse va être réunifiée, dit Auguste. Le notaire nous a avertis, tout est en règle pour lui et le sera officiellement pour tous dès que le dossier sera prêt !

— Alors je boirais bien un petit quelque chose…

— Oui, mais un tout petit alors, ce sont les recommandations du médecin !

— Vous allez m'ennuyer comme ça tous les jours ?

— Oui, dit Maurice. Et tous éclatèrent de rire.

Soudain, Roland remarqua que son fusil n'était plus exactement à sa juste place.

— Quelqu'un a déplacé mon fusil ?

— Oui, c'est moi, dit Marcelle, j'ai voulu qu'il soit prêt pour t'en servir, au cas où…

— Mais, qu'est-ce que…

— Il est chargé de chevrotines ! Contre des sangliers à deux pattes, si tu vois ce que je veux dire ?

Comme tous l'observaient sans ne rien comprendre, Marcelle dit d'un ton calme :

— Il y a des acquéreurs importuns et insistants pour notre ferme, alors je me charge de les accueillir !

— C'est comme dans les bois, dès qu'un animal est mortellement blessé, l'on se bat pour s'approprier sa dépouille !

— Tu n'as pas quelque chose à boire, Marcelle ?

— J'avais oublié. Je prépare les verres et trinquons ! À la santé de Roland ! Le revenant !

Chapitre 16

Chez Solange et Auguste aussi, la vie était bien différente. Difficile de changer ses habitudes et de s'adapter à cette chose invisible et pourtant si omniprésente qu'est le silence. On n'entendait plus le meuglement des vaches qui avaient déménagé et rejoint les étables d'en haut, dans la ferme de Roland. Seul le caquetage des volailles leur rappelait le passé. Maurice habitait encore là mais s'apprêtait lui aussi à rejoindre Émilienne chez elle après le mariage.

— Les journées me paraissent longues à ne rien faire ou presque rien, disait Solange.

— Solange ! N'as-tu pas assez travaillé ?

— Il semblerait que non, vois-tu. C'est tout comme pour mon frère, il va s'ennuyer lui aussi, à ne rien entreprendre.

— Le temps qui nous est donné, il faut le vivre ! répondit Auguste. Qu'aimerais-tu faire ?

— Tu as raison ! Et maintenant que nous avons du temps, j'aimerais avoir un plus grand potager et des fleurs !

— Des fleurs ! Quelle belle idée ! Il est vrai que quand on passe ses journées à travailler la terre pour en vivre, on n'a pas le loisir de planter des fleurs, juste parce qu'elles sont belles.

— Pourrais-tu commencer à agrandir le potager ? Et ensuite, nous pourrions aménager des plates-bandes. Qu'en dis-tu ?

— Certainement, j'aime penser que tu as toujours besoin de moi ! Car Maurice passe son temps plutôt chez Émilienne que chez nous…, dit Auguste en l'embrassant affectueusement sur la joue.

— Il faut bien que jeunesse se passe, et il ne souffre pas, me semble-t-il, d'avoir quitté Perce-Neige.

— Ça ne me manque pas non plus.

Solange allait répondre quelque chose quand une voix familière les interrompit :

— Ohé, j'ai une lettre recommandée pour vous. Il me faut une signature, lança joyeusement le facteur qui, avec le retour des beaux jours, faisait ses tournées à pied et laissait sa petite voiture au garage sauf quand il devait livrer du courrier dans des fermes éloignées.

Le courrier du notaire comportait de nombreuses pages. L'affaire s'éloignait de l'ordinaire. La cession des terres de Solange à Auguste, puis la donation à son petit-fils n'étaient pas simples. C'était un sacré tour de passe-passe, si l'on considère qu'il aurait suffi d'attendre la retraite ou le décès des propriétaires pour qu'Émilienne hérite de la petite Corse dans son entier. En toute légalité cependant, cet accord avant l'heure permettait non seulement à Maurice de ne pas entrer les mains vides dans le mariage mais aussi à Solange de prendre tranquillement sa retraite avec Auguste. Sans parler du fait que le jeune couple était ainsi propriétaire à parts égales.

C'est ce que fit remarquer le frère de Solange quand cette dernière monta à la ferme du haut avec Auguste pour montrer les documents à toute la famille.

— Que de paperasse pour cette affaire, s'inquiéta Roland, n'aurait-on pas pu faire plus simple ? Et attendre comme tout le monde que le temps fasse son œuvre et qu'Émilienne hérite de tout. Si au moins j'étais valide, nous aurions pu nous laisser plus de temps et faire ces changements dans le calme.

— C'est la renaissance de notre petite Corse ! Dans tous les cas, la propriété reste dans la famille, les enfants d'Émilienne et de Maurice en hériteront. De plus, notre jeune couple aura d'autant plus le cœur à l'ouvrage qu'ils sont tous les deux propriétaires. Je suis certaine que, quelque part, nos parents seraient heureux de savoir que notre petite Corse est réunifiée, grâce à l'amour et la persévérance de ceux qui l'habitent et en prennent soin.

Au fil des semaines, de nouvelles habitudes rythmaient les journées sur la propriété Dartou-Vensac. Auguste et Solange avaient assuré Marcelle de leur concours et de leur soutien et aidaient dès qu'ils le pouvaient. Quant à Émilienne et Maurice, ils faisaient tourner la ferme en prenant bien soin de respecter les traditions tout en apportant des petites touches personnelles. L'important était que la vie poursuive son cours et que le travail soit bien fait. La nature et les bêtes ne laissaient aucun répit et ne pardonnaient aucune faiblesse.

Roland tentait de s'adapter à la situation nouvelle, mais il trouvait le temps long. Lui qui était habitué à trimer du matin au soir et de se coucher épuisé, ne savait que faire de ses journées, même si les jeunes faisaient tout pour qu'il ne se sente pas exclu. D'autre part, il se rongeait les sangs à leur sujet, craignant qu'ils soient bien trop jeunes pour se débrouiller plus ou moins seuls. La solution trouvée par Solange et Auguste n'apportait pas la satisfaction qu'il avait imaginée au départ de cette affaire.

— Quand on n'est pas capable de prendre soin de ses champs, on n'en est plus le maître ! disait-il.

— Ta fille et ton futur gendre s'appliquent et suivent tes conseils à la lettre. De plus, ils ne sont pas non plus nés de la dernière pluie ni à la ville. Tous deux sont enfants de paysans, tentait de le rassurer Marcelle.

— Oui, mais la terre ne pardonne rien !

Puis un jour, enfin, la date du mariage fut annoncée ! Il aurait lieu dans quelques mois à la mairie et à l'église. Ce fut le branle-bas pour organiser le logement des futurs jeunes Vensac chez les Dartou. Tout le monde participa au nouvel agencement, même Roland qui jouait en quelque sorte le rôle de maître d'œuvre tyrannique ou de chef d'orchestre enjoué suivant son humeur.

Dans leur petite maison entourée de jardins foisonnants grâce aux soins quotidiens qu'on leur prodiguait et à la main indéniablement verte de la maîtresse de maison, Auguste et Solange appréciaient le renouveau qui se préparait.

— Nous pourrions nous marier, nous aussi, annonça un soir Auguste, alors qu'ils veillaient au cantou en compagnie de Fluteau.

Solange le regarda, ses yeux se remplissant de larmes.

— J'aurais tant aimé entendre ces mots il y a maintenant tant d'années, mon cher Auguste…

— Pardonne-moi, je serais toujours un maladroit. Ça m'est venu subitement en pensant aux jeunes.

— Prépare donc une tisane, Auguste, à défaut de cérémonie, nous sommes heureux à notre manière, n'est-il pas vrai ?

— C'est bien vrai, dit Auguste.

Il avait compris que, pour Solange, la discussion était close.

— Ton cher Maurice et ma douce Émilienne vont combler nos vœux les plus chers, et nous serons là pour les aider en cas de besoin. Il n'en ressortira que du bonheur !

— Je l'espère pour eux, c'est la vie qui s'installe, et Maurice va devenir un paysan de Crosac, qui l'eut cru il y a quelque temps seulement ?

— Tous les chemins conduisent quelque part, tu en sais quelque chose, mon cher Auguste ! Tu as bien commencé cette histoire en remontant celui de ta mémoire, un peu tardivement certes, mais je t'attendais tout au bout…

— Et je t'en serai reconnaissant jusqu'à la fin de mes jours !

— Tu dois tout de même reconnaître que lorsque tu as aperçu Émilienne, tu as tout de suite pensé à ton petit-fils !

— Je te l'accorde volontiers et même, j'en suis très heureux !

— Ce mariage va nous faire du bien, Auguste, j'y crois du fond du cœur ! Et d'où nous sommes, nous les observerons, heureux. « Il n'est point de bonheur qu'on ne puisse admirer » !

— Tu sais dire les choses, ma chère Solange, oui, tu sais les dire…

— Merci mon vieil Auguste.

Dans tous les recoins de cette terre, il y a de la place pour être heureux. Encore faut-il la trouver. Ce qui n'est pas toujours chose aisée. Surtout quand les paysages, avec leurs petites et moyennes montagnes, se font de l'ombre, sans doute pour dissimuler leurs ruisseaux et les histoires des humains !

*

Les semaines passèrent, et rien de nouveau sous le soleil mis à part que la santé de Roland Dartou continuait à décliner.

Un matin, Auguste parla à son petit-fils :

— La santé de ton futur beau-père n'est pas au mieux. Sans nul doute, il serait mieux de ne pas tarder à vous marier, au risque d'avoir tous les deux des regrets et de porter le noir à vos noces.

Les futurs époux en discutèrent longuement et, avec l'accord de Marcelle, décidèrent de précipiter le mariage tout au moins à la mairie.

— Nous voudrions nous marier dès que possible, dit Émilienne à sa mère, je vois bien que papa est au plus mal. Nous commencerions par nous marier civilement et plus tard, nous aviserons. Il faut que tu m'aides à convaincre papa.

— Je vais faire tout mon possible, mais tu sais ce que les gens vont penser !

Un mariage civil, de plus dans l'urgence, tracasse toujours les gens du voisinage. C'est souvent la porte ouverte aux ragots et à l'invention de raisons des plus farfelues que chacun se fait un plaisir d'agrémenter à sa guise…

Roland Dartou se doutait bien que son état de santé périclitant était la raison de l'avancement de la date du mariage, même si Marcelle et les enfants avaient essayé de lui faire croire que c'était parce que ces derniers n'en pouvaient plus d'attendre. C'était gentil de leur part, mais il n'était pas dupe…

Alors qu'il était un jour seul avec Auguste, il s'en ouvrit à lui en toute franchise. Ce dernier cependant était dans la confidence et ne voulait pas que Roland ait un fardeau de plus à porter. Il se permit d'inventer un pieux mensonge qui, soit dit en passant, aurait tout aussi bien pu être la vérité :

— Mon cher ami, la décision de nos enfants n'a aucun rapport avec votre état de santé, rassurez-vous. C'est de mon côté que viennent les ennuis. Le père de Maurice ne voulant pas venir au mariage de son fils, ils ont décidé de décaler la cérémonie religieuse à plus tard, pour laisser à Jean et à Louisette le temps de changer d'avis. Mais Émilienne sera bien Mme Vensac sous peu, car les deux jeunes ne veulent plus attendre !

À l'instant même, Roland se laissa aller sur son fauteuil, comme délivré d'un poids énorme.

— Je me sens mieux, mon cher Auguste, vous permettez que je vous appelle ainsi, n'est-ce pas ?

— Bien sûr, mon cher Roland !

— Profitons-en pour trinquer ! À la jeunesse ! Et en espérant que votre fils changera d'avis !

Les bans furent publiés, mais peu de personnes n'en prirent finalement note. Émilienne et Maurice étaient heureux. Le mariage eut lieu à la mairie de Crosac en comité restreint. Et chose à laquelle personne ne s'était attendu, il y eut même de la visite de Perce-Neige : Louisette Vensac qui resta cependant au fond de la salle.

Auguste l'aperçut lorsqu'elle s'en retournait discrètement. Il ne dit rien sur le moment pour ne pas causer de remous, mais le lendemain des noces, il demanda à son petit-fils :

— As-tu remarqué qui était à ton mariage, venue de Saint-Anthonin ?

— Oui, je l'ai bien vue ! rétorqua Maurice sur un ton sans appel. Et je suis bien content qu'elle soit partie sans demander son reste.

Auguste ne chercha pas à prolonger la discussion. Il savait la peine qu'avait ressentie son petit-fils lorsque son père l'avait jeté dehors et que sa mère n'avait pas tenté d'interférer. Il est des blessures qui prennent plus de temps à guérir que d'autres. Si jamais elles guérissent…

*

Quelques semaines plus tard, alors que le jeune couple prenait ses marques et était encore dans l'euphorie du moment, on dut transporter une seconde fois Roland Dartou à l'hôpital. Après seulement quatre jours, il décéda d'une complication pulmonaire.

Tout de noir vêtus, Émilienne et Maurice se tenaient aux côtés de Marcelle devant la tombe fraîchement creusée dans le cimetière de Crosac. L'oraison funèbre à laquelle avait participé tout le village avait été courte. Quel contraste avec le mariage qui avait eu lieu quelques semaines plus tôt, dans la joie, la bonne humeur. On avait fêté la vie et l'avenir. À présent, la mort et la fin se rappelaient au bon souvenir de tous.

Telle une âme en peine, Marcelle errait à présent sur la propriété. Tous essayaient de la soutenir du mieux qu'ils pouvaient. Car si tous étaient tristes de la mort de Roland, ils avaient bien conscience qu'eux, contrairement à elle, n'étaient pas seuls : Émilienne avait Maurice. Solange avait Auguste. Et ce dernier rêvait déjà d'un arrière-petit-fils…

Chapitre 17

Le monde des campagnes se désemplissait. Les jeunes ne reprenaient pas toujours la relève comme autrefois, et les fermes se vidaient. Comme certains burons qui, dans les montagnes, trouvaient de moins en moins de personnel pour les faire vivre pendant les estives. Ainsi s'ensuivait, soit un rapetissement des propriétés, soit parfois l'abandon des fermes quand les héritiers décidaient de rejoindre Paris pour gagner quelque argent en tant que garçon de café ou autres. Confortés par les témoignages de certains d'entre eux qui revenaient quelques jours au pays en vantant leurs gains faciles et la vie en ville, ils tentaient leur chance loin des montagnes. Le progrès des uns mangeait les acquis des autres. Les montagnes demeuraient, mais ses montagnards ressemblaient souvent plus à des marcheurs en quête de bon air plutôt qu'à des vachers ou pâtres dans leurs fromageries.

C'étaient surtout les plus petites fermes qui disparaissaient, les enfants désirant un autre avenir qu'observer le cul de leurs maigres vaches.

Lentement mais sûrement, inexorablement, certaines terres vivaient à l'économie, voire pire. Les bois et les forêts mangeaient la lumière qu'il aurait fallu aux terres pour vivre. L'appel de la modernité et du progrès commençait à s'installer dans les jeunes cerveaux.

Dans ce paysage quelque peu déprimant, la petite Corse faisait figure d'exception et vivait un renouveau auquel personne ne s'était attendu. Deux jeunes pleins d'espoir relevaient le défi et, pour le bonheur de toute leur famille, se lançaient dans l'aventure avec de grands projets pour cette propriété qui avait retrouvé sa taille d'antan.

— Ce qui a été partagé est réuni à nouveau, dit Solange en regardant le ciel radieux. On croirait vivre un conte. Mais il a fallu une nouvelle plume pour y penser et continuer à l'écrire, grâce à toi mon très cher Auguste.

— Tu es la seule responsable, Solange, oui, la seule qui m'aime et m'a toujours aimé…

— Justement au sujet de l'amour, penses-tu que les jeunes iront à l'église ?

— Oui, mais laissons du temps au temps. Tout a été chamboulé ces derniers temps, et ta belle-sœur Marcelle n'a sûrement pas encore la tête aux festivités.

— Tu as sûrement raison. Il en est certainement de même pour Émilienne. Mon frère me manque beaucoup. Il était l'aîné, je n'ai jamais vécu sans lui… Je me dis cependant qu'il aurait été content de voir les deux réunis devant Dieu.

Émilienne et Maurice arrivèrent en début d'après-midi. Le couple venait régulièrement voir Solange et Auguste pour prendre des nouvelles ou leur apporter un petit cadeau de la ferme, du lait frais, des baies fraîchement cueillies ou une part de gâteau encore chaud. Chaque visite faisait rayonner le visage des jeunes retraités.

— Quel plaisir de vous voir !

— Nous voudrions profiter du fait que vous êtes juste à côté pour venir vous voir encore plus souvent, mais nous sommes débordés et parfois un brin maladroits dans notre travail, leur confia Maurice.

— Ne vous en faites pas, dit Solange. On connaît ça. La nature et les bêtes ont leurs exigences et n'attendent pas.

— Et toi, Émilienne, comment te portes-tu ? Ton mari est-il à la hauteur de ce que tu avais imaginé ?

La jeune femme, prise au dépourvu, ne répondit pas, ne sachant exactement ce que voulait entendre Auguste.

Voyant que sa femme était gênée, Maurice engagea la conversation avec son grand-père sur l'affaire de succession qui avait pris beaucoup de temps mais était presque réglée. Il lui proposa ensuite d'aller faire un tour dans l'ancienne étable de Solange afin de faire l'état des lieux.

Tandis que les hommes conversaient, Solange prit Émilienne par le bras sous prétexte de lui montrer les poules. Une fois dans le poulailler, elle lui demanda s'ils avaient décidé de la cérémonie à l'église.

— Je suis désolée ma tante de ne pas t'avoir encore prévenue. Nous avons tant de travail que nous avons repoussé le mariage à l'église à plus tard. Et maman n'est pas encore en état.

— Auguste et moi pouvons…

— Vous êtes trop gentils mais vous avez aussi du temps à rattraper. Je te promets cependant que je te le dirai si nous avons besoin de votre aide. Il est bon de vous savoir près de nous.

Alors qu'Émilienne et Solange parlaient de choses et d'autres, le vent tourna et le ciel s'obscurcit si rapidement qu'elles sentirent les premières gouttes.

— Rentrons vite, ma tante, l'orage se prépare. Ne traînons pas…

À peine avaient-elles refermé la porte de la cuisine derrière elles que la pluie se mit à tomber.

— C'était moins une, dit Solange. Je nous prépare un café ? Mais où sont les hommes ?

— Ils ont dû se mettre à l'abri dans la grange.

Dehors l'orage se déchaînait, les éclairs zébraient le ciel bas, on aurait dit qu'ils frôlaient les toitures.

Alors qu'elles sirotaient leur café en attendant Auguste et Maurice, Solange demanda à Émilienne :

— Es-tu heureuse avec Maurice, ma petite Émilienne ?

Surprise, cette dernière en bafouilla et ne sut que répondre.

— Excuse-moi, Émilienne, je suis maladroite.

— Ce n'est rien, Solange, je suis très heureuse avec Maurice, oui, et mon père l'aurait apprécié, mais hélas…

Elle allait poursuivre quand elle fut interrompue par l'arrivée des deux hommes complètement trempés.

— Quelle rincée, Milladiou ! Après ça, les champignons vont sortir !

— Installez-vous, le café est prêt ! On dirait que ça veut durer, et les éclairs n'arrêtent pas.

— La terre est en train de perdre la tête avant l'hiver, c'est ce que l'on disait autrefois, conclut Auguste en s'ébrouant comme Fluteau qui lui aussi était mouillé jusqu'aux os.

*

Quelques jours plus tard, ce fut au tour de Solange et Auguste de monter à la ferme du haut, comme ils disaient dans la famille, afin de prendre des nouvelles de Marcelle.

Ils étaient restés pour déjeuner, et Émilienne profita du fait qu'ils étaient à nouveau tous réunis pour leur faire part d'un projet qui les occupait depuis un moment :

— Nous avons eu une idée avec Maurice, car nous vous sentons bien seuls, en bas…

— Nous n'avons pas grand-chose pour nous occuper, à part les volailles et le potager, mais nous sommes bien, ne vous en faites pas…

— Mais si nous vous proposions de nous rejoindre, ici ? Nous allons aménager notre ferme, enfin l'habitation principale, et l'agrandir un peu plus que prévu, accepteriez-vous de venir ici ? Nous-mêmes serions plus tranquilles de vous savoir près de nous. Et maman serait moins seule.

— Et le jardin ? demanda Auguste. Et les volailles ?

— Nous verrons le moment venu, l'essentiel est de savoir si vous acceptez notre proposition.

— Nous ne voulons pas vous déranger, mais bien sûr que nous serions heureux d'être avec vous, dit alors Solange.

— Notre dernier bonheur, c'est peut-être par ici, reconnut Auguste.

— Et moi, je serais bien contente d'avoir de la compagnie de mon âge, comme on dit. Tout va si vite avec les jeunes. J'en ai parfois la tête qui tourne.

— Alors, adjugé vendu ! s'exclama Émilienne. Nous allons lancer le chantier immédiatement !

Elle venait de s'octroyer une autorité lui seyant à merveille. Maurice, tout sourire, semblait n'avoir rien à y redire.

Ce fut cependant sa mère qui leva le doigt comme un élève pour prendre la parole :

— Et si vous voulez nous faire vraiment plaisir, j'aimerais bien que vous vous mariiez à l'église, ce serait bien pour tout le monde !

— Qu'en dis-tu, Maurice ? demanda Émilienne en lui faisant un clin d'œil.

— Vous avez raison, belle-maman. Plutôt deux fois qu'une !

Un nouveau souffle traversait la petite Corse. Une nouvelle vie s'implantait et prenait ses marques, repoussant les limites habituelles et redessinant le paysage.

Émilienne et Maurice Vensac se rendirent à la cure de la paroisse et parlèrent au curé Joseph Bonnat. Au premier abord, celui-ci ne les reçut pas de très bonne humeur. Puis il lança sur un ton qui se voulait sévère mais que contredisait un sourire à peine esquissé :

— Vous auriez pu venir me voir plus tôt, mécréants ! Je sais cependant, comme notre Seigneur tout-puissant, pardonner aux pécheurs. L'essentiel est que vous soyez là aujourd'hui ! Voulez-vous donc enfin vous marier dans la maison de Dieu ?

— Oui, monsieur le curé, nous voulons fonder une famille et avoir des enfants que nous ferons baptiser bien entendu comme nous le fûmes un jour.

— Votre décision me réjouit, je l'attendais impatiemment d'ailleurs surtout depuis que Roland a rejoint le paradis. Car je suis certain que c'est de là-haut qu'il nous regarde !

Émilienne lui offrit un sourire ému et baissa un instant la tête pour cacher ses larmes.

— Nous voulons faire un mariage très simple, monsieur le curé, surtout après le décès de mon père, dit-elle alors d'une voix encore un peu tremblante.

— L'église de Crosac fera ce qu'il faudra, soyez sans crainte, quelle date vous conviendrait ?

— Dans trois semaines, ce serait-il possible ?

Le curé consulta ce qui lui servait d'agenda, un simple cahier et nota la cérémonie.

— C'est parfait. Vous avez déjà votre livret de famille puisque vous êtes unis par la République, n'est-ce pas ?

— Oui, monsieur le curé !

— Il ne vous restera plus qu'à me l'apporter et à me donner le nom des témoins.

— Merci beaucoup, monsieur le curé, et à très bientôt.

Maurice et Émilienne avaient fait le nécessaire et resplendissaient de bonheur à l'idée de bientôt sceller à nouveau leur union.

— Une simple robe me suffira, dit la future mariée. Pour toi, il faudra un beau costume, comme pour ton grand-père !

— Solange nous aidera.

Lorsqu'Auguste Vensac apprit ces bonnes nouvelles, il annonça qu'il offrait le repas de mariage.

Maurice prit son courage à deux mains et écrivit à ses parents, les invitant à la cérémonie. Qu'en attendait-il ? Le savait-il lui-même, déjà échaudé par l'absence de son père à la première cérémonie ? Le passage presque en catimini de sa mère qui ne lui avait même pas adressé la parole lui avait laissé un goût amer.

Les jours passèrent. Aucune réponse n'arriva. Maurice et Émilienne décidèrent alors de rendre visite aux Vensac de Perce-Neige.

— Il le faut, dit Émilienne, oui, il est nécessaire que nous y allions au moins une fois et que nous tentions de les convaincre. Un jour, ils auront des petits-enfants, est-ce que tu te rends compte ?

*

Ce fut Louisette, qui les reçut.

— Ton père est parti ce matin à la foire et ne rentrera qu'assez tard dans l'après-midi.

— Nous sommes venus vous annoncer de vive voix notre mariage religieux, en l'église de Crosac qui aura lieu dans trois semaines. Je vous ai envoyé un courrier qui est cependant resté lettre morte…

— Oh quelle belle nouvelle ! dit Louisette en serrant son fils dans ses bras, des larmes aux yeux. Nous n'avons pas reçu de courrier ! Tu te doutes bien que j'aurais répondu ou forcé ton père à le faire.

Maurice se raidit tout d'abord puis, finalement, se laissa faire. Sa mère semblait sincère, et cela n'aurait pas été la première fois que la poste manquait à ses devoirs.

— Merci maman…

— Je suis vraiment désolée de ne pas avoir été plus là pour toi, mon fils, mais tu sais comment est ton père. Quand il est remonté, plus rien ne l'arrête. Et après il regrette ce qu'il a dit ou fait. Mais il est souvent trop tard.

— Je sais, dit Maurice. Mais il serait temps qu'il change de comportement.

— On ne change pas si facilement les mauvaises habitudes, surtout quand on se fait aussi vieux que nous. Je vais cependant tâcher de le convaincre. Et sinon, je viendrai seule, tant pis, comme la dernière fois, mais pas en catimini.

Les jeunes amoureux s'en retournèrent, un peu tristes cependant, vers Crosac.

— Nous avons bien fait de venir, Maurice, même si nous n'avons pas vu ton père…

Pendant ce temps, Solange et Auguste étaient à Aurillac.

— Nous avons besoin de beaux vêtements pour ce mariage tant attendu, dit Solange. Tu te souviens de la belle vitrine que nous avons vue la dernière fois ?

— Oui, mais j'espère que ça ne va pas durer une éternité !

— Tu es un grincheux invétéré ! Pense à ton petit-fils et à ma nièce ! C'est pour eux.

Une fois dans le magasin, Auguste se plaignait déjà d'avoir mal aux pieds ayant mis des chaussures presque neuves qu'il ne sortait que pour les grandes occasions. Essayages, réessayages mettaient sa patience à rude épreuve.

Solange y prenait plus de plaisir et, même, faisait durer le moment plus que nécessaire.

— Est-ce que je te plais ainsi, Auguste ?

— Oui, mais n'oublie pas de prendre une jolie coiffe !

— Je me demande comment va s'habiller Émilienne, mais on ne le verra que le jour même.

— Elle sera sûrement radieuse ! Mais n'as-tu pas envie d'une truffade, ma chère Solange ? Ça ne te rappelle rien ?

— C'est bien pour te faire plaisir, mentit-elle avec un sourire radieux.

Après s'être régalés au restaurant, ils partirent se promener en amoureux au bord de la Jordanne.

— C'est joli par ici. Pourquoi n'y vient-on pas plus souvent ?

— Nous autres, paysans, nous sommes absorbés par nos terres, par les espaces, nos jardins, et ça nous convient ainsi, Fluteau s'ennuierait ici, j'en suis sûr.

— Fais-moi une promesse, Auguste !

— Je t'écoute, Solange, je t'écoute.

— Une fois de temps à autre, emmène-moi ici, en ville, au restaurant, il me semble que je rajeunis un peu !

— Je te le promets, ma très chère Solange ! Oui, promis !

Chapitre 18

Les cloches de l'église de Crosac se manifestèrent annonçant l'événement du jour, puis carillonnèrent à la volée lorsque les mariés apparurent sur le petit parvis.

Plus nombreux que prévu, les villageois se pressaient pour embrasser la jeune mariée et Maurice, le plus heureux des hommes qui ne le cachait point. Auguste fondit en larmes comme un enfant et glissa un mot à l'oreille de son cher petit-fils. Puis ce fut Louisette, habillée elle aussi pour les grands jours, qui vint les embrasser.

— Il n'a pas voulu venir, chuchota-t-elle à l'oreille de Maurice.

— Mais tu es là, c'est le plus important, répondit-il en la serrant à son tour de toutes ses forces dans ses bras.

Il ne voulait pas gâcher le plus beau jour de sa vie.

À ce moment-là, à la surprise générale, des enfants envoyèrent des pétales de fleurs sur les mariés. Tout le monde lança en chœur :

— Vive les mariés ! Vive les mariés !

Au bas des marches, Solange et Auguste se tenaient eux aussi par le bras. Lorsque Marcelle s'en aperçut, elle les rejoignit.

— Ça me fait tellement plaisir de vous voir ainsi...

Ils se regardèrent et se sourirent tendrement, tout surpris.

Puis la noce, maigre pour certains, mais suffisante pour d'autres, se dirigea vers le bar et seul restaurant du village où on les attendait.

Alors que tout le monde prenait place autour de la table, Gilles Descente s'approcha d'Émilienne et Maurice.

— Je ne voulais pas manquer l'occasion de vous souhaiter bien du bonheur à tous les deux. Avec tous mes vœux pour votre vie, vous êtes si jeunes encore !

— Vous allez bien trinquer avec nous ! Vous êtes notre invité.

— Mais c'est que, je ne suis pas seul depuis quelque temps et je ne voulais pas abuser de votre gentillesse.

— Venez tous les deux, bien heureux de vous savoir heureux !

Gilles fit alors signe à une femme qui attendait derrière lui.

— Je vous présente Georgette Valambre, on espère se marier bientôt !

— Toutes nos félicitations ! Tenez, prenez place près de nous et ravis de vous voir aujourd'hui avec cette bonne nouvelle.

— Merci à vous et tous nos vœux de bonheur aux mariés.

Après avoir fait bombance et trinqué maintes fois à la santé des mariés et des nombreux enfants à venir, les invités s'apprêtaient à partir quand Maurice annonça :

— Nous invitons ceux qui le pourront ou le voudront à nous rejoindre à Crosac chez Solange et mon grand-père, une surprise nous y attend !

— Tu ne m'avais pas dit ! dit la mariée à son homme.

— Un homme, même marié, n'est pas obligé de tout dire à sa femme, voyons !

La soirée se termina ainsi autour d'une soupe au fromage, de saucissons, de jambon et d'un bon vin rouge puissant !

L'histoire ne dit pas si les mariés dormirent ou firent semblant…

L'histoire d'Émilienne et de Maurice venait de commencer officiellement, et tous les invités la leur avaient souhaitée joyeuse, heureuse et longue, même Fluteau à sa manière.

Vivre sur ces terres montagneuses du Cantal n'avait jamais empêché les Cantaliens d'y vivre heureux, tant s'en faut, à condition d'en accepter les règles, parfois si inhabituelles.

Tout au début de l'après-midi du lendemain, Émilienne sembla pressée d'en venir au sujet qui ne la lâchait plus, l'avenir de leur ferme. Pourquoi perdre du temps ? disait-elle régulièrement.

— L'avenir appartient à ceux qui se lèvent tôt ! Nous souhaitons que ton grand-père et Solange viennent habiter avec nous, n'est-ce pas mon cher mari ?

— Oui, Émilienne ! Eux aussi étaient d'accord et ont hâte que nous soyons tous réunis.

— La petite Corse va devenir la grande, toutes proportions gardées pour les vrais Corses et leur Napoléon, si je puis dire !

— Mais tu parles comme un politique !

— Avec toi à mes côtés, je pourrais refaire le monde, s'écria-t-elle joyeusement.

— Si ton père te voyait, il n'en reviendrait pas de ta force et de ton entrain, dit sa mère.

— Pour commencer, Maurice, il faut loger provisoirement tes grands-parents ici et sans attendre que nous ayons terminé les travaux !

— Calme-toi, mon cher amour, laisse-nous le temps de respirer et de faire les choses calmement.

— Il n'y a pas de temps à perdre, car j'ai d'autres projets. Ne m'interromps pas avant que j'aie fini de les exposer.

— Continue, ma chérie, continue.

— Que penses-tu d'augmenter le cheptel, bovin et porcin ?

— Ça va demander de sérieuses modifications de nos structures. De plus, nous ne sommes pas assez nombreux pour y arriver dans de bonnes conditions !

— C'est là que la dernière partie de mes projets entre en ligne de compte. J'ai une autre idée en tête...

— Mais ça n'arrête plus, dit Maurice avec un large sourire aux lèvres. Tu vas nous faire une surchauffe !

— C'est vrai, mais depuis que mon père est mort, je me remets en tête tout ce que l'on avait prévu...

Comme pour commémorer le défunt, ils se turent tous les trois un instant. Puis Émilienne reprit d'un ton plus posé.

— Voici la suite et après, je me tais ! Promis ! Je suis bien d'accord avec toi : il nous faudra des bras supplémentaires. Donc depuis que Gilles Descente nous a annoncé hier qu'il allait se marier, je me dis que c'est peut-être l'homme qu'il nous faut avec sa femme aussi !

Silence total...

— Quand tes grands-parents habiteront ici, un peu à l'étroit certes, nous aurons la possibilité de loger Gilles et sa compagne dans leur maison. Voilà qui allégerait leurs finances et leur rendrait service en même temps.

— Là, ma chère femme, tu frôles le génie !

— Afin de clore ce sujet, il faut penser dès à présent à l'agrandissement de nos bâtiments afin de loger Solange et Auguste au plus vite, le plus confortablement possible. C'est la priorité, car pour eux, il est impossible d'attendre !

Marcelle, totalement estomaquée par ce que venait d'exposer sa fille, en demeurait bouche bée.

— Je vais vous préparer un bon café, dit-elle, ça va nous faire digérer tout ça !

— Milladiou de Milladiou, c'est une bonne idée !

— Et je vais aussi y ajouter la goutte... Ça le vaut bien !

— Tu ne m'avais jamais parlé de tous ces projets avant cet instant, mon amour. J'ai épousé une entreprise en fait ! s'exclama-t-il en lui serrant tendrement la main.

— Avec mon père, nous avions des projets, pas celui-ci de rapatrier Auguste et Solange certes, mais les autres, oui. Je pense qu'il serait satisfait de moi, surtout d'avoir osé en parler comme je l'ai fait avec toi.

— Je crois que je t'aime chaque jour un peu plus, mon amour !

Après le départ de son nouveau beau-fils et de sa fille, qui faisaient le tour de la propriété pour évaluer l'ampleur des travaux à venir, Marcelle s'assit sur une chaise qu'elle plaça devant la maison comme elle faisait chaque fois qu'elle voulait prendre le temps de réfléchir. En regardant depuis la cour la propriété devenue celle des Dartou-Vensac, elle pensa avec fierté à Émilienne et admira son courage, ses ambitions quant à sa famille. Oui, son père aurait été fier ! Marcelle en était sûre.

Alors qu'Émilienne repassait par-là, elle découvrit sa mère pensive, comme accrochée au passé à ne pas pouvoir s'en détacher.

— Tu es bien songeuse, ma chère maman, quelque chose ne va pas ?

— Je pense à tout ce que tu as énuméré comme modifications à la propriété, tout simplement…

— Avec Maurice, nous sommes armés d'un beau courage. Le grand bonheur n'est jamais facile à construire, et pourtant, notre avenir est bien là. J'espère aussi pouvoir convaincre Gilles de rester, il nous faut quelqu'un, et il tombe à pic, avec son épouse, que demander de plus, ma chère maman ?

— La santé pour tous ! Dis-moi comment tu vois l'agrandissement de l'habitation. Il y a déjà Solange et Auguste et les enfants à venir, j'espère… Sans oublier ta petite maman…

— Avec le temps, tout va se résoudre, si nous nous y attelons dès à présent. Quand on veut, on peut !

— Tu es une fille, que dis-je, une femme extraordinaire.

— Faut pas trop le dire devant Maurice, il en prendrait ombrage.

— Je ne pense pas, c'est un homme qui ressemble beaucoup à son grand-père, et il me plaît de l'avoir comme gendre. As-tu pensé à te rendre à la banque pour obtenir des aides à l'installation des jeunes agriculteurs ? C'est important.

— Avec Maurice, nous allons les rencontrer à la fin de la semaine.

— Et quant à moi, je n'aurai plus le temps de paresser sur ma chaise à bayer aux corneilles ! Debout, ma vieille, oui, debout !

— Tu vois, maman, il y a en nous tous, bien dissimulées quelque part, des forces que l'on pense inexistantes et soudain, comme on craque une allumette dans la nuit, elles nous reviennent comme un éclat de lumière revigorante !

*

Quelques jours plus tard, des conseillers agricoles et un architecte vinrent sur place et griffonnèrent de premières esquisses.

— Il serait bien d'allonger le bâtiment existant en longère avec un grenier pour prévoir, le cas échéant, des chambres à aménager, leur dit Émilienne.

— Vous avez de bonnes idées, et nous allons vous aider pour votre chantier.

— Veuillez calculer le tout au meilleur prix, car, dans le cas contraire, nous ne pourrions…

— Nous ferons de notre mieux. Nous sommes là pour aider les jeunes agriculteurs comme vous et votre mari. Nous avons besoin de la nouvelle génération si nous voulons que notre belle région continue à vivre.

Quand les « officiels » eurent quitté la propriété, Émilienne annonça pleine d'entrain :

— Si le budget n'est pas dans nos cordes, nous nous y attellerons tous et nous ferons la plupart des travaux nous-mêmes !

— Tu pourrais être à la tête d'un régiment ! lui lança sa mère.

— Mais ce régiment existe, c'est nous tous, et pas besoin d'un général à sa tête puisque nous sommes tous là !

La nuit venue, tous les habitants de Crosac mirent longtemps à trouver le sommeil, mille questions surgissaient dans leurs têtes.

— J'aimerais avoir ma pendule, dit Solange, elle ne prendra guère de place, et j'y tiens énormément… Pour le reste, c'est moins important.

— Je ferais tout ce que tu voudras, répondit Auguste.

— Il n'y a pas que la pendule, Auguste, l'armoire qui ferme mal, j'aimerais aussi…

— J'ai bien compris, et ne t'en fais pas. Avec Émilienne et Maurice, nous rapporterons tout ce qui te tient à cœur. Gilles va emménager avec sa compagne, et ils auront besoin de place pour leurs propres affaires.

Le lendemain, le temps était bien triste, les nuages bien bas, et tous s'attendaient à l'orage. Mais le ciel n'obéit à personne et s'octroie quand il le veut des caprices surprenants. D'une minute à l'autre, alors que tout le monde pensait que la pluie allait s'abattre, le lourd manteau gris se déchira, et les rayons du soleil inondèrent à sa place la propriété.

— Regarde-moi ça, Solange, c'est à ne pas y croire…

— C'est pour te remercier de ce que tu m'as promis de faire, mon cher Auguste !

— Alors, si le ciel s'en mêle…

C'est alors que deux silhouettes apparurent. Tandis qu'elles se rapprochaient, Auguste les reconnut enfin :

— Milladiou de Milladiou, c'est incroyable. Solange, regarde qui arrivent…

Aussi inattendu que l'éclaircie, un autre événement se profilait. Solange et Auguste restaient comme pétrifiés. L'homme et la femme avançaient lentement. Soudain, ils s'arrêtèrent.

Louisette et Jean marquèrent ce qui semblait être une halte militaire. On aurait pu croire qu'ils attendaient l'ordre de marche d'un chef de guerre invisible. Auguste fit signe à Solange de rester à l'intérieur et alla à la rencontre de son fils Jean et de Louisette.

— Vous vous êtes perdus, on dirait…

— Pas tout à fait, le père, pas tout à fait, Louisette m'a conduit jusqu'à toi.

Instant étrange, surprenant, déboussolant.

— Comment vont Maurice et Émilienne ? demanda Jean Vensac.

— Tu te souviens qu'ils sont mariés ?

Après un long silence, ce terrible silence qui parfois annonce les pires orages, Auguste dit alors :

— Voulez-vous entrer un moment chez nous ?

— Ça ferait du bien à nos jambes.

En silence, le père, le fils et la bru rejoignirent la maison. Quand Jean remarqua le banc de bois contre le mur, il dit :

— Ici, ça nous ira très bien pour ce que nous avons à vous annoncer…

— Comme vous voulez.

Auguste se demandait bien ce qui amenait son fils et sa belle-fille jusqu'ici. Il voyait bien qu'ils étaient dans leurs petits souliers et avaient quelque chose sur le cœur.

— Nous avons perdu trop de temps, et la vie passe pour tous…, commença Jean.

— Plus on vieillit, plus on en prend conscience… Moi le premier, l'interrompit Auguste.

— Ne me coupe pas, s'il te plaît. Ce que j'ai à dire n'est pas facile pour moi, poursuivit Jean d'un ton incroyablement posé et calme, contrairement à son habitude. Je ne veux plus parler du passé mais de l'avenir à vous autres ici, à Crosac, à toi, à Solange, à Maurice et Émilienne. Mais où est Solange d'ailleurs ?

— À l'intérieur, mais continue.

— J'ai appris que Maurice et Émilienne voulaient agrandir la maison et ont rencontré un artisan…

— Et que viens-tu faire dans cette affaire ?

— Nous voudrions, Louisette et moi, apporter notre contribution, même tardive, à ces travaux !

Impatient mais stoïque, Auguste attendait.

— Nous voulons, comme réparation de notre mauvais comportement passé, prendre en charge le coût de la maçonnerie de leur projet d'agrandissement, à condition que Maurice et Émilienne acceptent, bien sûr.

— Mais comment savez-vous tout ça ? On ne s'est pas vu depuis une éternité, me semble-t-il…

— Ça ne nous empêche pas de penser à vous, et de plus, les gens parlent, comme je te l'ai déjà fait remarquer à maintes reprises. Où sont Émilienne et Maurice ?

— Quelque part en train de travailler à ce projet immense et fort coûteux.

— Nous avons prévenu l'architecte qui s'occupe de vos travaux, et c'est nous qui réglerons les frais.

— Milladiou de Milladiou, vous êtes devenus fous ?

— Non, il est juste grand temps de voir l'avenir autrement. À notre âge, il ne sert à rien de s'obstiner, si c'est pour tout perdre.

Auguste resta bouche bée, se demandant si c'était bien son fils qu'il avait devant lui. Puis, sans autre discours, Jean se leva du banc, suivi de sa femme qui lança en partant :

— Bises à Émilienne et à Maurice !

Les deux visiteurs s'en retournèrent alors comme ils étaient venus, laissant Auguste seul avec ses questions. Une seule chose était sûre : Louisette était certainement à l'origine de cette visite. Elle était la seule à pouvoir convaincre son mari. Il lui tardait de voir arriver Émilienne et Maurice pour leur parler de cette visite absolument surréaliste. Les Vensac de Perce-Neige à Crosac, qui aurait pu l'imaginer ? Et de plus avec un cadeau d'ampleur ?

Alors qu'il se triturait les méninges, Solange ouvrit la porte sans un bruit. Auguste, plongé dans ses pensées, sursauta et cria presque :

— Mais pourquoi n'es-tu pas sortie plus tôt, Solange ?

— J'ai préféré vous laisser entre vous. Mais j'étais derrière la porte, au cas où…

— Alors tu sais tout maintenant, enfin autant que moi !

— Je n'ose y croire, c'est la tirelire du bon Dieu qui s'ouvre au bon moment, mais que s'est-il vraiment passé pour qu'ils agissent ainsi ? Les voies du Seigneur sont impénétrables…

— Louisette sans doute, je ne vois qu'elle, elle qui de temps à autre s'est manifestée.

Depuis que Solange et Auguste avaient emménagé dans une petite chambre de la maison principale en attendant que les travaux soient terminés, le repas se prenait en famille. Ce soir-là, le souper fut très agité, et les questions fusaient après qu'Auguste avait parlé de la visite surprenante qu'ils avaient eue dans la matinée.

Que s'était-il donc passé à Saint-Anthonin de si extraordinaire pour que Jean et Louisette viennent à leur rencontre et parlent ainsi ? On n'ouvre pas sa bourse si facilement en Auvergne, c'est bien connu du nord au sud de la France ! Et d'où venait l'argent ?

— Sans doute ont-ils réfléchi et ont pensé à céder leur affaire ou à la mettre en fermage, osa proposer Marcelle. Ils ne sont pas vieux, mais pas les plus jeunes non plus, les années passent pour eux aussi… Et sans fils pour reprendre la ferme…

Tandis que tout le monde autour de la table réfléchissait à cette éventualité, Marcelle se dit qu'elle avait quand même bien de la peine pour Jean et Louisette. Et même un peu mauvaise conscience, car ce qui faisait leur malheur, faisait son bonheur à elle et à sa famille. Elle se garda cependant bien de l'énoncer à voix haute.

Chapitre 19

Il faut bien reconnaître que le Cantal, caché au fin fond de l'Auvergne, est un pays à part. On y respire autrement. Qui aurait pu certifier en voyant ses montagnes, ses vallonnements, parfois ses chutes profondes et vertigineuses et ses étendues à perte de vue, que la terre, d'après ce que disaient les maîtres d'école aux jeunes élèves, était vraiment ronde ? De temps à autre, les enfants posaient la question aux adultes bien incapables d'expliquer en détail pourquoi il en était ainsi. Heureusement, le pays changeait de parure au fil des quatre saisons, rappelant les paysans à leur devoir. Cela leur donnait une bonne excuse pour ne pas avoir à se creuser les méninges et à essayer de se souvenir de ce qu'ils avaient jadis appris à l'école d'une oreille distraite. Les récoltes n'attendaient pas, que la terre soit ronde ou plate.

À Crosac, on n'avait pas non plus le temps de s'attarder à des futilités. La petite Corse était en plein chamboulement. Les grands travaux allaient commencer.

Parfois, Auguste et Solange s'éloignaient de la maison pour imaginer l'ampleur des transformations à venir. Ils tentaient de se représenter la future ferme avec sa longère, la place que ça prendrait et l'ombre qu'elle offrirait. L'ombrage compte beaucoup pour les gens de la terre.

Après plusieurs allers-retours, le contenu de la maison de Solange se retrouva finalement dans leur nouvelle habitation, chez Maurice et Émilienne. La fameuse pendule à laquelle Solange tenait tant avait bien sûr également fait le court voyage dans une carriole tirée par Auguste lui-même. Il avait promis à sa bien-aimée qu'il en prendrait bien soin. Lorsque l'horloge arriva dans sa nouvelle demeure, elle s'était cependant arrêtée.

— Il faudrait bien la remettre à l'heure, dit Solange, sinon elle ne servira à rien.

— Je vais voir ça aujourd'hui, dit Auguste, mais ça fera tout de même deux pendules dans la même maison !

— Une pendule, c'est la vie, son tic-tac nous accompagne et rythme nos journées. Et puis cette pendule était celle de ma mère… L'éclat de son balancier me rassure toujours. Elle est de plus le symbole de notre nouvelle vie !

— C'est un argument irréfutable ! Je vais remonter les poids, et tu pourras comme toujours avoir cette compagnie irremplaçable.

Auguste se mit tout de suite au travail mais s'agaça très vite.

— Pourquoi ronchonnes-tu ainsi ?

— Quelque chose l'empêche de fonctionner, Solange. Et je ne vois pas quoi...

— Elle se fait vieille, elle aussi.

— Mais non, Milladiou de Milladiou, elle marchait encore tout à l'heure !

Soudain, Solange éclata de rire, ce qui énerva encore plus Auguste. Elle venait d'avoir une idée sur l'origine de la panne et lança d'un ton détaché, mais qui n'en disait pas moins :

— Il y a peut-être quelque chose de coincer derrière le cadran... Qui sait, des vieux feuillets qu'un tout aussi vieil homme n'a pas voulu jeter ? Je ne sais... À tout hasard, c'est une possibilité. Et ce même vieil homme aura oublié...

Tandis que Solange se retenait de rire encore plus, Auguste la regardait sans comprendre.

— Milladiou de Milladiou ! s'exclama-t-il finalement si fort que Fluteau en fit un bond.

Il rouvrit la petite porte qui protégeait le cadran, glissa la main derrière et en retira l'enveloppe qui avait passé la plus grande partie de son existence cachée ou oubliée.

— Je ne vais pas replacer ce papier dans la pendule, Solange. Au risque de l'oublier à nouveau... Mais je ne sais qu'en faire et cependant un tel document...

— Tu en feras ce que tu voudras, Auguste. Elle est à toi depuis toujours, comme mon cœur.

Il se lissa la moustache comme il faisait lorsqu'une idée le tracassait.

— Ah, ma chère et tendre Solange, je sais ce que je vais faire et surtout avec qui je vais en partager le contenu !

— Tu ne vas pas tout de même en parler à Émilienne ? Je te connais, toi.

— Elle t'en apprécierait sans doute davantage, je suis certain qu'elle n'en a jamais reçu de pareille. Et Maurice, son mari, la connaît déjà. Si je ne m'abuse, cette lettre a à sa manière contribué à leur amour. Sans elle, nous ne serions pas ici.

Que répondre ? Solange savait comme le reste de la famille qu'il ne servait à rien d'insister quand Auguste avait quelque chose en tête. Et en fin de compte, il avait raison. Cette lettre qui apparaissait et disparaissait selon son bon gré faisait partie de l'histoire de leur nouvelle famille.

*

Les devis de construction de l'agrandissement de la ferme des jeunes arrivèrent à Crosac avec les justificatifs du coût des travaux. Cette proposition portait les mentions et précisions suivantes : « Comme convenu avec M. Jean Vensac de Saint-Anthonin, un double de cette estimation lui a été envoyé sans retard à sa demande expresse. Dès réception de l'accord écrit de ce dernier et du vôtre, nous pourrons envisager le commencement des travaux, sans oublier la demande du permis de construire. »

— Les choses se confirment, dit Marcelle alors que toute la famille était assise autour de la table à manger.

— Mieux vaut-il ainsi que différemment. Mon fils Jean tiendra-t-il ses promesses ?

— Pour quelles raisons ne les tiendrait-il pas ?

— Jean a tendance à s'emballer pour un oui pour un non. Il a le même caractère imprévisible et parfois despotique que sa mère.

Un silence s'installa qui exprimait aussi bien la surprise des uns que l'incompréhension ou la crainte des autres.

— Demain, nous devrions nous rendre à Saint-Anthonin avec Maurice et Émilienne. Je veux avoir sa parole rapidement avant qu'autre chose n'intervienne.

— Mais pourquoi es-tu soudain si soucieux ? Ton fils a lui-même fait cette proposition, il n'y a rien de nouveau, et dans le cas contraire, il t'aurait prévenu !

— Nous irons quand même le voir demain. Mais en attendant, voyons à quoi ressemble cet agrandissement en forme de longère.

— Je suis bien d'accord avec toi, Grand-père. Je suis curieux de voir les plans, dit Maurice en dépliant les planches.

À la vue des dessins, les yeux de tous s'écarquillèrent. C'est Émilienne qui se manifesta la première :

— Je ne voyais pas tout à fait le projet comme ça, mais c'est superbe, regardez, est-ce que ce n'est pas un rêve, tout simplement ?

— C'est peut-être trop grand, non ? Arriverons-nous à gérer un aussi grand chantier ?

— Ça rend la maison actuelle si petite..., dit alors Marcelle malgré elle.

— Laissons l'avenir venir, comme dit une chanson.

— Après-demain, nous pourrons présager de notre futur. Selon ce que la banque nous prêtera et ce que mon « beau-père », si je puis l'appeler ainsi sans le connaître vraiment, nous dira.

Tandis qu'Auguste et Solange fronçaient les sourcils, Maurice et Émilienne souriaient à ces lendemains pleins d'espoir.

Devant cette joie bien compréhensible des jeunes gens, Auguste pensa aussitôt à la lettre de Solange qu'il voulait absolument montrer à Émilienne. Cette si magnifique promesse d'une femme à un homme qui pourtant ne l'avait pas choisie à l'époque. Maurice et Émilienne avaient raison de sourire, car ils avaient toute la vie devant eux pour être heureux ensemble.

Auguste, Maurice et Émilienne, accompagnés de Fluteau, se rendirent en car à Perce-Neige. Il devait pleuvoir au cours de la journée, et ils avaient préféré éviter le risque d'être trempés jusqu'aux os en empruntant le chemin à travers les champs et la forêt. La jeune femme ne connaissait pas encore le village d'origine de son mari et appréhendait un peu la visite.

— Pourquoi Solange n'est-elle pas venue avec nous ? demanda-t-elle.

— Mon fils pourrait mal le prendre si nous arrivions en surnombre. Et je sais qu'elle préfère nous attendre à la maison et préparer un bon repas pour notre retour. Elle est comme ça, toujours à prendre soin des autres et à les faire passer avant elle. C'est une femme extraordinaire ! À ce sujet, Émilienne, il faut que je te montre une lettre exceptionnelle qu'elle m'a écrite jadis et qui a tout changé. Si j'ose le dire, elle a même influencé votre vie à Maurice et à toi !

— Oh, je connais cette lettre, Émilienne ! C'est la plus belle que j'ai jamais lue, lança Maurice. Grand-père a bien raison, elle m'a ouvert les yeux sur l'amour !

— Je serais tellement heureuse de la lire ! Mais c'est quand même très personnel une lettre, vous êtes sûr ?

— Bien sûr, ma chère enfant ! Je te la montrerai en rentrant, mais d'abord, voyons si mon fils veut toujours faire partie de votre avenir.

— Merci pour votre confiance Auguste ! Et pour cette heureuse perspective, car je dois bien reconnaître que j'appréhende cette visite…, dit-elle en serrant la main de Maurice un peu plus fort qui l'entoura aussitôt de son bras pour la rassurer.

Dès l'approche de la ferme, Fluteau, tout heureux de retrouver son ancien domicile, se précipita dans la cour des Vensac. Louisette sortit aussitôt du bâtiment principal.

— Quelle surprise, mais que se passe-t-il donc ? demanda-t-elle, un brin soucieuse.

— Nous avons pensé qu'il serait mieux de parler de vive voix au sujet du courrier de l'architecte…

— Oui, nous l'avons reçu également, mais entrez, je vais appeler Jean, il doit bien être par-là… Lui aussi va être surpris de vous voir tous les trois.

— Il va bien mon fils ?

— Ça peut aller, mais il est un peu inquiet pour sa santé…

Sur ces entrefaites, Jean arriva, effectivement étonné de voir tout ce monde chez lui.

— Il y a bien longtemps que vous n'êtes pas venus ici, un souci particulier ?

Les visiteurs remarquèrent le fameux courrier posé sur la table.

— C'est cette affaire qui vous tracasse ? demanda-t-il en désignant l'enveloppe.

— Nous avons reçu la même effectivement et voulions en parler avec toi. Ton offre tient toujours ? demanda à son tour Auguste sans plus de préliminaires.

— Certainement, au point où j'en suis, je n'ai pas trop le choix. Mon fils unique a décidé de cultiver la terre ailleurs auprès de celle qu'il aime. Que puis-je faire contre cela ? Et Louisette ne veut pas perdre le contact avec son fils surtout s'il y a des petits-enfants à la clé, dit-il d'un ton qu'il voulait détaché. Que voulais-tu savoir de plus, le père ?

Auguste avait bien une question, mais il la garda pour lui afin de ne pas envenimer les choses alors que tout se passait beaucoup mieux qu'il ne l'avait envisagé. Il aurait la réponse bien assez tôt. L'important pour l'instant, c'était l'avenir des jeunes. Au lieu de cela, il lança joyeusement :

— Tout est bien qui finit bien alors ! Et maintenant que j'y pense, tu n'as jamais rencontré Émilienne, l'épouse de Maurice !

— Louisette m'en a fait les louanges, marmonna Jean en regardant ailleurs. Voilà qui est fait maintenant.

— Maurice et moi, vous remercions de votre générosité, nous n'aurions pas pu réaliser ce projet sans votre aide ou alors, cela aurait pris beaucoup plus de temps, soyez-en certain, dit Émilienne qui avait décidé sur la route de ne pas se laisser intimider.

Elle avait par ailleurs bien conscience que la situation n'était pas facile pour son beau-père et qu'il faisait de son mieux pour faire bonne figure.

— Vous êtes jeunes et pleins de vie tandis que pour nous, ce temps est révolu. Ne vieillissez jamais !

— Je vous prépare le café, dit Louisette qui s'était quelque peu détendue depuis le début de la conversation. Elle aussi avait appréhendé ce moment. Le caractère de son mari était imprévisible, et elle savait combien il lui en coûtait de tempérer ses ardeurs.

— Voulez-vous que je vous aide ? demanda Émilienne.

— Merci, c'est très gentil, mais prenez tout simplement place. Maurice, un morceau de sucre comme d'habitude ?

— Oui, maman, répondit tout simplement le jeune homme qui n'avait jusqu'à présent pas décroché un seul mot de crainte d'éveiller la colère de son père comme lors de sa dernière visite.

Jean Vensac s'adressa alors à sa femme :

— Passe-moi de quoi signer les papiers. Qu'on en finisse !

Un silence gênant s'installa dans la pièce tandis que Jean donnait par écrit son bon pour accord et paraphait les différentes pages.

— Les voilà, dit-il lorsqu'il eut fini en les tendant à son père. Tu pourras les apporter au notaire ou à qui tu veux.

— J'espère que vous pourrez venir voir les travaux à Crosac, dès qu'ils seront commencés, dit alors Émilienne pour essayer de briser la glace.

Cette ambiance lourde de sous-entendus et de tension retenue lui était insupportable.

— Nous ferons de notre mieux. Il y a beaucoup de choses à faire, et nous sommes bien fatigués en fin de journée.

— Je pourrai venir vous chercher, proposa finalement Maurice. Nous pourrions dîner tous ensemble, Solange et Marcelle sauront vous recevoir…

— Ha ! oui, celle-là, je l'avais oubliée…

Cette réflexion mit fin aux retrouvailles. Émilienne proposa aussitôt de rentrer à la maison, car il se faisait tard. Mais surtout car elle craignait que Maurice ou son grand-père ne s'énervent.

Alors qu'il se levait de table, ce dernier demanda à son fils :

— Tu es bien certain, Jean, de vouloir que je remette tes documents en même temps que les miens chez le notaire et à la banque ?

— Oui, ça m'évitera des frais d'expédition, répondit ce dernier d'un ton lapidaire.

Seule, Louisette sortit sur le pas de la porte et les regarda s'éloigner avec Fluteau qui reniflait les abords du chemin.

Auguste, la grande enveloppe sous le bras, demeurait silencieux, les yeux rivés sur le sol devant ses pieds.

— Milladiou de Milladiou ! Je me demande bien comment cette rencontre a pu ne pas s'envenimer ?

— Je crois avoir une idée là-dessus, dit Émilienne.

— Et ? Quel est ton avis ? l'interrogea Auguste.

— Louisette est une personne mesurée. Elle a dû influencer son mari et le faire revenir à la raison. Quand je l'ai rencontrée pour la première fois au mariage, elle a été très gentille avec moi et m'a dit qu'elle ferait tout ce qui est en son pouvoir pour que les choses s'améliorent. Et il me semble que votre fils a bien conscience qu'il est, en quelque sorte, en minorité.

— Tu as peut-être raison… Mais cela ne répond pas à l'autre question qui me tracasse : Où compte-t-il trouver l'argent ?

Maurice qui n'avait rien dit jusque-là, abonda dans ce sens :

— Moi non plus, je ne comprends pas, Grand-père. C'est un mystère… Mais je n'ai pas osé aborder le sujet de peur de compliquer la situation. Tout était si étrange. Comme irréel.

— Tu m'enlèves les mots de la bouche, mon cher Maurice. C'était irréel. Mais l'important, c'est que vous puissiez avancer. Et qui sait ? Nous redeviendrons peut-être bientôt une grande famille réunie… Et les derniers mois m'ont appris que les voies du Seigneur sont impénétrables, mais que tout finit par avoir un sens. Nous aurons bien un jour ou l'autre le fin mot de l'histoire concernant cet argent… Mais ne tardons plus, Solange sera certainement soulagée elle aussi d'apprendre que tout s'est bien passé. Elle avait craint un affrontement impulsif.

*

— Ce fut un déplacement intéressant ! annonça Auguste à Solange à peine leur avait-elle ouvert la porte en compagnie de Marcelle.

— Vous ne vous êtes donc pas disputés ?

— À notre grande surprise, pas du tout. Jean était presque cordial. Dans tous les cas, davantage que je l'avais imaginé.

— Et tu ramènes les papiers ? Il n'a donc pas fait d'histoires ?

— Non Solange, on aurait même dit qu'il était sur le point de les renvoyer à l'architecte. Il les a signés devant nous.

— Les miracles, ça existe…

— Il m'a même demandé aimablement de tes nouvelles ! Et Louisette aussi.

Auguste fit semblant de ne pas voir les coups d'œil étonnés des jeunes.

— C'est gentil, dit Solange en souriant.

— Ne resterait-il pas un peu de Gentiane par hasard ?

— Je m'en occupe, dit Émilienne, asseyez-vous donc tous les deux !

— Je sors les verres, dit Marcelle, c'est une excellente occasion de trinquer !

— Mais je ne vois pas Fluteau !

— Il est sous la table, Grand-père…

— Voilà qu'il perd la tête ! Vous ne l'auriez pas déjà fait boire par hasard ? lança Solange.

— Je n'ai jamais de ma vie vu grand-père ivre !

— Et si c'était aujourd'hui ? dit Auguste gaiement.

— Trêve de balivernes, nous vous avons préparé un bon souper !

La famille paraissait tranquille, rassurée aussi du résultat de la visite à Saint-Anthonin. La nuit tomba sur eux sans bruit, et chacun rejoignit son lit habituel.

Le lendemain, Émilienne ne pouvait oublier la promesse d'Auguste. Elle attendait le moment propice où il allait lui confier cette mystérieuse lettre, et ça devenait intenable.

En tout début d'après-midi, il la lui glissa dans la main discrètement en ajoutant doucement :

— Quand tu auras fini, je la remettrai à sa place, derrière le cadran de la pendule dans notre chambre. Comme ça, tu sauras où elle est, au cas où…

Elle n'arrivait pas à trouver les mots pour le remercier pour sa confiance et surtout pour tout ce qu'il avait fait pour eux. Elle craignait d'être maladroite et d'en faire trop. Elle se contenta alors de demander :

— Est-ce que Solange sait ?

— Oui, mais sans doute qu'elle n'abordera pas le sujet. Tu la connais mieux que moi, elle est très pudique. Cependant, si tu souhaites lui en parler toi-même, n'hésite pas. Vous êtes si semblables dans l'entièreté de vos sentiments. Ça vous rapprocherait davantage encore.

Viens, le bonheur c'est par là

Émilienne s'éloigna pour ne pas être vue en train de lire ce qui lui avait été confié. Ainsi agit-on lorsque l'on reçoit sa première lettre d'amour. Personne autour d'elle… Sa main tremblait un peu, et un petit vent frais faisait bouger ce bout de papier empli de mystère…

Chapitre 20

Cette lettre écrite de la main de Solange prenait toute son ampleur, toute sa grandeur aussi, telle la page d'une bible !

Émilienne la relut plusieurs fois tout en pensant au chagrin que sa tante avait dû ressentir, lui ayant pourtant donné la force de trouver les mots, d'écrire cette page d'amour sublime. Comment l'image des racines qui pourraient un jour pousser sur les branches des arbres lui était-elle venue ?

Émilienne, sans s'en rendre compte, laissait couler ses larmes, tachant par endroits la feuille de papier toujours entre ses doigts, vieillie et quelque peu froissée à force d'être manipulée.

« Je ne pourrais jamais regarder Solange comme avant, non, jamais. »

Quelques jours plus tard, Solange demanda à son cher Auguste :

— Alors mon homme, tu lui as enfin confié ma lettre, elle qui n'était destinée qu'à toi, un jour.

— Oui, il fallait qu'elle sache à quel point tu avais été formidable, contrairement à moi…

— L'important, c'est que nous nous soyons retrouvés. Mieux vaut tard que jamais ! Et tu n'avais pas vraiment le choix. À notre époque, les choses étaient beaucoup plus dures à changer. Émilienne et Maurice ont la chance de vivre à une période plus facile pour les jeunes – et surtout sans guerre sur notre territoire. Je serais quand même curieuse de savoir ce qu'elle pense de moi…

— Ah ma chère Solange, tu sais toujours si bien dire les choses et rassurer mon cœur. Heureusement que tu es là ! Et tu peux en être certaine, Émilienne pensera la même chose que moi et que Maurice : tu es tout simplement fantastique !

— Pour ma part, dit Solange en rougissant de plaisir et pour changer de sujet, car les compliments la mettaient toujours mal à l'aise, je n'ai plus qu'une idée en tête maintenant, c'est de voir monter les murs, l'agrandissement de la propriété.

— Avec les jeunes autour de nous, ça ressemble à un miracle.

— Moi, tu sais, les miracles…

— Nous sommes là, toi et moi ! C'est déjà un grand miracle.

— Toi, Maurice et Émilienne, oui, c'est inespéré !

*

Qui eut cru que presque une année entière était passée depuis qu'Auguste avait retrouvé la lettre et que Solange était venue le rejoindre sur le banc que Maurice avait construit pour lui. Avec le début de l'automne, les travaux commencèrent suivant les plans prévus. On espérait pouvoir poser la toiture avant les premières neiges. Plus aucunes nouvelles cependant de Perce-Neige. C'était comme si Jean et Louisette avaient quitté ce monde ou vivaient dans un autre. « Peut-être que sa bonne action et sa pondération forcée avaient coûté trop d'énergie à Jean… » se disait Auguste.

Accrochés à ces terres montagneuses où les racines étaient profondes et les lourdes pierres de granit avaient vu passer de nombreux millénaires sans broncher, les Auvergnats avaient la peau dure et nécessairement rugueuse. Mais sous cette écorce vivante, rien ne les empêchait de laisser aller et vivre leur tendresse, parfois difficile à deviner.

Tandis qu'Auguste était plongé dans ses pensées, Émilienne s'approcha de sa tante qui se tenait à quelques pas de là.

— J'aimerais te parler seule à seule, Solange…

— Bien sûr ! dit Solange en lui souriant. Qu'est-ce qu'il y a ?

Après s'être éloignées de la construction, elles s'assirent côte à côte sur le bord d'un vieux muret.

— Je voudrais te dire, chère Solange…

— Ne crains rien, ma chère Émilienne, même si tu veux me parler de ce que j'ai écrit un jour.

Soulagée, la jeune femme acquiesça plusieurs fois de la tête :

— Cette lettre m'a bouleversée, et j'avoue que j'avais un peu honte de lire quelque chose d'aussi personnel jusqu'au bout mais je l'ai fait quand même tant je n'avais jamais vu chose pareille.

Solange lui souriait ne sachant qu'ajouter. Qu'aurait-elle pu lui dire ? Cette lettre avait été écrite pour l'homme qu'elle aimait, et jamais elle n'aurait imaginé que d'autres personnes la lisent un jour, surtout après tant d'années, de saisons, de nuits et de jours.

Émilienne posa sa main sur celles de Solange, croisées l'une sur l'autre.

— Je ne sais pas trop pourquoi, mais à partir d'aujourd'hui, je ne vous en aimerai que davantage, Auguste et toi.

— Nous vous aimons beaucoup aussi, vous êtes un rayon de soleil dans notre vie. Gardez cette lettre si vous le voulez… Elle sera entre de bonnes mains.

— Non, elle restera pour toujours sous la garde de ta pendule, celle qui martèle le temps et rythme ta vie depuis si longtemps.

Solange ouvrit les bras et serra Émilienne de toutes ses forces.

— Grâce à vous, dit Émilienne tout émue, bien des projets nous attendent et aussi peut-être, un jour, un enfant grandira par ici, à Crosac. Il portera le nom Vensac, le nom de son père et de son arrière-grand-père !

— Il en faut toujours plus d'un, un pour la mère, un pour le père… Et avant que j'oublie : le couple Descente va-t-il bientôt arriver ?

— C'est toujours prévu, et ça ne saurait plus tarder, le temps qu'ils arrangent votre ancienne maison, il y aura ainsi du monde au pays !

— Tout arrive pour ceux qui savent attendre, n'est-ce pas ?

*

Les jours, les uns après les autres, s'égrenaient, et la famille Dartou-Vensac retirait les pages du calendrier accroché au mur, près de la fenêtre afin de profiter de la lumière du jour pour lire les dictons et autres proverbes qu'il arborait.

La veuve Marcelle Dartou et sa belle-sœur Solange s'entendaient à merveille, en compagnie des jeunes. « Notre avenir », aimaient-elles à dire.

Gilles et sa femme s'étaient installés dans l'ancienne maison de Solange. Les mauvaises langues parlaient de raccommodage, d'autres d'entente étrange, mais ici, plus qu'ailleurs peut-être, nul ne peut arrêter les commérages, ce qui faisait aussi vivre les piliers de comptoirs dans les villages.

L'automne filait, et les murs de l'extension se voyaient d'assez loin. Les habitants de Crosac aimaient les regarder pousser comme des champignons. Ce qui était tout à fait de saison.

Ici la vie ! À Saint-Anthonin, tout marchait à l'envers, et Jean Vensac avait décidé, n'entrevoyant pas d'avenir pour les siens sur place, de mettre en fermage sa propriété. Il en avait parlé à son banquier et avait ainsi obtenu un prêt pour financer les travaux de son fils et de sa belle-fille. L'avenir, il avait dû s'y résoudre, se faisait ailleurs.

— Le soleil ne peut pas se lever partout en même temps, avait déclaré un jour Jean à son fils Maurice qui était venu lui rendre visite.

Ils n'avaient cependant pas eu la curiosité ni l'envie de venir à Crosac voir sortir de terre ce qu'ils avaient pourtant partiellement financé.

Dans la tête de Jean s'étaient installées deux interprétations étranges de sa situation actuelle. Il en rejetait la faute tantôt sur sa famille ingrate, tantôt sur sa propre faiblesse, son incapacité à se faire respecter en maître absolu comme jadis.

Un village se meurt, un autre s'éveille…

Maurice et Émilienne travaillaient du matin au soir pour réaliser leurs projets. Bien souvent, la table disparaissait sous des pages griffonnées qui laissaient entrevoir l'avenir qu'ils envisageaient pour la petite Corse.

— Ça ne sera pas couvert avant l'hiver, Milladiou de Milladiou, serinait Auguste en regardant chaque jour l'avancée des travaux.

— À chaque jour suffit sa peine, lui rétorquait Solange, un peu de patience te ferait du bien. Personne au monde n'a su gérer les saisons, et si cette année, l'hiver avait du retard ?

Il fallait bien de temps à autre que quelqu'un lui cloue le bec ! L'instant d'après, il venait lui demander pardon pour son emportement, et elle ajoutait alors :

— Il n'y a bien que moi pour t'aimer toujours et encore malgré ton fichu caractère…

Auguste aimait capituler dans ces conditions.

Quand ils trouvaient le temps, Maurice et Émilienne s'éloignaient du chantier pour sans doute admirer de plus loin ces murs qui montaient, s'arrachant de la terre comme pour rechercher la lumière. Ils invitaient alors Solange, Auguste et Marcelle à les accompagner. Ils parlaient souvent de ceux de Perce-Neige sans qui tout cela aurait été non pas impossible mais beaucoup plus compliqué. La famille de Maurice cependant n'était toujours pas venue leur rendre visite.

Un jour, lors de l'une de ces promenades en famille, une image s'imposa si brutalement dans l'esprit d'Auguste, paysan dans l'âme même sans terres à cultiver, qu'il voulut la partager immédiatement avec les autres :

— Lorsque je vois monter ces murs, ce pourrait être aussi un champ de blé, oui, un champ de céréales. Pour nous autres les paysans sans terres, enfin presque, c'est comme un soleil qui se lève... Émilienne et Maurice reprennent le flambeau ! Les murs montent, le blé va verdir les champs, la neige va s'en mêler, et nous tenterons de résister à un nouvel hiver mais en espérant que bientôt, un nouveau petit Vensac se manifestera lui aussi et rapidement nous montrera son caractère !

— Des choses comme celles-ci sont tellement agréables à entendre, malheureusement mon père n'est pas là pour y assister...

Puis, après une pause, Émilienne demanda :

— Mais où est maman ? Je vais voir ce qu'elle fait.

Lorsqu'elle entra dans la maison, sa mère était tranquillement assise près du cantou.

— Je me suis inquiétée tout à coup, je ne t'ai plus vue avec nous...

— J'ai préféré rentrer près du feu, il y a des jours comme ça, vois-tu ? Avec mon chat tout à côté, je n'ai pas vu le temps passer.

Tandis qu'Émilienne s'installait auprès de sa mère pour lui tenir un peu compagnie avant de retourner au travail, un événement inattendu et auquel tout le monde avait renoncé à Crosac se produisit.

Une voiture s'approcha de la propriété et lentement un homme et une femme en sortirent. Même de loin,

Auguste les reconnut immédiatement. Son fils Jean et Louisette, oui, pour la première fois ici.

— Ils sont venus voir si leurs sous ont été bien placés, dit-il d'un ton moqueur.

— Un réflexe d'Auvergnats purs et durs ! renchérit Maurice.

— Ne soyez pas mauvaise langue ! les interpella Émilienne qui était sortie de la maison et allée à leur rencontre pour les prévenir.

Rappelés à l'ordre par la maîtresse de maison, le grand-père et son petit-fils allèrent accueillir les nouveaux arrivants.

— Quelle surprise, mon fils ! Tu t'es perdu par ici ?

— Je voulais simplement voir ce qu'avait donné ma donation à l'entreprise ! Ça ressemble bien aux plans que j'avais vus une fois, mais vous n'en êtes pas encore à la toiture…

— Nous ne sommes pas trop en avance avant l'hiver, mais nous n'avons pas pu commencer plus tôt !

— Entrez donc, vous allez bien prendre quelque chose ! proposa Émilienne.

Les Vensac de Perce-Neige entrèrent pour la première fois chez les Vensac de Crosac. Émilienne assura le service du café mais ne se manifesta guère sans cesser cependant d'observer Auguste et Maurice. Ces deux-là avaient beau critiquer Jean pour son caractère emporté, ils n'en étaient pas pour autant des exemples de patience…

Bien que Louisette tentât d'arrondir les angles et de s'intéresser à la vie à Crosac, l'ambiance n'était pas des plus chaleureuses. Mais, alors qu'ils croyaient tous la visite terminée, Jean Vensac sortit, l'on ne sait d'où, une grande enveloppe et dit à son père :

— Te souviens-tu de cette photo, le père ? Je l'ai trouvée en rangeant. Elle a été prise il y a bien longtemps… Mais j'y reconnais, je crois, certains traits du visage de la famille Vensac.

— Montre-moi ça !

— Elle ne comporte pas la moindre date, mais c'était… il y a au moins cent ans…

— Sûrement, à voir ces gens si bien habillés, on dirait un mariage, mais sans les mariés…

— Montrez-moi, dit Solange qui s'y connaissait un peu en costumes traditionnels féminins : chevelures avec coiffes blanches, chemisiers sombres fermés ras de cou et de grands jupons évasés serrés et maintenus à la taille et bottes hautes lacées.

— Regardez, les hommes, comme ils étaient beaux avec chapeaux, chemises blanches, gilets et vestes noires, parfois en velours, lança à son tour Marcelle qui avait chaussé ses lunettes. Et les pantalons soutenus par des bretelles, ceinture de flanelle, chaussures noires !

— Pour sûr que c'était pour une noce !

— À moins que ce fût pour une autre célébration mais difficile de le savoir vraiment sans plus d'informations. Dans tous les cas, c'était pour un événement important.

— Je vous laisse ce témoignage d'un autre temps où personne ne reconnaît personne, dit enfin Jean. Et souhaite aux jeunes mariés, Émilienne et Maurice, de vivre avec leur temps, sans oublier pourtant qu'il y a toujours eu un passé pour chacun, avec ses modes, ses pratiques, ses joies et ses peines.

— Mais aujourd'hui, c'est aujourd'hui ! Il n'y a pas deux histoires identiques dans notre monde. Mais voilà qu'ici, avec Maurice et Émilienne, l'avenir est assuré et avec de plus, ta participation financière inattendue, ajouta Auguste comme pour lui tendre la perche.

Il était bien décidé à apprendre d'où venait l'argent pour les travaux.

— Que nous restait-il d'autre à faire ? Des terres et des bâtiments dont personne ne veut ni ne peut s'occuper. Autant en faire profiter d'autres et en tirer quelque argent. Nous avons décidé de mettre l'exploitation en fermage. Nous en avons informé officiellement la banque qui nous a accordé un prêt. Le banquier que je connais bien a aussi entendu parler de paysans qui pourraient être intéressés. Nos terres étant certes petites mais riches et le cheptel en bonne santé, il a considéré que ce n'était pas un gros risque. La seule condition que nous avons posée, c'est de pouvoir continuer à vivre dans la petite maison. Comme il y a cependant deux habitations sur la propriété, cela ne devrait pas trop créer de problèmes.

Auguste savait enfin d'où venait l'argent et trouvait pour une fois son fils très flexible et courageux. Avec toute sa maladresse habituelle, il voulut le réconforter :

— Faut pas être pessimiste comme tu l'es ! Moi, ton père, ne pensais jamais vivre jusqu'à ce jour et surtout ailleurs. Et voilà, où j'en suis, sans doute grâce à Solange et maintenant aux jeunes…

— Toi, le père, tu es le plus ancien de la famille et le plus jeune de caractère, nom de Dieu !

— Allons, viens admirer l'extension ! Ça a de la gueule ! lui répondit son père en se levant et lui prenant le bras.

— D'accord ! Je dois avouer que cette photo retrouvée m'a donné envie de vous revoir. Une grande réunion familiale, en quelque sorte, non pas habillés comme eux, mais au moins rassemblés tous ensemble.

— Tu deviens mélancolique ?

— Les regrets que l'on ne peut voir qu'avec les photos en noir et blanc, me rattrapent parfois…

— Tu es encore trop jeune pour dire des choses pareilles.

— J'ai fait ce que j'ai pu, avec mon putain de caractère et les événements que j'ai dû affronter.

— Ce qui est passé est passé, et on ne peut rien y changer. Il n'y a que l'avenir de nos jeunes qui compte.

Au moment du départ, le grand-père, le père et le fils s'étreignirent dans le plus grand silence. Et les femmes n'osèrent dire mot de peur de briser le charme.

Jean et Louisette reprirent la route pour Saint-Anthonin. Après avoir laissé Crosac derrière eux depuis quelques kilomètres, Jean s'arrêta sur le bas-côté.

— Tu n'es pas bien ? Pourquoi t'arrêtes-tu ?

— Juste cinq minutes, pas plus !

Toujours assis dans la voiture, Jean dit alors en essayant de bien choisir ses mots :

— Depuis le temps que nous ne nous étions pas vus tous ensemble… Tu te rends compte ?

— Mais qu'est-ce qui te chamboule tant ? Que Maurice et Émilienne soient heureux ailleurs ?

— Non, et tant mieux pour eux, c'est pour ça que nous avons eu raison de les aider…

— Ça me fait plaisir de t'entendre parler ainsi, mon cher Jean. La famille Vensac va se retrouver, je l'espère, il était bien temps ! Merci d'avoir accepté de venir jusqu'ici.

Jean écoutait et réfléchissait.

— Et dire que derrière tout ça, il y a une histoire de vieille photo de famille, celle qui aurait pu être la nôtre.

— Entre ton père et toi, la différence d'âge apparaît moins importante qu'elle n'est en réalité.

— Veux-tu dire que je fais plus vieux que mon âge et que le père fait plus jeune qu'il n'est en réalité ?

Elle ne répondit pas à la question, mais ne dit-on pas : Qui ne dit mot, consent ?

Chapitre 21

Une grande révélation arriva à Crosac, alors que l'habituel déjeuner en famille se terminait. Ce repas cependant resterait dans toutes les mémoires.

— Chère Solange et cher Grand-père, chère Marcelle, Émilienne a quelque chose à vous dire…

— Je suis heureuse de vous annoncer que j'attends un pitiou pour le printemps ou début de l'été.

— Voilà le plus bel événement de notre nouvelle existence, n'est-ce pas, Solange ?

— Je suis très heureuse d'apprendre que la vie continue ici, à Crosac ! s'exclama Solange en serrant sa nièce dans ses bras.

— Oh, mais quelle heureuse nouvelle ! lança à son tour Marcelle en embrassant sa fille et son beau-fils. Va falloir tenir le coup, nous, les anciens !

— Tu n'aurais pas quelque chose pour parfumer le café, Solange, faut bien arroser ça, Milladiou de Milladiou !

— Le petit à venir va t'entendre Auguste !

— Maintenant ou plus tard… Il faut qu'il s'y habitue le plus tôt possible, il n'en sera que plus robuste, ce petit Auvergnat !

— Même le ciel semble partager la bonne nouvelle, il n'y a pas un nuage !

— Jean et Louisette seront certainement très contents, autant que nous le sommes tous ici.

— Comme mon père aurait été heureux lui aussi…

— Ton ventre va s'arrondir et les murs à côté vont monter, que souhaiter de plus, n'est-ce pas, Maurice ? demanda Solange.

— Je l'espère… À Saint-Anthonin, c'est la fin d'une époque. Il n'y avait qu'à écouter et entendre ce que disait mon père. Je ne regrette pas ma décision, mais j'ai quand même un peu mal au cœur pour mes parents. Et ils ont pris un risque pour nous en empruntant de l'argent afin de nous aider à payer les travaux…

— Je pense que ton père va bien négocier l'affaire. Ils pourront vivre tranquillement sur place, et qui sait ce que l'avenir nous réserve encore ?

*

À Perce-Neige, les choses avancèrent d'un coup.

Jean et Louisette avaient reçu un courrier d'une famille de paysans, informée par la banque. Ils souhaitaient passer à la propriété avec leur notaire qui avait rédigé la lettre. Maître Radical n'était pas un inconnu pour Jean qui avait déjà eu affaire à lui dans une histoire de vente de bétail.

Jean et Louisette étaient certes satisfaits de cette visite mais ils la craignaient également.

— Tu me laisseras parler, Louisette, il y a toujours des embrouilles dans ce genre de situations…

— Nous avons une visite, voilà qui est déjà bien, ne te laisse pas emporter, reste calme. Et pense surtout à ce qu'il faut qu'ils acceptent notre présence sur la propriété, pour nous c'est le plus important.

— J'ai déjà ma petite idée ! Je leur dirai que nous avons un autre prétendant qui passe la semaine prochaine et qui, lui, connaît notre souhait de conserver un pied-à-terre, appelons ça ainsi.

— Tu as trouvé un bon terme ! « Un pied-à-terre » ça fait moins contraignant. Et tu pourras discrètement souligner le fait que nous ne sommes pas jeunes et même vieux. Tu pourras exagérer comme il te plaira, avec ma bénédiction !

— Peut-être pourrait-on leur préciser que nous pourrions être les gardiens en cas de besoin, ça ne peut pas nuire…

— Tu connais un peu les prix que nous pouvons en demander ?

— À quelque chose près, oui, mais il faut jouer les innocents, ça paie toujours. Notre cheptel est en très bonne santé... Mais ne mettons pas la charrue avant les bœufs. Donne-moi de quoi leur répondre, j'irai ensuite au bureau de poste pour que la lettre parte à la première heure demain.

Jean s'appliqua à écrire un courrier en bonne et due forme, invitant les potentiels fermiers à venir les voir deux jours plus tard.

Le jour J, par un matin où le soleil se montrait particulièrement généreux et mettait la propriété bien en valeur, les Vensac virent arriver une voiture avec quatre personnes.

— Ça fait bien du monde tout ça ! dit Jean Vensac.

Mais, assez rapidement, le notaire, maître Radical, s'avança vers les propriétaires.

— Bonjour maître !

— Bonjour monsieur Vensac et madame, je vous présente un couple d'agriculteurs, M. et Mme Rechamps et leur fils Pierre qui souhaitent visiter votre bien, comme je vous l'ai annoncé par courrier.

Tout le monde se serra la main, et on échangea les politesses habituelles. Jean remarqua cependant aussitôt que les Rechamps évaluaient déjà la propriété en lançant des regards inquisiteurs.

— Quant au bétail, je vous...

Mais il fut interrompu par M. Rechamps, un peu maladroitement :

— Ce qui nous intéresse de prime abord, ce sont les terres, les bâtiments et l'exposition des biens. Pour les bêtes, nous nous arrangerons toujours.

Le fils qui semblait plutôt timide et habitué à laisser la parole aux aînés, dit soudain à la surprise de son père :

— Il y a une très bonne exposition, oui…

— Pourrais-je connaître les raisons de la vente de vos biens, monsieur Vensac ? coupa le patriarche.

— Nous vieillissons un peu chaque jour et n'avons pas de repreneur dans l'immédiat. Je voudrais cependant d'ores et déjà vous informer que nous avons une condition non négociable qui pourrait vous surprendre.

— Nous sommes curieux de savoir !

— Mais entrons, nous serons mieux à l'intérieur pour parler. Vous pourrez en profiter pour visiter les lieux avant de voir les autres bâtiments et le reste de la propriété.

Sur la grande table en chêne, Louisette avait déjà disposé des tasses. Une agréable odeur de café flottait dans l'air. Le notaire ne put s'empêcher de dire :

— Il y a là de quoi faire de bons repas et de bonnes parties de cartes.

— Je vous propose un café ? demanda Louisette tandis que les visiteurs prenaient place autour de la table.

— Avec plaisir ! Mais dites-nous qu'elle est cette condition dont vous nous avez parlé. Et dont le notaire ne nous a pas informés, s'exclama le père d'un ton certes poli mais tranchant, montrant son habitude à négocier et surtout à se faire entendre.

— Il y a plusieurs bâtiments avec la grange, les hangars et deux maisons d'habitation séparées.

— Effectivement, il y a du bâti. Mais encore ?

— Nous souhaitons rester habiter ici, tous les deux. Y a-t-il une possibilité dans ce sens ? Sachant que nous sommes prêts à vous laisser cette maison si vous la préférez et à déménager nos affaires dans l'autre. Les deux bâtiments sont en parfait état.

— Et cela conditionne le fermage ?

— Oui. Nous voulons garder un pied-à-terre ici pour finir nos vieux jours. Nous ne nous mêlerons pas de vos activités, cultiverons simplement notre potager et prendrons soin de nos poules. De plus, nous pourrons, si vous le souhaitez, surveiller la propriété en cas d'absence. Vous pourriez partir le cœur tranquille.

— Avez-vous les surfaces de vos terres ? demanda le père Rechamps.

— Oui, nous avons un plan cadastral où vous trouverez toutes les informations. Il y a même une source sur nos terres, appréciable pour les bêtes. Et aussi parfois, pour les humains…

— Allons voir le reste de la propriété, dit le notaire.

Les Vensac et les Rechamps le suivirent au-dehors sans un mot. Comme personne n'était revenu sur la condition qu'ils avaient exprimée, Louisette et Jean

Vensac doutaient fortement d'obtenir un arrangement pour leur requête si particulière. Le silence devenait obsédant. N'y tenant plus, Jean perdit quelque peu patience. Son caractère emporté revint au galop.

— La propriété vous intéresse-t-elle oui ou non ? Il faut nous le dire. Si c'est non, nous pouvons écourter notre discussion. Dans trois jours, nous avons une autre visite pour la ferme avec les mêmes conditions, simplement chez un autre notaire.

— Les affaires, chers bailleurs, ne se traitent pas d'un coup de baguette magique ! Ça demande réflexion, et vous avez de plus une demande originale. Celle de garder un droit d'habitation, « un pied-à-terre » comme vous dites.

— Oui, c'est notre proposition.

— Nous allons prendre une nuit de réflexion et reviendrons demain après-midi, si vous nous le permettez. Dans le cas contraire, considérons que l'affaire ne se réalise pas !

Après un long silence :

— Nous vous attendons demain après-midi avec un chiffrage arrêté pour continuer les négociations, dit fermement Jean

— C'est entendu, à demain donc !

Les visiteurs partis, Jean et Louisette regardaient leur propriété dont les ombres s'allongeaient sur les terres.

— Tu n'as pas craqué, Jean, je n'aurais pas eu ton courage pour affronter ces gens, non, je n'aurais pas pu !

— Je n'ai plus vingt ans, je ne suis pas né de la dernière pluie non plus, comme on dit par chez nous !

— Ça, c'est sûr ! Tu es un bon négociateur ! Où astu déniché cette astuce concernant un autre notaire ?

— J'ai tenté ma chance. Dans ce genre de situation, la vie m'a appris qu'il est toujours bon de mettre les gens en concurrence. La crainte est un peu de leur côté maintenant. Nous verrons bien demain si leur offre nous convient, mais je ne pense pas que ça marche, notre demande particulière est une verrue dans cette affaire…

— Attendons, essayons de ne plus trop y penser…

Les paysans, toujours craintifs dans ce genre d'opération et craignant d'être roulés dans la farine, se considéraient souvent comme perdants, et leur impatience leur jouait fréquemment de vilains tours.

Un miracle, pourrait-on dire, arriva le lendemain matin même. Une lettre leur demandant bel et bien un rendez-vous pour parler de leur affaire.

— Les nouvelles vont plus vite que je ne le pensais, Louisette. Est-ce de bon augure ? Je n'aurais même pas menti, dit-il en souriant pour la première fois depuis longtemps.

— C'est effectivement incroyable, mais je pense aussi vraiment que c'est bon signe ! Nos terres intéressent les gens, et nous pourrions avoir le choix.

— Restons calmes !

— Mais qui est l'expéditeur ?

— Une autre étude notariale…

— Et maintenant ? demanda Louisette.

Dans la maison, la cheminée conservait encore quelques braises du petit-déjeuner. Il faisait bon. Les Vensac de Perce-Neige étaient quelque peu rassurés, et Jean avait déjà une nouvelle idée en tête.

— Cette enveloppe restera sur la table comme oubliée là par inadvertance, mais à la vue de nos visiteurs bien sûr…

— Tu es vraiment un négociateur chevronné ! Mais qu'allons-nous répondre à ce deuxième notaire ?

— Pour l'instant, rien du tout. Attendons de connaître la décision de la famille Rechamps. Une chose après l'autre. Il est cependant toujours bon de savoir qu'on a éventuellement plusieurs cordes à son arc. Cela fait baisser la pression de notre côté et nous permet d'être plus sereins dans les négociations. Nous ne sommes pas dos au mur, comme on dit.

— Si Maurice savait tout ça…

— Pour lui, sa vie semble réglée et de bonne manière. Vois-tu, je suis heureux d'avoir pris cette décision pour les aider au bon moment. Et comme dit le père, on ne sait pas ce que l'avenir nous réserve.

— Cette nuit, j'ai prié pour nous… Ce que je ne fais jamais d'habitude, mais, dans notre cas, ça ne peut pas nous faire de mal, bien au contraire.

— Moi, tu sais, les prières…

— En attendant, je t'ai préparé et mitonné un bon repas pour ce midi.

— Ça au moins, c'est du concret, il ne faut jamais envisager le traitement d'une telle affaire à jeun ! En attendant, je vais voir les bêtes, et si tout se passe pour le mieux, nous continuerons à les voir tous les jours, mais de plus loin, façon de parler.

Le calme retomba dans cette maison où tout allait changer. Oui, quelque chose allait se passer ici, une grande décision qui modifierait leur petite vie pour toujours. Elle n'avait jusqu'alors pas toujours été tranquille, surtout ces derniers mois avec tous les chamboulements entraînés par la décision d'Auguste de quitter la ferme et le départ de Maurice qui avait comme son grand-père trouvé l'amour et une autre terre dont il prenait soin maintenant. « Les voies du Seigneur étaient vraiment impénétrables », se disait Louisette qui espérait que leur nouvelle vie apporterait à son mari la quiétude qui lui faisait tant défaut.

Tandis que Jean et Louisette déjeunaient, le bleu du ciel leur faisait comme des clins d'œil entre les nuages épars. Ultime cadeau avant la fin de l'automne et le début de l'hiver.

— Voilà certainement le dernier Noël que nous passerons ici en tant qu'agriculteurs.

Ils finirent leur repas en silence, songeant chacun de leur côté à ce que l'avenir leur réservait. Vers quinze heures, la voiture des Rechamps apparut enfin.

Les mêmes personnages que la veille en descendirent sans que leurs visages ne trahissent la moindre décision.

— Nous voici, comme convenu. Comment allez-vous depuis hier ?

— Aussi bien que possible pour le moment, quant à la suite...

— Ne vous inquiétez pas, nous avons bien étudié votre affaire, bien particulière en effet.

— Mais entrez donc, la même table vous attend.

Les Vensac comprirent au premier coup d'œil que leur stratagème avait fonctionné en apercevant les regards échangés discrètement entre les visiteurs lorsqu'ils aperçurent la lettre posée négligemment dans un coin.

Après avoir ouvert cérémonieusement une chemise cartonnée débordant d'une multitude de documents, censés les impressionner, soupçonna Jean, maître Radical prit la parole en premier.

— Le point délicat dans votre affaire est donc ce logement devant rester à votre disposition. Quant aux terres, il semblerait que cela convienne aux futurs acquéreurs ici présents sous certaines conditions.

— Et quant au bétail existant ? dit alors Jean Vensac. L'avez-vous chiffré ?

— Nous avons passé notre matinée à mettre en place une offre globale pour vous la proposer, en y incluant l'utilisation gratuite de votre habitation pour votre vie entière! « En pied-à-terre » comme vous l'avez appelée habilement. Vous demeurerez où vous habitez actuellement. Ceci en échange de votre troupeau.

— Et pour le reste, maître?

— Les Rechamps vous proposent, dans un premier temps, la somme que vous pouvez lire ici...

Le notaire fit glisser sur la table une feuille manuscrite. Jean et Louisette durent se pencher dessus pour déchiffrer l'écriture de l'homme de loi qui dans la tradition de sa corporation était difficilement lisible, comme celle des médecins. Tandis que les Vensac lisaient assidûment le document, un silence s'installa autour de la grande table, et on aurait pu entendre une mouche voler. Après avoir échangé un regard avec sa femme, Jean lança :

— Pardi, vu comme ça, on pourrait y réfléchir.

— Si vous le souhaitez, vous pouvez rester dans cette maison qui a toujours été la vôtre. Cela vous évitera un déménagement, et les Rechamps pourront se lancer sans attendre dans l'agencement de l'autre bâtiment. Notre seule condition est que vous preniez immédiatement votre décision. Soit nous topons maintenant, soit mes clients retirent immédiatement leur offre.

À nouveau, le silence se fit dans la pièce. Jean et Louisette échangèrent à nouveau un regard, et cette dernière serra le genou de son mari sous la grande table, comme pour lui donner du courage et son assentiment.

Les gens de la terre ne se laissent pas convaincre facilement, craignant toujours une entourloupe, mais Jean avait conscience que l'offre était bonne. De plus, depuis ce matin avec l'arrivée inattendue de la deuxième lettre, les étoiles semblaient s'aligner pour eux.

— C'est donc une affaire entendue, dit-il alors en tendant la main à M. Rechamps qui la serra aussitôt.

Son fils n'ayant apparemment toujours pas droit au chapitre alors que la ferme lui reviendrait plus tôt que tard.

— Affaire conclue ! s'exclama maître Radical avec un large sourire. Monsieur et madame Vensac, nous vous contacterons pour l'acte définitif, mais en attendant, veuillez, s'il vous plaît, signer ici un accord de principe, comme le veut la loi.

— Il ne nous reste donc plus qu'à décommander les autres postulants ! dit Jean en souriant à son tour.

Les Vensac regardèrent la voiture noire s'éloigner doucement, tout émus que l'affaire se soit concrétisée sans trop de dégâts. Ils allaient pouvoir rester sur les terres qui avaient vu naître des générations de Vensac et que Louisette appelait siennes depuis si longtemps qu'elle n'avait presque plus le souvenir d'avoir vécu ailleurs.

— Jamais je n'aurais cru que ce fut possible, mon cher Jean, tu as été remarquable, oui, remarquable. Tu as su trouver les bons mots.

— Ce soir, Louisette, tu pourras déboucher une bonne bouteille !

— Je vais mieux dormir cette nuit, en paix avec le monde, et je pourrai rêver du petit jardin que j'aurai enfin le temps de cultiver dès le printemps.

— Mais avant le printemps, il y a d'abord Noël, et nous pourrons gâter qui nous voudrons, ceux de Crosac par exemple…

Chapitre 22

Le facteur apporta la nouvelle à Crosac, alors que le petit-déjeuner venait tout juste de se terminer.

Gilles était allé à la rencontre de l'homme des PTT et l'avait annoncée à Solange et Auguste.

— Il paraît que les Rechamps de Saint Paul ont acheté la ferme de Perce-Neige, vous rendez-vous compte ?

— Mais d'où tenez-vous cette affaire, Gilles ?

— C'est le facteur qui vient de me le dire, mais on n'en sait pas davantage pour le moment. Je tenais à vous informer au plus vite.

— Et savez-vous ce que vont devenir Jean et Louisette ?

— Il ne savait pas, vous vous doutez bien que je le lui ai demandé. Ça date seulement de deux jours ! Je ne sais pas comment Maurice va prendre les choses…

— Merci, ne vous en faites pas, nous allons l'avertir. Mais entrez prendre un verre, vous le méritez bien.

Lorsque Gilles fut reparti, tout heureux semblait-il d'avoir porté la primeur de la nouvelle, Auguste et Solange en discutèrent longuement et décidèrent de prévenir Maurice et Émilienne au cours du déjeuner.

— Il y a du nouveau à Saint-Anthonin, nous l'avons appris ce matin de la bouche de Gilles.

— Mais que s'est-il passé, vous en fait une drôle de tête ? demanda Maurice.

— Ton père, Jean, aurait vendu ses terres à des paysans de Saint Paul !

Assis autour de la table, Solange, Marcelle, Auguste et Émilienne attendaient la réaction de Maurice. Solange qui ne tenait plus en place, se leva alors :

— Je nous prépare un café.

— Mon père nous avait bien dit qu'il avait prévu de le faire et en avait déjà parlé avec son banquier. Mais où vont-ils aller tous les deux s'ils ont finalement vendu la ferme ? Peut-être Gilles aura-t-il mal compris. J'irai les voir le plus tôt possible afin de tirer les choses au clair. Qu'en penses-tu, Grand-père ?

Auguste, le coude sur la table et le menton sur son poing, réfléchissait.

— Je pense que si je n'avais pas tout chamboulé, nous n'en serions pas là…

Face au regard horrifié que lui lança Solange, il ajouta pour la rassurer.

— Oh, ne t'en fais pas, ma douce. J'aurais quand même trouvé le moyen d'être avec toi ! Je ne pourrais jamais t'abandonner une deuxième fois sans que mon cœur ne se brise en mille morceaux.

— Mais qu'aurais-tu fait autrement ? demanda Solange d'une petite voix.

— Je n'aurais peut-être pas dû mettre Jean devant le fait accompli. Si je lui avais expliqué les choses, il aurait peut-être compris, mais j'ai trop craint son caractère. Pourtant, sa dernière décision et l'aide financière inattendue qu'il a apportée à nos jeunes montrent bien qu'il peut être flexible et moins borné qu'à l'ordinaire.

— Ne te fais pas de reproches, Grand-père ! Sa première réaction quand il t'a crié dessus et quand il m'a mis dehors ne présageait pas d'un possible changement de comportement. Et tu dis toujours toi-même que les « si » ne servent à rien. Tu aurais même pu être l'inventeur de l'expression « Avec des si, on pourrait mettre Paris en bouteille ! », conclut Maurice ce qui eut le mérite de faire sourire Auguste.

Solange prit alors à nouveau la parole :

— Tu devrais accompagner Maurice à Perce-Neige… Nous en saurions davantage et sans intermédiaires. Je pense que ce serait pour le mieux, qu'en penses-tu, mon cher Auguste ?

— J'en pense qu'il y a toujours du bon sens dans tes paroles, ma très chère Solange, je me range à ton conseil.

Le lendemain, Auguste et son petit-fils Maurice débarquaient à Perce-Neige, accompagnés de Fluteau…

Tout était calme, les bêtes aux prés, et seule une fumée timide montait de la cheminée. Jean et Louisette ouvrirent la porte lorsqu'ils les virent arriver par le sentier qui sortait de la forêt. Auguste et Maurice avaient préféré faire le chemin à pied afin de se dégourdir les jambes et de réfléchir à ce qu'ils allaient dire à Jean et Louisette.

— Mais que faites-vous ici tous les deux de si bon matin ? demanda Louisette.

— Ce serait plutôt à vous de nous parler de ce qui se raconte déjà dans les villages des alentours !

— Entrez un moment, nous allions vous écrire ou venir vous voir pour tout vous expliquer, mais ce n'est pas si facile…

Jean les pria de s'asseoir autour de la table, la grande table où tout s'était réfléchi, mis en place et décidé.

— C'est Gilles qui est venu nous dire que le facteur lui avait dit…, commença Maurice, mais il fut interrompu par Auguste.

— Tu aurais pu, et même dû, nous parler de ta décision, Jean, mon fils.

— Auriez-vous, tous les deux, été intéressés par la ferme ?

— Non, dit Maurice tout penaud.

— Tu le sais bien, dit Auguste, mais explique-nous, qu'allez-vous devenir sans votre ferme, votre maison, vos animaux ?

— Nous devons, comme je vous l'ai dit l'autre jour, rembourser le prêt qui nous a été accordé pour financer une partie des travaux à Crosac. De plus, comme je commence à fatiguer et Louisette de même, nous avons pris cette décision, mais…

— Milladiou de Milladiou, il fallait nous en parler, je ne t'aurais pas laissé dans cette situation !

— Tu m'as coupé la parole que je te dise comment nous avons négocié. Ne t'en fais pas, nous n'irons jamais à l'hospice, pas plus que toi, le père ! Et en plus, nous sommes bien trop jeunes pour ça !

— Mais où irez-vous donc tous les deux ? se lamenta Maurice.

— Nous resterons ici, dans cette maison même, avec notre jardin, dit Jean en haussant le ton, car il en avait marre d'être interrompu.

— Il y a de quoi se taper le cul par terre, dit Auguste, là, oui, là, il faut nous dire qui a pu acheter la ferme et vous laisser habiter sur place, dans la maison tous les deux, et avec un jardin ! Je n'ai jamais entendu se négocier une affaire semblable !

— Arrêtez de m'interrompre, ou vous n'aurez pas le fin mot de l'histoire ! Tout d'abord, vous savez bien qu'il ne faut pas écouter les ragots. Votre Gilles n'avait pas les informations complètes. Nous n'avons pas vendu la ferme. Avec l'aide de Louisette, disons que nous avons négocié un fermage un peu inhabituel : contre une somme forfaitaire et le droit de continuer à vivre ici, le fils Rechamps devient fermier sur nos terres pour un loyer mensuel modique.

— Mais jusqu'à quand, cet accord est-il valable ? demanda Maurice.

— Et là, tenez-vous bien : jusqu'à notre mort !

Auguste retint son juron habituel. Il ne pouvait y croire.

— Et le notaire a accepté ces conditions ?

— Bien entendu, sinon l'affaire ne se faisait pas avec ces acquéreurs-là, très intéressés par ces terres.

— Parce qu'il y en avait d'autres ?

— Plus ou moins, dit Jean en faisant un clin d'œil à sa femme. Peut-être qu'un jour nous vous raconterons l'histoire dans son entier.

— Nous ne nous attendions vraiment pas à ces nouvelles ! Vous habiterez vraiment ici ?

— Oui, la maison est en très bon état, pourquoi en changer ? Nous l'avions surnommée pour parlementer avec le notaire « notre pied-à-terre ». Nous avons laissé aux Rechamps le choix entre les deux habitations, mais ils ont préféré l'autre bâtiment ce qui n'est que pour nous arranger.

— Et pour le cheptel, tout s'est bien passé ?

— Oui, il a conditionné une partie de l'affaire et a été pris en compte dans la vente, rassurez-vous.

— Je dois vous avouer mon admiration totale quant à une affaire rondement menée, avoua Auguste, vous ne pouviez pas mieux réussir.

— Dans la vie, comme dans la forêt, il y a souvent une clairière où le soleil entre sans permission et permet à la vie de s'épanouir. Je crois que nous y sommes en plein dedans !

— Ceci est bien joliment formulé, mais serions-nous dans une période féconde en rebondissements où des vies nouvelles se profilent ? demanda alors Auguste en lançant un regard appuyé à son petit-fils qui comprit aussitôt le message.

— Papa, maman, j'ai quelque chose à vous annoncer à mon tour.

— Rien de grave au moins ? s'exclama Louisette.

— Bien au contraire, maman ! Émilienne attend un petit ou une petite Vensac.

Louisette éclata en sanglots en serrant son fils dans ses bras, tandis que Jean s'exclamait :

— Finalement, Louisette, toutes tes prières ont peut-être servi à quelque chose, même si ce nouveau Vensac n'habitera pas à Perce-Neige.

Y avait-il de l'amertume dans sa voix ou était-ce de la tristesse ? Nul n'aurait su dire, et Auguste préféra ne pas y réfléchir plus longtemps.

*

Tandis que la neige commençait à blanchir les coteaux, il fallait bien se rendre à l'évidence : la nouvelle bâtisse, qu'importe, ne serait pas couverte pour

Noël. Ce ne serait qu'au printemps qu'on pourrait installer la toiture.

Les jours froids s'accumulaient, le ciel demeurait gris plus longtemps que de coutume, et l'on voyait des vols de corbeaux au-dessus des champs recroquevillés sur eux-mêmes.

Ces aléas de la nature et ces problèmes matériels furent bien vite oubliés quand, un beau matin, l'enfant de Maurice et d'Émilienne poussa son premier cri et ouvrit les yeux sur un ciel exceptionnellement radieux.

— C'est une fille, s'exclama Maurice, te rends-tu compte, mon amour, c'est une fille !

Après les instants délicats de l'accouchement, la sage-femme, que l'on avait fait venir du village dès les premiers signes, prit soin d'Émilienne et de la nouvelle petite Vensac. Elle permit ensuite au reste de la famille de venir rejoindre les jeunes parents.

Tandis que Gilles était allé prévenir Jean et Louisette, Marcelle, Solange et Auguste entrèrent dans la chambre.

— Oh mon Dieu, quelle merveille ! s'exclama Marcelle en prenant sa première petite-fille dans les bras et en la dévorant des yeux.

Solange, à ses côtés, admirait sa petite-nièce en caressant doucement le duvet qui recouvrait sa minuscule tête.

— Auguste, mais viens donc voir ton arrière-petite-fille, lança-t-elle, surprise qu'il ne se tienne pas près d'elles.

Ce dernier cependant leur tournait le dos et regardait par la fenêtre. Maurice s'approcha alors de son grand-père, s'inquiétant de sa réaction étrange.

— Grand-père, demanda-t-il en posant doucement la main sur l'épaule du vieil homme, il y a quelque chose qui ne va pas ?

Auguste se retourna enfin, le visage ruisselant de larmes et dit tout bas en dévorant du regard le nouveau-né :

— Le bonheur, c'est par là…

— Oui, il est certainement là, et tout autour, de gauche à droite et de haut en bas de ces terres qui ont vu beaucoup de malheurs mais où aujourd'hui, le bonheur trouve refuge pour toujours, dit Solange en lui souriant tendrement.

— En voyant cette enfant, il n'y a plus de questions à se poser sur ce mot bonheur. Nombreux se sont pourtant penchés sur le sujet. Ils n'ont jamais pu ni su en détacher les principes, les composants, diraient certains, mais ceux qui voudraient en trouver le mode d'emploi n'auraient en fait qu'à regarder ce petit ange, déclara Auguste qui avait enfin retrouvé sa voix.

Émilienne et Maurice rayonnaient en sentant tout l'amour qui entourait leur enfant. C'est à ce moment-là que Marcelle demanda :

— Mais comment allez-vous l'appeler ?

Les jeunes parents échangèrent un regard entendu, et Émilienne prit la parole.

— Que ce fut un garçon ou une fille, nous voulions que le bébé porte le nom de celui qui est à l'origine de notre rencontre et de celui qui aurait tant aimé être à ses côtés. Nous l'appellerons Augustine Rolande.

Il n'y eut aucune objection, mais des larmes coulèrent à nouveau en abondance.

— Vive Augustine Rolande! lancèrent Auguste et Solange en cœur ce qui fit rire toute la famille.

— Et dire qu'elle a attendu que la neige fonde pour venir, dit Marcelle. C'est déjà une véritable fille de la terre qui sait vivre avec les saisons.

Avait-elle compris qu'on parlait d'elle ou était-elle tout simplement heureuse entourée d'autant d'amour? Toujours est-il que la petite Augustine Rolande produit alors ses premiers petits cris.

*

Les mots, les phrases, tout ce qui est la vie qui se transmet de génération en génération, jusque dans les recoins les plus lointains, ne sont que la quintessence de nos origines auxquelles nous tenons tant.

Paysan un jour, paysan toujours? Cependant, ces mots ont tendance à perdre quelque peu de leur véracité; la jeunesse, véritable source de vie, plus imaginative et plus exigeante laisse germer en elle tant et tant de bonheurs nouveaux.

À Crosac, mis à part la venue d'une nouvelle habitante, Augustine, on aurait pu croire que rien n'avait changé. La neige avait bel et bien totalement fondu, et le printemps semblait vouloir pointer le bout de son nez. Quelques jours après la naissance, Solange aperçut un couple qui sortait de la forêt et se dirigeait vers la maison. Fluteau, toujours gardien du temple, signala leur arrivée à sa manière et sans aboyer, remuant la queue frénétiquement.

— Mais c'est Louisette et Jean, les reconnut aussitôt Solange, voilà pourquoi Fluteau n'a pas aboyé. Quelle bonne surprise vous nous faites là !

— Il fallait bien que nous rencontrions notre petite-fille, voyons !

— Je pense qu'elle vous attendait ! s'exclama Émilienne qui avait rejoint sa tante sur le pas-de-porte. Quelle joie de vous voir ! Entrez donc, la petite dort, mais dans un moment, vous pourrez la voir.

Tandis que le café coulait, Auguste se joignit aux autres.

— Bonjour, mon fils ! Bonjour Louisette ! Vous êtes venus voir Augustine, je suppose, dit-il avec un brin de fierté dans la voix.

— Augustine ? Voilà un prénom qui doit faire ton bonheur, lança Jean sur un ton quelque peu ambigu. Il y avait de la joie mais aussi quelque chose d'autre qui n'échappa pas à Louisette.

— Voici un cadeau pour votre petite Augustine ! s'empressa-t-elle de dire en tendant une boîte bien emballée à Émilienne.

À l'ouverture du paquet, une belle surprise : une robe rose et blanche entièrement faite au crochet.

— J'ai fait ce que j'ai pu, mais ma vue me joue parfois de vilains tours.

— Merci ! Merci pour cette jolie robe, elle est magnifique ! Je ne savais pas que vous maniez le crochet si merveilleusement.

— Ma pauvre mère m'avait appris, il y a longtemps... Vous savez, dans nos campagnes, autrefois, il fallait plus ou moins tout faire de nos propres mains.

— Et vous comment allez-vous ? Dans votre « pied-à-terre » comme vous dites, demanda Auguste.

— Pour aller, ça va, mais c'est pour revenir..., plaisanta grossièrement Jean. Nous sommes passés comme toi par la forêt.

— Il faut toujours qu'il dise des bêtises, et plus ça va, plus il en dit, déclara Louisette, contente que son mari ait un peu retrouvé de sa bonne humeur, mais se demandant tout de même, s'il n'avait pas à nouveau bu en cachette avant de venir.

Pour se donner du courage ?

— Maurice n'est pas loin, il ne devrait pas tarder en rentrer. S'il avait su que vous viendriez, il ne serait pas sorti.

— Celui-là nous manque, mais la vie ne joue pas toujours comme on le voudrait. L'arrivée de la petite Augustine nous donnera cependant encore plus de raison de venir vous voir. Et nous avons hâte de lui faire découvrir Perce-Neige.

— Moi, je vais jeter un coup d'œil au chantier, dit Jean en se levant brusquement.

— Je t'accompagne, et nous croiserons sûrement Maurice, lança Auguste.

— Nous restons entre femmes, allez-y!

Chapitre 23

Les murs élevés, comme des épouvantails, attendaient la charpente qui tardait à venir. Les ouvertures ressemblaient à des yeux toujours ouverts, des clartés blanches comme des yeux d'aveugles, se disait Jean au cours de sa visite du bâtiment, l'air contrarié.

— Sont-ils en panne de bois, ces charpentiers? Ça va retarder encore les couvreurs! s'exclama-t-il en regardant Maurice qui les avait rejoints.

Jean trouvait toujours à redire. Louisette qui avait suivi Auguste et son fils essaya de mettre de l'eau dans son vin.

— Ce n'est pas sa faute! Tu n'as pas à faire de remarques sur ce qu'ils font ou ne font pas! Ce sont tout simplement les aléas des travaux.

Jean baissa la tête, regarda ses pieds et dut reconnaître à contrecœur que sa femme avait raison. Ne pouvait-il donc jamais faire les choses comme il faut! Dans sa tête, les idées se brouillaient, et il se sentait de plus en plus mal dans sa peau. Il ne savait plus où était sa place. Il ne reviendrait plus ici, il n'avait plus rien à y faire, mais tout de même, sans moi…, songeait-il ?

Et son fils Maurice, oui, son seul fils ? Comment le voyait-il ? Et Émilienne, et Augustine, sa petite-fille, que penserait-elle de lui plus tard ?

De retour à Perce-Neige, il but comme un trou et s'endormit ivre, affalé sur la table.

Louisette le connaissait par cœur, elle savait que parfois, il abusait de la bouteille, mais tout rentrait toujours dans l'ordre après des excuses si touchantes qu'elle y succombait à chaque fois. Les jours suivants, il se tiendrait à carreaux, disait-elle comme pour se rassurer, mais la rechute n'était pas loin.

Un soir, elle finit par craquer, ne supportant plus ses reproches et ses plaintes :

— Je te préviens, Jean Vensac, si tu ne t'arranges pas, je te fous dehors ! Compris ?

Il tourna les talons et partit se coucher dans la grange, au-dessus de l'étable où dormaient ses bêtes qui maintenant appartenaient à un autre.

Le lendemain à la première heure, il revint tout penaud, lui présentant à nouveau ses excuses à grand renfort de gestes dramatiques et de promesses qu'il ne tiendrait pas.

Il avait l'impression de passer son temps à s'excuser, car il en faisait toujours une. Cette retraite lui causait du mal en quelque sorte, car il s'ennuyait du matin au soir à n'avoir rien à faire.

Tout le monde la souhaite cette retraite ! « Quand j'y serai, je ferai ce que je voudrai » ! Ils disent tous les mêmes mots, les vieux de la campagne, et lorsqu'ils avaient la possibilité d'en profiter, c'était souvent l'ennui qui les envahissait !

Les paysans vivaient avec le soleil qui rythmait leur journée de travail. Elle était bien assez longue quand on n'avait pas une minute à soi, et on était bien heureux d'aller au lit sachant que le jour suivant se lèverait bien assez tôt. Jean Vensac était comme les autres, tout simplement, il avait perdu ses repères – et une partie de sa famille, même si elle n'habitait pas loin.

— Prends garde, lui dit sa femme Louisette, lorsque tu iras voir Maurice, de trop parler, ils sont jeunes et n'ont pas besoin de tes conseils, même si...

— J'ai tout de même plus d'expérience qu'eux, non ?

— Oui, bien sûr, mais rappelle-toi lorsque tu étais jeune, tu voulais toi aussi faire les choses à ta manière. Ou est-ce que je me trompe ?

Quelques heures plus tard, une pluie fine tombait sur la campagne. Jean s'équipa d'un vieil imperméable et disparut vers le bas de la colline.

Louisette prit son chat sur ses genoux et, le caressant, lui parlait comme s'il fut Jean. La pluie ne cessait de tomber.

— Il n'a même pas pris un parapluie, mais c'est vrai qu'il n'aime pas s'embarrasser de quoi que ce soit, sauf d'un bâton.

Ce soir-là, cependant, Jean ne rentra pas. La lampe demeura allumée toute la nuit. Louisette avait attendu jusqu'à l'aube et, aux premières lueurs du jour, elle partit dans la direction qu'elle l'avait vu prendre, mais où était-il ? Elle se fia à son instinct. Ça lui arrivait parfois de descendre vers le petit ruisseau, mais pourquoi y aurait-il été la veille et sous la pluie. Mon Dieu faites que…

Le chemin détrempé ne facilitait pas son déplacement, et elle se mit à appeler, puis à hurler.

— Jean ? Jean, réponds-moi, je t'en supplie ! C'est moi, Louisette, c'est moi…

Il tombait encore une pluie fine et froide jusque dans son cœur, car c'était lui qui souffrait maintenant.

Soudain, elle le découvrit, plié en deux sous une souche penchée avec son nouveau chien qui lui tenait chaud. Celui qui avait remplacé Fluteau ne voulait pas se décrocher de son maître.

— Jean ! Jean ! Dis-moi que tu es vivant, réponds-moi, je t'en supplie !

Soudain, il bougea doucement la tête, ouvrit les yeux…

— Merci mon Dieu. Merci mon Dieu !

Le jeune chien ne se séparait pas de lui et le léchait comme un animal lèche son petit.

— Je cours chercher du secours, le plus vite possible, tiens, prends mon manteau, je n'en ai pas besoin, je reviens le plus vite possible.

Jamais de sa vie elle ne remonta aussi lestement la colline, elle puisait ses dernières forces pour son homme. Elle chercha du secours chez ses voisins. Les nouveaux paysans de Perce-Neige purent l'aider à ramener Jean à la maison, transi de froid et trempé jusqu'aux os. Il tremblait comme une feuille.

— Faut appeler un docteur, dit le fils Rechamps. Ou le transporter rapidement à l'hôpital.

Puis, dans le doute, il ajouta très serviable :

— Je vais le conduire moi-même à Aurillac, pour avoir une ambulance et un docteur ici, ce serait bien trop long.

— Je vous paierai les frais mais…

— C'est bien la moindre des choses ! Il faut bien s'entraider nous autres !

— J'espère qu'il ne va pas en mourir, mon Dieu faites que…

— Nous, les Auvergnats, nous avons la peau dure, mon grand-père est mort à 104 ans et il n'en avait pas envie.

— C'est bien vrai que mon Jean, lui, n'en est pas encore là…

— Ils vont prendre soin de lui, rassurez-vous, madame Vensac, mais si vous venez avec moi, il va falloir laisser le chien. Il ne va pas pouvoir être admis.

— Mais au cas où nous ne rentrions pas ce soir, pouvez-vous me dire ce qu'il va devenir, notre chien ?

— Je m'en occuperai, ne vous en faites pas.

*

Qui avait donc prévenu Maurice et Émilienne ? Ils arrivèrent à l'hôpital deux heures après Jean et Louisette, pressés d'être auprès d'eux dans ce moment difficile. Auguste n'avait pas pu se joindre à eux, Solange ne se sentant pas bien depuis la veille. Marcelle gardait la petite Augustine.

— Mais que faites-vous là, leur dit Jean, n'avez-vous pas assez de travail au lieu de... ?

— Papa, l'interrompit Maurice, les Rechamps nous ont informés, et nous sommes venus tout de suite, car nous nous faisions bien sûr du souci pour toi !

Jean Vensac, ennuyé d'avoir causé tant de désagréments, s'enfouissait dans son lit.

— Je ne sais pas pourquoi je me suis éloigné de chez moi, avec mon chien...

— L'important est que tu sois là, sain et sauf ! Et c'est grâce à maman que tu es encore en vie, là, aujourd'hui ! Mais quelle mouche t'a piqué ?

— Pour tout te dire, répondit Louisette à la place de son mari qui fixait ses mains en silence, lors de notre dernière visite à Crosac, Jean a été déçu de voir la construction si peu avancée. Il a pensé que quelque problème s'était introduit dans la programmation et a commencé à se faire du mauvais sang pour vous.

— Nous sommes en début d'année et avec les aléas du temps, ça ne peut pas toujours aller comme on le souhaite.

Un homme en blouse blanche vint examiner Jean et demanda aux visiteurs de quitter la chambre.

— Je suis sa femme et je veux rester !

— Ne le prenez pas mal, madame, c'est le protocole… Voyant le visage décomposé de Louisette, il ajouta : mais restez donc, si vous y tenez tant.

— Merci docteur.

En fin d'examen, celui-ci ne constata qu'une légère hypothermie et une désorientation qui pouvait venir du manque de sommeil et de l'abus d'alcool ce qu'avait révélé le test que les soignants lui avaient fait à son arrivée. Ils allaient cependant faire quelques examens supplémentaires pour vérifier qu'il n'y avait pas de problèmes neurologiques liés à son âge. Ceux-ci pouvant expliquer qu'il se soit perdu.

— Je veillerai davantage sur lui. Et la bouteille, c'est fini !

— Voilà une bonne résolution. Il pourra rentrer chez lui dès demain.

— Pourrai-je dormir ici, près de lui, docteur ?

— Je vais informer les infirmières qui feront en sorte que vous soyez bien installée.

Une fois que le docteur fut parti, Émilienne et Maurice revinrent dans la chambre. Louisette leur fit un compte rendu succinct, omettant de mentionner les abus de son mari. Elle ne voulait pas que son fils et sa belle-fille aient une mauvaise opinion de lui. Jean ne le supporterait pas. Elle préférait porter seule ce fardeau.

— Rentrez chez vous maintenant ! La petite Augustine doit se languir de sa maman. Vous passerez le bonjour à Marcelle, Auguste et Solange. J'espère qu'elle ira vite mieux.

— Bien entendu et demain, à la maison, nous parlerons tous ensemble, après toutes ces émotions, voilà qui nous fera le plus grand bien.

De retour, à Crosac, Maurice et Émilienne, traumatisés par ce qui venait d'arriver à Jean et Louisette, s'inquiétaient quant à leur futur retour à Perce-Neige.

Bien qu'ils n'aient plus besoin de travailler, ayant bénéficié de la mise en fermage de leur propriété et ayant remboursé à la banque ce qu'ils avaient emprunté pour la construction du bâtiment de Maurice et d'Émilienne, ils ne profitaient pas du bonheur tant attendu des retraités. Seuls désormais à Saint-Anthonin et n'ayant rien à faire, l'ennui, tel un brouillard embrumait leur cerveau. Surtout celui de Jean qui avait besoin de se « défouler » comme on dit pour ne pas broyer du noir. Mais que faire ?

Le hasard fait parfois bien les choses. Gilles et son épouse, attendant à leur tour un heureux événement, vinrent annoncer à la famille Vensac-Dartou qu'ils quittaient l'ancien logement de Solange trop exigu pour vivre avec leur enfant à venir.

Cette nouvelle, comme tombée du ciel ou presque, donna une idée à Maurice qu'il soumit aussitôt à sa femme.

— Voilà ce que nous pouvons proposer à mes parents, chère Émilienne : d'emménager dans la maison du bas ! Si tu es d'accord bien sûr ! Ils seront beaucoup plus proches de nous, et Solange ne nous en voudra pas de cette modification ! Pas de loyers, plus d'éloignement, que demander de mieux ?

— Je trouve que c'est idéal ! Augustine sera entourée de toute sa famille, et de plus, réfléchis bien, ça ne te rappelle rien ?

— Non, je ne comprends pas..., répondit Maurice.

Il se gratta machinalement le crâne.

— La petite Corse reconstituée !

— Oui, tu as raison. Les Vensac disparaissent d'un côté pour réapparaître de l'autre. Perce-Neige va tomber dans l'oubli pour nous autres, mais il y a désormais les Rechamps qui s'en occupent. Et je suis sûr que grand-père verra également la chose d'un bon œil. Même s'il a fait un trait sur Perce-Neige, je sais que l'idée que la terre de ses ancêtres parte à l'abandon lui pèse. Et il pourra nous aider à convaincre mon père. Il se fait également du souci pour lui.

— Nous allons tenter de faire comprendre à tes parents qu'ils seraient bien mieux, plus près de chez nous. Le déménagement de Gilles et de sa femme tombe à pic et nous donne une bonne raison de leur en parler.

— Oui, et nous aussi, un jour, nous serons vieux à notre tour et ne voudrons pas être seuls, ma très chère Émilienne.

— Oui, mais nous, nous nous aimerons toujours, n'est-ce pas ? lui demanda sa femme qui était beaucoup plus sentimentale qu'à l'ordinaire depuis l'accouchement.

— Je te le jure, une fois de plus, mon amour ! Pour toujours !

Et tous deux, perdus dans leurs beaux discours, regardaient leur petite Augustine qui semblait les comprendre.

Au cours du souper, Émilienne et Maurice soumirent leur idée à Marcelle, Solange et Auguste qui, comme l'avait prédit Maurice, les enthousiasma :

— Divers événements de la vie nous obligent à nous habituer à des bouleversements incontestables, et le temps passe inexorablement, sans que nous nous en apercevions, dit Auguste. Grâce à vous mes chers enfants, nous serons bientôt tous réunis et formerons à nouveau une grande famille. Qu'en penses-tu, Solange ? Je fais de grands discours, mais c'est de ta maison dont on parle.

— Mon cher Auguste, comment souvent, tu m'enlèves les mots de la bouche. Je n'aurais pas dit mieux !

La petite Corse renaît et s'agrandit. Que demander de plus !

— C'est donc décidé, nous allons convaincre Jean et Louisette de nous rejoindre.

*

Le lendemain, Auguste et Maurice allèrent chercher Jean et Louisette à l'hôpital d'Aurillac. Avec l'aide de son grand-père, Maurice avait réussi à convaincre ses parents de venir passer deux ou trois jours à Crosac pour se remettre du dernier incident. Maurice irait dans la journée à Perce-Neige pour récupérer quelques affaires et demander au fils Rechamps s'il pouvait garder le chien.

C'était juste après le déjeuner que Maurice prit les devants pour leur exposer leur idée :

— Nous avons pensé, Émilienne et moi, qu'il serait bien de vous rapprocher de nous, mes chers parents !

— Tout ça, c'est bien facile à dire, mais…

— Vous connaissez l'ancienne maison de Solange ? l'interrompit Maurice.

— Oui, un peu plus bas sur la propriété…

— Eh bien cette maison sera libre dans deux ou trois semaines. Gilles notre ouvrier de ferme, attend un enfant avec sa femme et la quitte, car ils ont besoin de plus d'espace. Nous serions heureux, tous ici, de vous savoir là, non loin de nous, tous les deux.

Jean se tourna vers Solange :

— Mais c'est votre propriété ! Vous ne voulez pas avec le père vous y installer à nouveau ?

— Le plus important pour nous, dit Solange, c'est que la famille soit réunie.

— Et la petite Augustine aura non seulement son arrière-grand-père pour elle toute seule, mais aussi son grand-père. Vous pourrez la voir grandir tous les jours.

Jean et Louisette se regardèrent, tellement étonnés par cette proposition, essayant de contenir leur trouble.

— Mais que vont dire les nouveaux fermiers de Perce-Neige ? Et mon chien ?

— Ça ne leur posera aucun problème, ça va libérer une habitation pour un de leurs employés ! Ils ont tout à y gagner.

— Qu'en penses-tu, Louisette ?

— Moi, je n'en pense que du bien, tu n'auras plus envie d'aller t'endormir sous un arbre, comme tu l'as fait et risquer d'en mourir et me laisser seule... Et puis, autre chose... Mais ça, c'est entre nous... Et comme le dit si bien Auguste, nous pourrons profiter tout notre soûl de la petite Augustine.

— Pour une nouvelle, c'est une nouvelle. Même que ça me fait plus que plaisir, dit Jean. Nous allons être près des enfants, et je crois que je ne m'ennuierai plus.

Louisette regardait son homme. Elle voulait le voir sous un autre jour qui lui ferait oublier l'incident récent.

— Peux-tu me jurer que tu te tiendras tranquille, mon cher Jean Vensac ? Une bonne fois pour toutes ?

— Nous serons avec les enfants, je pourrai donner un coup de main, que si on me le demande, bien sûr. Et puis, il y a Augustine ! Que de temps perdu, que de temps perdu ! Dont j'avoue porter la responsabilité.

— Tout est bien qui finit bien, lança joyeusement Auguste. On ne peut vraiment jamais savoir ce que l'avenir nous réserve ! Qui eut cru que la petite Corse réunirait les Vensac ?

— Nous allons nous lancer dans les travaux de rénovation du logement qui en a besoin, mais tout va aller très vite.

— Nous allons quand même rentrer chez nous à Saint-Anthonin pour une quinzaine de jours afin de préparer nos affaires et de tout mettre en ordre avec les Rechamps, dit Jean. Et qu'en est-il de mon chien ?

— Il est le bienvenu ici, voyons ! Fluteau sera heureux d'avoir de la compagnie ! lança son père.

Tout ému, Jean se tourna alors vers Maurice et Émilienne :

— C'est que, peut-être pour la première fois depuis longtemps, j'ai l'impression de retrouver ma famille !

Louisette le prit dans ses bras, afin qu'on ne le voie pas pleurer. Mais ça ne trompait personne. Jean Vensac voulait toujours montrer une certaine force, une dureté aux événements, parce qu'il était un homme et voulait être reconnu à ce titre.

Avec le temps, va, tout s'en va, même les galets parfois peuvent devenir du sable. Certains humains restent ce qu'ils ont toujours été, d'autres s'étiolent comme les fougères sous l'hiver.

Jean pouvait maintenant regarder son fils Maurice avec une certaine tendresse, c'est ce qu'il dit un soir à Louisette. Elle ne répondit pas, le découvrant différent après avoir failli disparaître, vautré sous une souche, sous la pluie.

Le lendemain, Jean confirma ses déclarations de la veille quand Maurice lui répéta qu'il n'en aurait que pour deux petites semaines pour rénover la maison.

— Je veux tout de même rentrer ces quelques jours à Saint-Anthonin, histoire de dire adieu à cette ferme où je suis tout de même né…

— Je comprends, et nous vous attendrons tout comme le potager de Solange que Gilles a laissé à l'abandon. Ce n'était pas son truc !

— Et puis, ainsi, nous rejoindrons cette petite Corse, dont je me suis un peu moqué, je dois bien le reconnaître, avoua Jean.

— Dès que tout sera prêt, nous transporterons ce que vous souhaitez garder, sans oublier ton chien bien sûr.

Chapitre 24

Après avoir visité l'ancienne maison de Solange pour choisir quels meubles ils voulaient garder et lesquels ils apporteraient de Perce-Neige, Jean et Louisette sortirent en compagnie de Maurice et Auguste sur le pas-de-porte.

— Jamais de toute notre vie, nous n'avions déménagé, mais c'est pour une bonne cause !

— Les voyages forment la jeunesse et déforment les valises, dit Auguste en souriant à son fils qui n'arrêtait pas de le surprendre ces derniers temps.

— Nous allons commencer les travaux dès demain. Maintenant, remontons chez nous, Marcelle nous a préparé une soupe avec quelques restes d'hier. Ça fera l'affaire.

Avançant gaiement entre le grand-père et le petit-fils, Jean et Louisette n'en revenaient pas de tant de changements et de la perspective d'emménager bientôt à Crosac. « Près d'Augustine, se répétait Jean. Près de ma petite-fille. »

*

Jean et Louisette s'en étaient retournés chez eux à Perce-Neige, en attendant que soient terminés les travaux d'aménagement de leur future maison de retraite, aimaient-ils à dire à présent. Tandis que le chantier avançait et que les jours passaient, Solange fatiguait de plus en plus. Elle qui n'arrêtait jamais, même « à la retraite », avait de plus en plus de mal à se lever.

— Ça ne va pas, ce matin, Solange ? lui demanda Auguste.

— Non, ça ne va pas très fort, c'est peut-être les émotions de ces derniers jours qui m'ont troublée, ou qui sait, tout simplement un coup de fatigue. Tous ces événements...

Le surlendemain, Auguste s'était levé pour lui préparer le premier café du matin, comme d'habitude.

— Le café est prêt. Tu viens ? lui demanda-t-il du bas des escaliers.

Au deuxième rappel, il monta les marches et poussa la porte de leur chambre. Solange ne bougeait pas, les yeux mi-clos.

— Solange ? Solange ! Solange...

Puis, son visage tout près du sien, il comprit. Il comprit qu'elle ne lui faisait pas une blague. Il l'embrassa tendrement et lui dit quelques mots à l'oreille. Il resta près d'elle un moment, comme s'il voulait conserver sa douce chaleur contre lui. Ce n'est qu'un quart d'heure plus tard qu'il rejoignit Maurice et Émilienne.

À son comportement, ils surent tout de suite que quelque chose n'allait pas.

— Il y a un problème, Grand-père ?

— Solange n'est plus, elle vient de s'éteindre !

— Oh mon Dieu ! s'exclama Émilienne en plaquant ses mains sur sa bouche, totalement désemparée.

— Préviens ta mère, lui dit son mari voyant qu'Auguste était sous le choc.

Ce dernier répétait :

— Je suis perdu, je suis perdu… Totalement, mais pourquoi, pourquoi elle ?

Finalement, il se dirigea vers la porte et s'apprêtait à sortir quand Maurice le retint par le bras. Son grand-père se retourna, ne semblant pas le reconnaître. Maurice, choqué par ses yeux vides, ne trouva pas les mots pour le consoler. Qu'aurait-il cependant pu dire qui ne fut vain ?

Pendant ce temps, Marcelle était montée à l'étage avec Émilienne pour prendre soin de la défunte avant l'arrivée du prêtre que Gilles était allé chercher dès qu'il avait appris la nouvelle. La veuve avait déjà vécu la même chose avec son mari Roland il y a peu.

Assis dehors sur le banc de pierre, où Solange et Auguste avaient l'habitude de s'asseoir pour profiter des derniers rayons du soleil, ce dernier dit à Maurice :

— Notre village va se vider à son tour petit à petit, heureusement que ceux de Saint-Anthonin, mon fils et ma belle-fille, vont bientôt venir.

Après l'enterrement de Solange, tout le monde était aux petits soins avec Auguste. On avait certes oublié son âge, tant son allure et son humeur égale cachaient bien les années, mais les habitants de Crosac étaient bien obligés d'admettre que depuis quelque temps, il perdait le nord.

La seule personne qui semblait vraiment l'intéresser, était son arrière-petite-fille Augustine à laquelle il se raccrochait. Il la prenait dans ses bras, près du cantou, en la dévorant du regard et la gardant longtemps sur ses genoux, lui racontant les secrets qu'il n'avait jamais divulgués à personne. Il lui révéla même les histoires partagées seulement avec Solange…

— Il faut qu'elle aille dormir, c'est l'heure, lui rappelait souvent Émilienne.

— J'étais en train de lui raconter des secrets, les miens…

— Mais si petite, comment voulez-vous qu'elle vous comprenne…

— Oui, mais ma chère Émilienne, à qui voudrais-tu que je les dise ?

Auguste, à la suite du décès de Solange, perdait peu à peu son entrain, une partie de lui-même semblait s'être évaporée avec la défunte. Il regardait parfois Fluteau, aurait aimé échanger avec lui, mais qu'aurait-il eu en échange sinon des gestes affectueux ?

Parfois, assis près d'un arbre où il aimait aller se reposer, il parlait tout seul :

— Je n'ai jamais eu autant envie et besoin de me laisser aller ainsi, à regarder passer le temps même si bien souvent je te parle, ma très chère Solange, en regrettant de ne pas être venu vers toi plus tôt. J'ai certes ma petite Augustine, mais j'en arrive parfois à penser que mon heure est peut-être venue aussi…

*

Avec le printemps, le nouveau bâtiment avait enfin revêtu sa toiture, et Jean et Louisette occupaient maintenant l'ancienne maison de Solange, ce qui déprimait un peu Auguste.

— Je ne supporte plus mon âge, les enfants, dit-il un jour en fin de repas.

Le silence qui suivit fut terrible pour tous, sauf pour Augustine qui, ne pouvant comprendre, se contentait de lui offrir un sourire innocent et sublime.

— Pourrais-je tenir le coup encore longtemps ? s'adressa-t-il alors à elle. Heureusement que tu es là !

— Faut pas lui dire des choses comme ça, Grand-père…

— Tu as raison, mon cher Maurice, oui, tu as raison.

Et pour changer adroitement de sujet, il lui demanda si le toit de son nouveau bâtiment lui convenait.

— Et quant à ton père, lui plaît-il également ?

— Il ne m'en a rien dit à part qu'il était heureux que ce soit terminé.

— Alors c'est parfait. Tout va pour le mieux dans le meilleur des mondes !

Trois jours plus tard, Auguste partit faire un petit tour sans emmener Fluteau, l'inséparable. Son pas se faisait plus lent, signe de lassitude sans nul doute. Maurice, le voyant s'éloigner, l'interpella :

— Où vas-tu, Grand-père ?

Celui-ci lui montra avec son bâton une direction incertaine, imprécise et dit enfin :

— Je vais par là…

— Prends soin de toi, ne t'égare pas !

— Je connais le pays comme ma poche.

La nuit commençait à tomber lorsque l'on s'aperçut de son absence prolongée.

— Il a dû rencontrer quelqu'un et bavarder certainement, ce n'est pourtant pas son habitude de traîner dehors à cette heure-ci. Peut-être est-il allé à Saint-Anthonin, tout est possible. Mais pourquoi Fluteau n'est-il pas avec lui ?

L'inquiétude se manifestait dans toutes les têtes. Jean s'exclama :

— Mon père ne peut pas se perdre, même en pleine nuit, il connaît le pays par cœur. Moi aussi, je me suis éloigné de chez moi un soir et de plus sous la pluie, mais je n'étais pas moi-même.

Tous se mirent alors à sa recherche dans une nuit sans lune, où même les étoiles se cachaient derrière les nuages. Au lever du jour, ils ne l'avaient toujours pas retrouvé alors qu'ils avaient parcouru la campagne et la forêt tout autour de Crosac. Jean, Gilles, Maurice et Émilienne s'apprêtaient à rentrer à la maison où Marcelle était restée auprès d'Augustine quand Maurice eut soudain une idée.

— Mais pourquoi n'y ai-je pas songé plus tôt ? s'exclama-t-il.

Il partit à toutes jambes sous le regard ébahi des trois autres qui ne comprenaient pas ce qui lui arrivait. « Et s'il y était allé ? » pensait Maurice avec effroi.

L'aube lui permit de ne pas s'encombrer de chemins compliqués, et soudain, il se retrouva là où son grand-père avait certainement rencontré et aimé un jour Solange : le vieil oratoire.

Son intuition l'avait bien guidé, Auguste lui ayant raconté son histoire, cet amour dont il avait dû se séparer et avait retrouvé après tant d'années. Ce qu'il découvrit le plia cependant en deux. Auguste était affalé contre le mur de la petite chapelle en ruine. Maurice n'avait pas besoin de s'approcher pour savoir que son grand-père n'était plus. Pour mourir, il avait choisi ce lieu magique, si cher à son cœur.

Maurice s'en retourna en courant pour chercher de l'aide et ramener son grand-père adoré. Ce furent les pompiers qui vinrent le chercher.

Toute la famille Vensac était dévastée. Jean était inconsolable, lui qui avait tant maudit son père et avait espéré avoir encore le temps de lui demander pardon. Maurice était tout aussi triste, mais il savait qu'il avait une promesse à tenir : le jour venu, Auguste voulait être enterré auprès de Solange, son grand amour, car le bonheur qu'il avait vécu, bien que tardivement avec elle, était bien par là…

*

Les pages de la vie se tournent ainsi comme les pages d'un livre, non pas au gré d'un auteur farfelu mais d'un destin parfois cruel qui réunit les êtres pour les séparer un jour, faisant naître des amours qu'il détruira tantôt.

Ne resterait dans ces montagnes que le souffle du vent qui, irrespectueusement n'avait aucune mémoire et oublierait qu'ici, Auguste et Solange ne s'étaient aimés pas une fois mais deux.

Ce serait cependant sans compter sur la jeunesse, sur Maurice, Émilienne et leur fille Augustine, ce petit ange qu'Auguste avait tant aimée et qu'il considérait comme la bouture impérissable d'une autre vie.

Ne dit-on pas que tant qu'il y a des racines, il y aura de l'espoir et de la vie, fussent-ils perchés là-haut dans les monts du Cantal, sans doute plus près du ciel que d'autres ?

Collection

TERRITOIRES

JEAN ANGLADE
Une vie en rouge et bleu
Le Dernier de la paroisse
Le Choix d'Auguste
Le Sculpteur de nuages
Les Cousins Belloc
Le Grand Dérangement

SYLVIE ANNE
Le Gantier de Jourgnac
La Maison du feuillardier

SYLVIE BARON
Un été à Rochegonde
Les Ruchers de la colère
L'Auberge du pont de Tréboul
L'Héritière des Fajoux
Rendez-vous à Belinay
Terminus Garabit
Un coin de parapluie
Une Miss pas comme les autres
Des noces en or

JEAN-FRANÇOIS BAZIN
Les Raisins bleus
Le Clos des Monts-Luisants
Le Vin de Bonne-Espérance
Les Compagnons du grand flot
Le Maître de la lumière
Le Dernier Tonnelier

SARAH BELL
Le Chant des reines

HENRIETTE BERNIER
Le Baron des champs

JEAN-BAPTISTE BESTER
L'Homme de la Clarée
Plus près des anges
Les Amants de Sainte-Catherine
Meurtre au pont du Diable

FRANÇOISE BOURDON
Le Moulin des Sources
Le Mas des Tilleuls
La Grange de Rochebrune
Retour au pays bleu
Le Fils maudit
Les Sentiers de l'exil
Les roses sont éternelles
Le Maître du Castellar
Le Secret de Belle Épine
Pour oublier la nuit

ÉDOUARD BRASEY
Les Lavandières de Brocéliande
Les Pardons de Locronan
La Sirène d'Ouessant
L'Affaire Cabre d'or

Le Domaine des oliviers
Les Fils du patriarche

Patrick Breuzé
Les Remèdes de nos campagnes
La Valse des nuages
L'Étoile immobile
Mon fils va venir me chercher
La Montagne pour refuge
Versant secret
Les Buveurs de ciel

Nathalie de Broc
La Vallée des ambitions
La Robe pourpre

Michel Caffier
Corne de brume
La Paille et l'Osier
Les Étincelles de l'espoir

Anne Courtillé
La Tentation d'Isabeau
Le Gaucher du diable
Les Damoiselles de Clermont

Annie Degroote
Les Racines du temps
D'infinies promesses

Jérôme Deliry
Une rivière trop tranquille
L'Héritage de Terrefondrée
La Maraude

Raphaël Delpard
L'Enfant sans étoile
Pour l'amour de ma terre
L'Enfant qui parlait avec les nuages
Le Courage de Louise

Alain Dubos
La Mémoire du vent
La Corne de Dieu
Le Dernier Combat du Dr Cassagne

Élise Fischer
Les Noces de Marie-Victoire
Je jouerai encore pour nous
Villa Sourire
L'Étrange Destin de Marie
Le Jardin de Pétronille
Aux Deux Hirondelles
Les Femmes des terres salées
La Promesse du sel
Le Vin de Pâques
Marionnettes d'amour
Là où renaît l'espoir
Tous au théâtre
Les Silences de Jeannette

Emmanuelle Friedmann
Le Rêveur des Halles
La Dynastie des Chevallier
L'Orphelinat
La Faute des autres

Alain Gandy
Les Cousins de Saintonge

Gérard Georges
Une terre pour demain
Le Destin des Renardias
Le Bal des conscrits
Mademoiselle Clarisse
Anatole, fils de personne
La Mésangère

Georges-Patrick Gleize
La Fille de la fabrique
Pas plus tard que l'aurore
Le Serment des oliviers
Le Vent de la jeunesse
Quelques pas dans la neige
Les Noisetiers du bout du monde
Le Crépuscule des Justes
Même les pierres ont une histoire
La Montagne des autres
Coupe rase
La Dernière Traque
Comme une odeur de gentiane

Yves Hughes
Et meurent les marionnettes

Yves Jacob
Sous l'ombre des pommiers
Le Silence de Justine

Corinne Javelaud
L'Ombre de Rose-May
Les Petits-Papiers de Marie-Lou
L'Odyssée de Clarence
Les Fantômes de Marianne
Les Carnets de Laurel
Rosetta et Anaé

Guillemette de La Borie
La Dernière Héritière
Le Portrait disparu

Hélène Legrais
L'Ermitage du soleil
Les Héros perdus de Gabrielle
Les Ailes de la tramontane
La Guerre des cousins Buscail
Les montagnes chantaient la liberté
Ceux du Château, ceux du Moulin
Trois Gouttes de sang grenat
Les Anges de Beau-Rivage
Le Bal des poupées
Le Front dans l'azur
Nous étions trois
Le Cabanon à l'étoile
L'Alchimiste de Sant-Vicens
La Ballade d'Amélie
D'une rive à l'autre

Philippe Lemaire
Rue de la Côte-Chaude
L'Enfant des silences
L'Oiseau de passage
La Mélancolie du renard

Alfred Lenglet
Du poison dans les veines
Jeux mortels en hiver
Temps de haine
Cœurs de glace

Éric Le Nabour
Retour à Tinténiac
La Louve de Lorient

À l'ombre de nos larmes
La Frondeuse
Cécile et les Beaujour
Comme une aube fragile
La Ferveur

JEAN-PAUL MALAVAL
L'Or des Borderies
Soleil d'octobre
Les Noces de soie
La Villa des térébinthes
Rendez-vous à Fontbelair
La Folie des Bassompierre
Chronique des Strenquel
La Bastide aux chagrins
Les Sœurs Querelle
Les Larmes de la pinède
La Belle Étrangère
Adélaïde au bord de la falaise
Les Gens de Combeval
La Souveraine en son domaine
Un si joli mariage
Rue de la Fontaine-Bleue
Un cœur solitaire dans une maison trop grande
Un été sous les tilleuls
La Vallée des eaux amères
L'Héritière des sables fauves
Par un étrange été à Marteline
Sous une mauvaise étoile

ANTONIN MALROUX
La Promesse des lilas
La Cascade des loups
La Pierre marquée
L'Homme aux ciseaux d'argent
Les prés refleuriront
Fenêtre sur village
Marie des Adrets
L'Espoir de belles aurores
Le Pain de paille
Le Cœur de mon père
Le Charpentier du paradis
Un soleil pour chaque jour
L'Académicien de juillet
Juste en dessous du ciel

CHARLOTTE MONÉGIER
Ne t'inquiète pas des tempêtes

JEAN-LUC MOUSSET
L'Enfant des labours
Le Secret de Neige

SOPHIE MUFFAT-MÉRIDOL
L'Homme au bouquet
La Vérité qu'elle mérite

SYLVIE PERENNE
Âge d'orage
Rouge tendresse

MICHEL PEYRAMAURE
La Terrasse

BRIGITE PIEDFERT
Deux Grains de sucre, un soupçon de secret
Tu seras princesse de Tarragone
La Dame d'Alvimare
Camille ou la vraie vie

Frédéric Pons
Les Pèlerins du diable

Agathe Portail
L'Année du gel
Piqûres de rappel
De la même veine

Nicole Provence
Le Secret d'Aiglantine

Joël Raguénès
La Maîtresse de Ker-Huella
La Dame de Roz Avel
La Sirène du port
Les Trois Saisons de la vie
L'Or du lin
Les Vies de Jeanne
Pêcheurs du bout du monde
Les Derniers Seigneurs de la mer
La Salamandre de Trévarez
Yann, saint-bernard de la mer
Lady Mond

Florence Roche
La Terre des Falgères
L'École du lac
La Réfugiée du domaine

Élisabeth Segard
Une certaine idée du paradis
Un futur presque parfait
Chou fatal

Geneviève Senger
La Maison Vogel
L'Enfant de la Cerisaie
La Dynastie des Weber
Les Jumeaux du val d'amour
La Promesse de Rose
Les Bellanger
La Dame des Genêts
L'Or de Salomé
La Terre originelle
Le bonheur est au fond
des vallées
La terre était si bleue
Une maison à elles

Jean Siccardi
La Source de saint Germain
Le Maître du diamant noir
L'Ivresse des anges
L'Auberge du gué
Gaston des vignes
La Chapelle des Templiers
Le Dernier Faiseur d'or
Le Carnet Gris

Bernard Simonay
L'Or du Solognot
Le Marais des ombres
Meurtres d'outre-tombe

Valériane Taront
Fenêtre sur jardin
L'arbre aux chiffons

Jean-Michel Thibaux
L'Olivier du diable
Le Maître des bastides
Le Rappel du tambour

Katia Valère
Après la nuit vient l'aube

Brigitte Varel
Le Secret des pierres

Louis-Olivier Vitté
La Guérisseuse de Peyreforte
Là où coule une rivière
Le Secret de Tire-Lune
La Statue engloutie
La Dame des vignes hautes
La Femme qui voulait voir la mer
Petit Jean

Colette Vlérick
L'Enfant sur le pont
Un air de liberté
La Nacre des abers
Dans la lumière de Pont-Aven
Rêves d'indiennes

Composition et mise en page Soft Office

Achevé d'imprimer en août 2025
par CPI BUSSIÈRE (18200 Saint-Amand-Montrond)
pour le compte des Éditions Calmann-Lévy
21, rue du Montparnasse, 75006 Paris
commercial@calmann-levy.fr

PAPIER CERTIFIÉ

CALMANN LÉVY s'engage
pour l'environnement en réduisant
l'empreinte carbone de ses livres.
Celle de cet exemplaire est de :
800 g éq. CO_2
Rendez-vous sur
www.calmann-levy-durable.fr

N° d'éditeur : 8755080/01
N° d'imprimeur : 2084532
Dépôt légal : août 2025
Imprimé en France.